八男って、それはないでしょう！
28
著
Y.A
オオカミト
3ビキノコブタ

伊達藤子
エルヴィン
ルル
「護衛ねぇ……なんか、
随分と可愛らしいけどな。
これも、ヴェルがキャンディーさんに
頼んで作ってもらったのか？」
エルの視線が、デフォルメされたドラゴンと
ウサギの着ぐるみを着た藤子とルルに向かう。

エリーゼ
「こんなに女雛が多い『人間雛人形祭り』は、
過去の文献にも記されておりませんな」
ヴェンデリン
涼子
「ですが、それだけお館様の力が強い証拠。
これで、アキツシマ島の民たちも安心するでしょう」
ヴィルマ
ルイーゼ

「あっ、そうだ！」
いいこと考えついちゃった。
彼が持つ恨みと怒りの負のエネルギーを
魔法のように使えたら、
どれだけのことができるか試してみたくなっちゃった。
「バウマイスター辺境伯は大変かもしれないけど」

CONTENTS

八男って、それはないでしょう！㉘

第二話　アルフレッド・レインフォード、若き日の記憶

「お呼びですか？　お館《やかた》様」

「実はちょっと、マーガレットに聞きたいことがあってさ」

以前、オットーたちと戦って敗れてビンス村に流れ着いた時、俺はマーガレットという少女から手厚い介護を受けた。

あの世で修行している間ずっと眠っていた俺は、彼女からオシメまで替えてもらうくらい、とてもお世話になったのでお礼としてその願いを聞き届けるべく、今はバウマイスター辺境伯邸でメイド見習いとして働いてもらっている。

なんでも彼女は、これまで一度もビンス村から出たことがなく、外の世界を見てみたかったのだそうだ。

現代日本でも、地方の若者が東京に憧《あこが》れたりするので、それと同じようなものだと思う。

元々森の奥深くにあるビンス村では、村の外に出るのは男性ばかりだと聞いていた。

あまりに森の奥深くにあるため、男性よりも体力がない女性が村の外に出ることが難しく、そのうえ、村から女性がいなくなると子供を産む人がいなくなってしまう。

それでは村が衰退してしまうので、女性が村の外に移住するケースは非常に少ないのだそうだ。

若い女性が一人で村を出るとなると親御さんも心配なわけで、マーガレットもその例に漏れな

かったが、バウマイスター辺境伯である俺が引受人になることで彼女は村を出ることが許された。ちょうど人も足りなかったことだし、俺も引受人としての責任を果たせるということで、彼女をメイド見習いとして雇うことにした。

屋敷付きのメイドなら寮もあるので、マーガレットの親御さんも安心というわけだ。

そんな事情で屋敷で働き始めたマーガレットを、この日俺は呼び出した。

どうしてかというと、王都のクーデター騒ぎに巻き込まれたエリーゼを救出しようと俺がビンス村から『高速飛翔《ひしょう》』で飛び立とうとした時、彼女が渡してくれた魔力入りの魔晶石の持ち主について聞きたかったからだ。

あの世での修行でさらに魔力の質に敏感になった俺は、オットーとの戦いでその魔晶石に入った魔力が師匠のそれによく似ていることに気がついた。

外から人が訪ねてくることが滅多にないというビンス村に、どうして師匠のものによく似た魔力を込められた魔晶石があったのか？

確かマーガレットが俺にその魔晶石を渡した時、自分の祖父が村を訪れた魔法使いから預かり、結局取りに来なかったのだと教えてくれた。

あの時はそれどころではなかったので詳しい話を聞けなかったが、今なら時間も十分にある。

この魔晶石が本当に師匠のものだったのか、確認したかったのだ。

「お館様、私に聞きたいこととはなんでしょうか？」

書斎に入ってきたマーガレットはメイド服姿で、それはとてもよく似合っていた。

そういえば彼女の両親が、マーガレットは村一番の美少女だと言っていたな。

嫁に迎えたいという村人は多かったそうだが、彼女が村の外の世界を見てみたいと両親に懇願したことと、俺がマーガレットの引受人となったことで、そういう声は一切なくなったらしい。

村人たちからしたら彼女には村で嫁いでもらい、沢山子供を産んで村を維持してほしいのだろうけど、なにしろマーガレットは若い。

村の外に出ることを無理やり引き止めるのはどうかと思うので、俺から言わせるとこれでよかったのではないかと思う。

「メイド服が似合っているじゃないか。メイド見習いの仕事には慣れたかな？」

「はい、みなさんよくしてくれます」

「それなら安心だ。なにか悩みがあったら必ず俺に相談してくれよ」

「はい、色々と気を使っていただき感謝の言葉もありません」

まだ屋敷に入って二、三日だというのに、マーガレットは馴染《なじ》むのが早いな。

これが俺だったら、いまだオロオロしていたはずだ。

俺の元来の性格ゆえか、前世で働いていた会社に入社した時も、他の同期よりも会社に馴染むのが遅かったのを思い出す。

「うちはちょうど人手不足だったから、気にしないでくれ」

「私の両親とお祖父《じい》さんが言っていました。貴族様の紹介状もない村の小娘が、そう簡単に領主様のお屋敷に勤められるものではないと」

「そんな話を聞いたことがあるような、ないような……」

大貴族は大きなお屋敷を維持しないといけないので、必ず多数のメイドを雇う。

だけど、前世のように求人広告を出して応募者を面接するなんてことはしない。

素性のよくわからない人を雇った結果、全然働かなかったり……それだけならまだマシな方で、実は屋敷に強盗団を引き入れるなんて事例も過去にはあったそうで、そういう事情のせいか貴族の紹介状がないと面接すら受けさせてくれない大貴族が大半だった。

見知った家臣や陪臣の娘や妹、もしくはその親戚の娘など素性がしっかりしており、貴族なりその重臣の紹介状がある人だけを雇い入れる。

この世界の女性はほぼ全員が結婚してしまうので、メイドは花嫁修業も兼ねている。

メイドたちは結婚、出産を機に辞める人もいれば、そのまま働き続ける人もいる。

エリーゼの幼馴染み《おさななじ》のドミニクや、エルの嫁さんであるレーアとかがそのパターンだ。

「おかげさまで村の外の様子を知ることができ、お休みの日にはレーアさんがバウルブルクの町を案内してくれたりするんです」

「それはよかった」

レーアの場合、マーガレットにバウルブルクの町を案内する名目で、自分も楽しんでそうだけど。

やりすぎたらドミニクが釘《くぎ》を刺すから大丈夫かな。

「あの……それでどのような用件でしょうか？」

「大切なことを忘れてた。実は、マーガレットから貰《もら》った魔晶石についてだ。実は、その元の持ち主が誰だったか知りたいんだ。知っている人はいないかな？」

「私のお祖父さんが知っていると思います。あの魔晶石は、お祖父さんが村を訪れた魔法使いの方から預かったものだそうですから」

「じゃあ早速、マーガレットのお祖父さんに魔晶石の持ち主である魔法使いの情報を聞かないと。マーガレット、ビンス村まで同行してくれないかな？」

「はい、喜んでお供させていただきます」

「護衛は、エルとヴィルマでいいかな」

「私とルイーゼもつき合うわ」

「時間空いてるしね」

そんなわけで俺たちは、案内役のマーガレットと共にビンス村へと『瞬間移動』で向かうのだった。


ビンス村に到着し、マーガレットの案内で村の外れにある猟師小屋へと向かった。

「これはバウマイスター辺境伯様、ワシの孫娘であるマーガレットが、大変お世話になっております。感謝の気持ちでいっぱいですじゃ」

「俺は貴族なので、恩義に報いただけさ。マーガレットには目を覚まさない俺の世話を一週間もしてもらったから」

彼女の祖父はかなりの高齢だったが、まだ現役で猟師を続けているらしく元気そのものだ。

なんでもマーガレットの実家で一緒に暮らしていることにはなっているものの、普段はこの猟師小屋で生活しており、週に一日か二日しか家に帰ってこないそうだ。

「ところで、あなたに一つ尋ねたいことがあるんだ」

俺はマーガレットから貰った魔晶石を取り出し、その持ち主について尋ねた。

「その魔晶石が、バウマイスター辺境伯様のお役に立ってなによりです。実はその魔晶石に魔力を込めてワシに預けた魔法使いなのですが、ワシが猟師としてもっとも脂が乗っていた時期に、この村の依頼を受けてやってきた若い魔法使いだったんです」

「魔法使いに依頼をしたんですか？　でも……」

このビンス村の近くには魔物の領域もなく、ここまで森の奥深くにあると、山賊すら実入りがなくて出現しそうにない。

ビンス村は、その魔法使いにどんな仕事を依頼したのだろう？

「確かに、このビンス村に魔物が出現することはあり得ません。山賊もこんなところを根城にしても稼げませんから、これまで一度も出た例《ため》しはないです。あれは四十年近くも前でしたか……たまにあるんですよ。森の猪《いのしし》が大繁殖をして、餌が足りなくなるから群れで畑を襲撃することが。一度に数頭なら、ワシもこの村で一番と言われた猟師ですし、他の猟師や村の若者たちを動員して狩れば済むんですけど、なにしろ数が多すぎましてね。こんな不便な場所にある村に冒険者を呼ぼうにも、冒険者の方が嫌がってしまう。報酬の折り合いもつかなくて困っていたんですが、運よく冒険者予備校を卒業したばかりの若い魔法使いが依頼を引き受けてくれることになったんです。その魔法使いは、まだ成人したばかりでしてね。肩まで伸ばした金髪が木漏れ日でキラキラと光っていて、美男子なので村の女性たちがこぞって顔を見にきたのを覚えていますよ」

「もしやその魔法使いの名前は、アルフレッド・レインフォードでは？」

「よくご存じですね」

「俺の師匠なので」

「なるほど。やはりあなたは、アルフレッド殿の弟子だったんですね。あの時は非常事態で、バウマイスター辺境伯様から詳しい話を聞いている暇がなかったのですが、本当にアルフレッド殿の弟子がこの村に姿を見せたとは、あの占い師の予言は正しかったのか……。あれから何年の月日が経《た》ったのか……。それはワシも年を取るわけだ」

マーガレットのお祖父さんは、俺が師匠の弟子であることを知っていた？

占い師の予言？

謎は多いが、それは追々話を聞けばいいか。

「当時の師匠って、どんな感じでした？」

魔晶石の持ち主が師匠だったことを確認できたのは収穫だったが、もう一つどうしても聞いてみたいことがあった。

俺と師匠が一緒にいた時間はとても短く、弟子としては師匠の様子を詳しく知りたかったので、マーガレットの祖父に当時の師匠の話をしてほしいとお願いする。

「お弟子さんとしては、師匠の若い頃のお話が気になって当然ですよ。ワシも少年だった頃に、狩猟を教えてくれた師匠のことが知りたくて、村中の人に聞いて回ったこともありますからね。では話をする前に……」

マーガレットの祖父は猟師小屋にある竈《かまど》でお湯を沸かすと、マテ茶を淹《い》れてくれた。

「こんなものしかお出しできませんが……」

「森林マテ茶」

「奥様、わかりますか」

「わかる」

よく食べるけど味にもうるさいヴィルマは、マーガレットの祖父が出してくれたマテ茶が、森林マテ茶であることに気がついた。

「(俺も気がついたけど……)なにかの花を乾燥させたものも、フレーバーとして入れてあるんですか？　いい香りがしますけど……」

「ほう、わかりましたか。森の中に咲く花なんですが、これを摘んで乾燥させ、マテ茶の葉と一緒に煎《い》ると、マテ茶の味も香りも格段に引き立つんです」

バラの花びらとも違う、甘くて芳醇《ほうじゅん》な香りだ。

それでいて、森林マテ茶の葉の香りも邪魔しないのが不思議で、俺たちはとても気に入った。

お土産にしたらエリーゼたちは喜ぶかな？

「このマテ茶を売ってほしいかなって」

「こんな田舎で採れたお茶でよろしければ、あとで差し上げますよ。猟のついでに採れるものですから」

「そういうわけにはいかないので、必ず代金は払わせていただくよ。俺はバウマイスター辺境伯だから」

「そういうことでしたら、遠慮なく頂いておきます」

この世界でも、マテ茶やコーヒーに香りをつけて飲む人はいるけど、この森に咲く花を乾燥させたフレーバーティーは気に入る人が多いかもしれない。

「では、アルフレッド殿についてお話しさせていただきます。あれはちょうど今ぐらいの季節だったと思います。彼は冒険者ギルドからの依頼を受け、この村にやってきたと言っていました……」

マーガレットの祖父は、フレーバーティーを一口飲んでから昔の師匠の話を始めた。

＊＊＊

「ボイゾンさん！　以前からお願いしていた冒険者がついにこの村にやってきたぞ！　代官様もようやく仕事をしてくれたみたいだ。しかも、若いながらも魔法使い！　これで大繁殖した猪の群れを駆逐できる。このままだと、麦畑の種蒔《たねま》きができないところだった」

「魔法使いが来てくれたのか。どんな人なんだろう？」


このところ毎日、俺は猟師小屋に籠《こも》って、畑の作物を荒らす猪の様子をうかがっていた。

すでに野菜を植えた畑は全滅に近く、このままでは小麦の種籾《たねもみ》を蒔くことすらできないので、冒険者が来てくれて助かった。

俺はこれでも村一番の猟師と呼ばれている男なので、一頭や二頭なら持っている弓で簡単に狩れるが、今度の場合、とにかく猪の数が多すぎる。

確認できるだけで数百頭はいる猪たちによって、俺は殺されてしまうだろう。

猪は我らに肉を恵んでくれる獲物だが、決して弱くはない。

猛獣と呼ぶに相応《ふさわ》しい存在であり、過去には猪によって殺されてしまった村の住民も少なからずいた。

俺に狩猟を教えてくれた先輩猟師の一人なんて、森の奥で猪の突進を食らって首の骨が折れて死んでしまった。

決して猪を侮《あなど》ってはならず、そのうえ、それがとんでもない数いるんだ。

今の俺にできることは、他の猟師たちと交代で猪が村に入ってこないよう見張るのみだった。

「ボイゾンさんが、その魔法使いの案内役となるはずだ。畑の見張りはオラと交代して村に戻ってくれ」

「わかった、急ぎ村に戻ろう」

若い後輩猟師に見張り役を任せ、俺は村へと戻った。

すると村の中央にある広場に、人だかりができていた。

「村を訪れる外の人間が珍しいとはいえ、どうしてこんなに沢山の村人が集まっているんだ？」

それもよく見ると女性ばかりだ。

老婆《ろうば》から小さな女の子まで、村の女性ほぼ全員が集まっているのではないか？

どうしてこんなことに……。

「外からやってきた魔法使いは、よほどの色男なのかね？」

外の人間が滅多に訪れない村だからか、来客が男性だと――森の奥深くにあるこの村を訪れるのは男性ばかりで、女性なんて少なくとも俺が記憶している限りでは来たことがないのだが――どれほどいい男なのか、村の女性たちが品定めをする。

娯楽が少ない村なので仕方がないとはいえ、品定めされる男性来訪者たちが可哀想《かわいそう》になってしまうが、それにしても今回は人が集まりすぎだろう。

「げっ！　俺の奥さんと娘までいるじゃないか！」

村の若い娘が、男性来訪者に興味を持つのは理解できる。

だけど、どうして俺の奥さんまでその輪に加わっているんだ？

数年前にも来訪者はいたが、その時は全然興味なさそうにしていたくせに。

「みんな、どいてくれ。俺は魔法使い殿に用事があるんだ」

女性たちをかき分けて、その中心にいる魔法使いまで辿《たど》り着いた。

改めてその容姿を確認すると、これまでに見たことがないほどの美少年だった。

木漏れ日を受けてキラキラと輝く長い金髪、肌は白く、まるで美術品の彫刻のように整った顔立ちをしており、村の女性たちが『キャーキャー』言っているのも理解できるというもの。

ただ、彼はとても若かった。

成人したばかりぐらいであろうか？

だからこそ、この村の依頼を受けてくれたという考え方もできるな。

凄腕《すごうで》のベテラン魔法使いが、大した報酬も出ない、こんな森の奥の村の依頼を受けてくれるわけがないのだから。

「貴殿が、代官であるグルーワス男爵様からの依頼でこの村にやってきた魔法使い殿ということでよろしいか？」

いくら成人したばかりの若者でも、彼は魔法使いで、猪の群れに襲われた村を救ってくれる存在だ。

敬意をもって接しなければ……俺たちを囲う女性陣、いい加減、彼を見て『キャーキャー』と黄色い声をあげるのをやめてもらえないかな。

「私は、グルーワス男爵様から依頼を受けた王都の冒険者ギルドから、このビンス村に派遣されてきました、アルフレッド・レインフォードと申します。早速ですが、ご依頼の猪の群れを……」

「アルフレッド殿、貴殿はこの村に辿り着くまで長い移動だったから疲れただろう。今夜は狭いが私の家に泊まってもらって、明日から本格的に猪の群れを退治してほしい」

「ですが、猪の群れの退治が一日遅れれば、それだけ畑などに被害が出ると思いますが……」

「それなら気にしないでくれ。もう野菜を植えた畑は全滅しているから。猪の群れを退治しないと小麦を蒔けないわけだが、これについては、一日や二日遅れたところでどうということはないからな。それよりも、疲れたアルフレッド殿が不覚を取ったら大変だ。なにしろ、猪の数が多いのでね」

「確かに、準備不足で臨むのはよくないですね。ええと……」

「ああ、俺はこの村の猟師でボイゾンだ。村長より案内役を仰せつかっている。短い間だがよろしく頼む」

「こちらこそ、よろしくお願いします。今夜はお世話になります」

「ええ——、うちに泊まればいいのに……」

「アルフレッド様ぁ、我が家には自家製のブドウ酒がありますよ」

「うちには、美味《おい》しい猪の燻製《くんせい》肉があるんです！」

「私たち三姉妹で、誠心誠意お世話させていただきます」

「お前ら、いつまでもこんなところで油を売ってないで、それぞれの仕事に戻った、戻った！」

「「「「「「「「「ええっ――――！」」」」」」」」」

「（なんで俺が悪役なんだよ……）仕事に戻るんだ！」

俺は、アルフレッド殿に群がる女性たちを追い払った。

それにしても、外からやってきた魔法使いがたまたま美少年だったというだけで、村の女性全員が仕事をサボって彼を囲んでしまうとは……。

「（俺もアルフレッド殿みたいに美少年に生まれていたら、村の女性たちにモテモテだったのかね？）フィーア、エレナ。今夜アルフレッド殿はうちに泊まるから、これからその準備を頼む」

「あなた、たまにはいいことするわね」

「お父さん、ありがとう」

「……」

いや、俺はただ猪退治をするアルフレッド殿の案内役に任命されたから、彼に自宅でゆっくりと休んでもらおうと思っただけなんだが……。それだけで奥さんと娘の評価が上がるって、アルフレッド殿はどれだけ人気なんだよ。

とにかく彼には、明日の猪退治に備えてゆっくり休んでもらわないと。

夕食のあと、アルフレッド殿と自家製のハーブティーを飲みながら話をした。

「アルフレッド殿はまだ十五歳で、成人したばかりなのか」

「先週、冒険者予備校を卒業したのですが、最初は色々な仕事を引き受けて魔法使いとしての経験を積んだ方がいいというのが、魔法の師匠の教えなんです。猪の群れとの闘いは、多数を相手にした時の魔法の訓練も兼ねています」

「なるほどねぇ」

俺の娘とは一歳しか違わないのに、随分としっかりしているものだ。

肝心の娘は、色男である彼の顔を見ながらうっとりとしている。

もしアルフレッド殿が娘と結婚してこの家を継いでくれるのなら了承すると思うが、俺の見たところ、彼は一箇所に留《とど》まるような人間には見えないな。

確認できただけで数百頭はいる猪の群れだが、それに対処できると、王都の冒険者ギルドが判断して彼を派遣したのだ。

間違いなく期待の若手魔法使いだと思うので、こんな森の奥の村で骨を埋《うず》めることはしないだろう。

アルフレッド殿は自分目当てに集まってきた村の女性たちに笑顔を振りまいたり、軽く外の世界の話などをして余計に彼女たちをうっとりとさせていたが、彼女たちの相手をするのも仕事だと思っている節がある。

とても成人したばかりの少年とは思えない。

「ところで猪の群れですが、この村の周辺ではそんなに大増殖するものなのですか？」

「村に残された記録によると、多少規模に違いはあるが、数十年に一度はこういうことが発生するみたいだ」

「猪が大量に繁殖するということは、なにか猪にとっていい餌が、この村の周辺の森で大量に発生したと考えるべきなのでしょうか？」

「ああ、数十年に一度、村周辺の森ではドングリが大量に実るのさ。我々も非常食として大量に集めるが、あまりに量が多いので集めきれない。それを猪や他の動物たちが食べて大繁殖するんだ」

そのドングリを餌に、翌年猪が大量発生してしまうが、その頃にはドングリの収穫量は平年並みに戻ってしまう。

「増えた猪は食料が足りなくなり、村の畑を襲うようになる。そうするとその年の収穫が絶望的になってしまうが、対抗しようにもなにしろ猪の数が多い。数頭倒したところでなんら解決せず、それどころか激高した猪に殺される猟師も珍しくはない。魔物ではないが、魔物並みに厄介な猪の大量発生というわけだ」

そのためか、この村は数百年前からあまり大きくなっていない。

頑張って農地を広げても、数十年に一度猪が大量発生して大きな被害が出るからだ。

農地を貰えない次男以下は、村を出てしまうケースも多かった。

「厄介ですね」

「最終的に人間は、自然に勝てないのかもしれないな」

「お話を聞く限り、どんなに優れた魔法使いでも猪の大量発生を防ぐことは難しいようです。ですが、今回の猪の群れはお任せを」

「頼りにしているぜ。じゃあ、明日に備えて今日は早めに寝るか」

「そうですね。睡眠不足だと消費した魔力を回復させることができませんから。では休ませていただきます」

俺もアルフレッド殿も早めに就寝し、明日に備える。

アルフレッド殿は若いながらも優秀な魔法使いのようなので、必ずや村の作物を全滅させた猪たちを駆逐してくれるだろう。


朝になり、我が家に泊まったアルフレッド殿と共に朝食をとっていたのだが……。

「アルフレッド様、焼きたてのパンのおかわりはいかがですか？」

「アルフレッドさん、新鮮な野菜と野草のサラダもありますよ」

「今日は魔法を沢山使いますからね。喜んでいただきますよ」

「遠慮なく沢山食べてくださいね。おかわりも沢山ありますから」

「男の人は沢山食べる人の方が逞《たくま》しくていいわね。あっ、森林マテ茶もありますよ。すぐにお淹れしますね」

妻と娘は俺を無視しつつ、甲斐甲斐《かいがい》しくアルフレッド殿のお世話をしている。

「……（俺、この家の家長なんだが……）」

猪のせいで採取が難しく貴重になっている薪《まき》を使って、妻と娘はアルフレッド殿のために早起きしてパンを焼いていた。

まだ一昨日に焼いたパンが残っているというのに……。

それだけではない。同じく猪のせいで野菜や野草が不足しているのに、食卓へサラダが並んだ。

森林マテ茶もまた同じ理由で残り少ないのに、アルフレッド殿には随分と濃く入れたものだ。

俺の分は、なんか少し薄いな……。

なにより、焼きたてのパンも、サラダも、森林マテ茶も、一家の大黒柱である俺よりも先にアルフレッド殿に勧められ、あからさまな依怙贔屓《えこひいき》を感じる。

ちょっと待て、俺のパンは一昨日に焼いたものではないか？

色々と思うところもあるが、村の畑を襲う猪の群れが駆除されれば問題ない。

まだ若いが、アルフレッド殿の腕は確かなようだし、人柄もいいようだからな。

それでいて美男子なのだから、世の中とは不公平なんだなと思わなくもない。

「アルフレッド様、お弁当をどうぞ」

「ありがとう」

「アルフレッド様、頑張ってくださいね」

「お怪我《けが》などなさらないように」

「注意して頑張りますよ」

俺の分のお弁当も用意してあったからいいけど、先にアルフレッド殿に渡す俺の娘……まあいいけどさ。

そしてアルフレッド殿には声をかけるのに、俺にはナシ……まあ、いいけどね。

ようは、猪が駆除されればいいのだから。

「アルフレッド様ぁ――――！」

「お弁当を作ってきました」

「食べてもらえると嬉《うれ》しいです」

なんと家を出たら、多数の村の女性たちがそれぞれ自作したお弁当を持って待ち構えていた。

それこそまだ小さい女の子から、ひ孫がいるお婆さんまで。

そして彼女たちの数と同じくらい、俺と同じような目に遭っている村の男性たちがいるってことだ。

それにしても、やっぱり顔がいい男って得なんだなって、この年になって改めて実感した次第だ。

「みんな、いくらなんでもそんなに沢山のお弁当をアルフレッド殿は食べきれないだろう。少しは考えて……」

「みなさん、ありがとうございます。ありがたく頂きますよ」

「アルフレッド殿？」

そんなに沢山のお弁当、どう考えても食べきれないのは明白なのに、アルフレッド殿は心も美男子なんだな……って思っていたら、彼が腰に下げた小さな袋を開けると、次々と村の女性たちが用意したお弁当が吸い込まれていく。

「魔法の袋です。ここに入れておけば、お弁当が悪くならないんです。少し時間はかかりますが、大切に食べさせてもらいますね」

アルフレッド殿の、村の女性たちへの配慮には感心する。

彼女たちもお弁当作りのライバルが多いから、自分のお弁当は食べてもらえないかもしれないと覚悟していただろうに、彼は全部食べると言ったのだから。

アルフレッド殿はただ美男子なだけではなく優しいから、さらに女性にモテるのか。

「(……俺も見習った方がいいのかね？)」

こんな小さな村で奥さん以外の女性にモテるようになったところで、トラブルの方が多そうだから、俺はこのままでいいか。

「ボイゾンさん、急ぎましょう」

「そうだな、じゃあ行ってくる」

「「「「「「「「アルフレッド様ぁ――――！　頑張ってくださいねぇ――――！」」」」」」」」

「……」

アルフレッド殿にお弁当を用意した村の女性たちから声援を受けながら、村の外にある畑へと向かう俺たち。

俺も案内役とはいえ、猪と戦う可能性が高いというのに、俺への声援はゼロ。

……ようは、猪の群れがいなくなればいいのだから俺は気にしないけどな！

「（いや、本当に気にしていないから！）」

それはそうと、もしアルフレッド殿が猪の駆除を魔法で始めたら、かなりの長丁場になるはずだ。

それだけ今年は猪が大量発生しているわけだが、それでも是が非でも適正数に減らさないとこの村では農業ができない。

逆に考えたらアルフレッド殿は失敗できないわけで、そう考えるとあの声援はプレッシャーになりそうだ。

「ムンタ、どうだ？」

「数頭単位で、なにも植わってない畑にやってきては、食べるものがないか土をほじくってますね。なんも植わってないから成果はゼロなんですけど。猪たち、お腹が減ってるんでしょうか？」

「これは、ついに森に食べ物がなくなってきたのかもしれないな。危ない傾向だ」

「しかし本当に不思議ですね。この森ではどうして数十年に一度、猪を大量発生させるドングリの豊作が起こるのでしょうか？」

「俺は学者じゃないからわからないが、もし猪たちが村で備蓄している食料目指して殺到したら、あっという間に村は壊滅だ。だから増えすぎた猪たちは、可哀想だがすべて駆除しなければならん」

「そうですね。そのために私が呼ばれたのですから」

二人で見張りが夜番をしている小屋へと入ると、その直後に見知った村の若い猟師ベソソが小屋に入ってきた。

彼は、夜番をしていた同じく若い猟師であるムンタと見張りを交代する。

もうすぐアルフレッド殿が魔法で猪たちを駆除するので、ベソソも俺と一緒に補佐をする予定だ。

「ふわぁ――、ボイゾンさん、俺はもう寝させてもらいます。起きたら、猪たちが駆除されているといいなぁ」

「そうだな、ご苦労だった。ただ、もしなにかあったらムンタも村で防戦だが……」

「そうならないように祈ってますよ」

眠たい目を擦りながら、ムンタは村へと戻っていった。

「では、そろそろ始めますか」

「ちなみにアルフレッド殿、どのようにやりますか？」

俺は、アルフレッド殿がどうやって膨大な数の猪を駆除するのかを尋ねた。

俺は魔法使いではないが、村で一番と言われている猟師だ。

猟師としての目線で、もしアルフレッド殿のやり方がよくないと思ったら、躊躇《ためら》いなくそれを止めるつもりでいた。

彼は優れた魔法使いだろうが、考えなしに魔法で猪を殺せば、村に被害が出る可能性だってあるのだから。

「作戦としては、二段階あると考えています。まずは静かに、この監視小屋近くの畑に姿を見せた猪を間引いていきます。いきなり派手に魔法をぶっ放すなんてしませんよ」

と言いながら、俺に笑顔を見せるアルフレッド殿。

どうやら、俺の懸念はとっくにお見通しというわけか……。

「猪の群れは、連帯しているのでしょう？」

「連帯かぁ……。正しい表現だな」

アルフレッド殿の考えは正しく、確かに猪たちは連帯している。

大発生して群れになっているとはいっても、普段は数頭単位で活動しているだけだが、猪たちに害があると纏《まと》まって反撃する性質があることを、俺は先達《せんだつ》からの教えで知っている。

「今俺が、なにも考えないで手当たり次第、目に入った猪たちに矢を放ち続けるとする。数十頭なら倒せるが、すぐに他の猪たちが集まってきて、嬲《なぶ》り殺しにされるだろうな」

数が多いだけの猪なら、手当たり次第に狩って数を減らせばいい。

そんな風に考える人は多いかもしれないが、もしそれをしたら俺は今頃生きていない。

下手をしたら、すでに村は滅んでいたはずだ。

「猪の数が多いだけなら、食べられる肉が増えて万々歳でしょうし、私は呼ばれない。そう考えました」

「アルフレッド殿、あんたの考えは正しい」

これを防ぐには、他の猪たちに知られないよう静かに駆除しないと駄目なんだが、猪には随分と大きな個体もいるから、弓で倒した猪の死骸をいかに素早く隠すか、そこが重要となる。

「普段は群れていないが、多数の仲間の死骸を見ると、興奮して凶暴化する。獣なりに命の危機を感じているのかね？」

「私も学者ではないのでわかりませんが、それならここで視界に入っている猪たちを静かに魔法で駆除していき、その死骸は素早く魔法の袋に仕舞います」

アルフレッド殿はそう言うと、腰に下げている魔法の袋……ではなく、その中から同じような革製の小さな袋を取り出した。

「魔法の袋を複数持っているのか。若いのに、大したものだ」

「汎用《はんよう》ではなく、自作した魔法使い専用の魔法の袋なので、入手にお金はかかりませんからね。これに倒した猪を素早く仕舞えば、大分気づかれにくくなるはずです。仲間を殺された猪が激高して、私たちなり村に襲いかかることを想定して、そうなったら派手に魔法で倒していく。最初は静かに、最後は派手にですね」

「なにも言うことはないな」

いくらアルフレッド殿が優れた魔法使いだとしても、まだ成人したばかりなので経験不足からくる未熟さがあると思っていたのに、まるでベテランじゃないか。

「(安心して任せられるのはいいな)」

「では、始めます」

「どうぞ」

ついに、アルフレッド殿が魔法を駆使して猪の群れの駆逐を始めた。

不慮の事態に備えて傍《そば》に控えた俺とベソソだったがまったくもって出番はなく、俺たちはアルフレッド・レインフォードという魔法使いのすさまじさを、自分たちの目で直《じか》に確認することとなるのであった。


猪の駆除を始めたアルフレッド殿は、畑にエサを探しにきた数頭の猪をあっという間に倒してしまった。

「ボイゾンさん、突然猪が倒れましたけど、なにをしたんですか？」

「どうやら魔法で小石を飛ばして、猪の後頭部に撃ち込んだようだな。猪の正面から攻撃していないから見えにくいんだ」

後ろから脳を破壊された猪は、自分が死んだことにすら気がつかなかったかもしれない。

そして彼はそれにはしゃぐこともなく、素早く倒した猪を魔法の袋に仕舞った。

「でも地味ですね。せっかく魔法使いなんだから、こう派手に魔法を……」

「お前、さっきの俺たちの話を聞いていたか？」

これが並の魔法使いなら、大仰な魔法をぶっ放して猪たちを派手に駆逐し、他の猪たちを警戒させてしまったはずだ。

「静かに、畑に姿を見せた猪だけ狩れば、他の猪たちに気がつかれないように数を減らせるじゃないか」

この方法が、安全に確実に猪の群れを駆逐する方法だが、それをベテランの魔法使いではなく、まだ成人したばかりのアルフレッド殿が実践しているのだから凄《すご》い。

「可愛《かわい》げはありませんけどね」

「じゃあベソソは、アルフレッド殿がなにも考えずに猪を派手な魔法で数十頭倒したあと、仲間が殺されたことに気がついた猪たちに嬲り殺しにされ、体を食われたいんだな」

「うへぇ、遠慮させていただきます」

俺とベソソがそんな話をしている間にも、アルフレッド殿はまるで単純作業のように猪を静かに狩り、その死骸を魔法の袋に仕舞うという動作を繰り返していた。

「お昼にしましょうか」

アルフレッド殿の作戦は非常に順調で余裕もあるらしく、今朝貰ったお弁当を魔法の袋から取り出して食べ始めた。

俺も妻から渡されたお弁当を食べるが、アルフレッド殿が食べている娘が作ったお弁当を見ると、随分と量に差があるような……。

「(魔法を駆使してお腹が減るだろうからな) よく食べるね」

娘が作ったお弁当を食べ終わると、次は別のお弁当を取り出して食べ始めるアルフレッド殿。

なんか、そのお弁当も普段と比べると豪華だよなぁ……。

顔がいいって、本当に得なんだな。

「魔法を使うと、とにかく腹が減りますからね。魔法使いの大半は大食いだそうですよ」

結局、アルフレッド殿はお弁当を三つ平らげてしまった。

昼食が済むと、再び畑に食べ物を探しにきた猪たちを魔法で素早く倒し、その死骸を回収していく。

「なんか、このまま最後まで続けられそうですね」

「さすがに無理でしょう。そろそろおかしいと思い始めますから」

アルフレッド殿は、これまでに数十頭の猪を狩った。

いくら大量発生して普段は群れとして行動していなくても、それだけの仲間がいなくなれば、そろそろ猪たちも気がつくはず……。

「ほうら、気がつかれた」

「うわぁ――――！　なんじゃこりゃあ――――！」

不意に殺気を感じて視線を向けると、この監視小屋と畑をうかがうようにしている数百頭の猪の群れが確認できた。

「この方面だけでこの数か……」

「えっ？　ボイゾンさん、それはどういう意味で？」

「わからないのか？　ベソソ。猪は俺たちだけに迫っているわけじゃないってことさ」

ここからは見えないが、きっと村は沢山の猪たちによって包囲されているはずだ。

「そうなんですか？　そんなことなら、猪に手を出さなきゃよかったんだ！」

「んなわけがあるか！　飢え死にしたいのか？」

あれだけ大量発生した猪を放置すれば、森からはすべての食べ物が消え、飢えた猪は結局この村を襲うようになるだろう。

だから必ず、猪の群れは駆逐しなければならないのだ。

「そりゃあ俺だって、少しは腕に覚えがある猟師だ。数十頭までなら狩れるだろうが、その辺が普通の猟師の限界だ。だから今回はアルフレッド殿に任せている。任せた以上は、男なら腹を括《くく》れ！」

「そんなこと言われてもぉ――――！」

気持ちはわからないでもないが、アルフレッド殿に任せるしかないんだ。

ベソソが動揺しまくっているが、こんなだから猟師としての腕がなかなか上がらないのだろう。

「心を落ち着かせて、あとは天に祈ってろ！」

「はい！」

「ボイゾンさんは、さすがこの村一番の猟師ですね。この仕事を引き受けた以上、確実に最後までやり遂げるので安心してください。ごゆるりと見学していてもらって大丈夫ですよ」

「アルフレッド殿？」

「あっ！　飛んだ！」

魔法使いには、『飛翔』という魔法で飛べる人が多いと聞いていたが、実際に目の当たりにすると凄いものだな。

アルフレッド殿ははるか上空へと浮かび上がった。

「やはり、村が多数の猪によって包囲され、突入寸前といった感じだな。すぐに終わらせよう」

俺は耳もよかったので、上空にいるアルフレッド殿の独り言を辛うじて聞くことができた。

やはり多数の仲間を殺された猪たちは、村を包囲したようだ。

正直いって不安はあるが、あとはアルフレッド殿に任せるしかない。

そんな風に考えた直後、上空のアルフレッド殿が眩《まばゆ》く輝き、そこから百を超えるであろう光が猪たちに向かって放たれた。

「すげえ！」

ベソソが感嘆の声をあげる。

アルフレッド殿が放った光は次々と猪たちの体に突き刺さって貫通し、一撃で絶命させていく。

先ほどの魔法と同じく、猪たちを一撃で殺すことにすべてを割り振った光で体を貫かれた猪たちはほぼ即死状態で、大量の血、脳味噌《みそ》、内蔵をぶちまけ、村の周囲に凄惨《せいさん》な光景を作り出した。

村に被害が出ないよう、一瞬で多数を殺すことに特化した魔法なので、獲物の状態なんて微塵《みじん》も考えていないようだ。

普段ならよくないが、この状況なら合格と言っても過言ではなかった。

「ボイゾンさん、もう終わりでしょうか？」

「どうかな？　いやまだ残ってるみたいだ」

再び、上空にいるアルフレッド殿の体から百を超える光が放たれた。

それらも容赦なく、村をうかがっていた猪たちを貫いていく。

さらに数秒後にもう一撃、また一撃、さらに一撃。

結局、同じ魔法を十数回も放ち続け、その結果アルフレッド殿に狩られた猪の数は膨大なはずだ。

「異常発生した猪たちは、これでもう終わりだな」

「いやあ、たまげました」

俺もたまげてるよ。

現に今も、上空から百の光を猪たちに向けて放つアルフレッド殿を見上げながら、これが神による無慈悲な一撃……もうトドメだなと思っているのだから。

「だがこれで、ようやく畑に種を蒔けるな」

「本当、助かりましたよ。これで俺の嫁さんも、お弁当を作ってくれるようになるでしょうから」

「……そうだな」

ベソソ、だからさっきお前は、俺とアルフレッド殿がお弁当を食べている時、羨《うらや》ましそうな表情をしていたのか。

奥さんが旦那よりもアルフレッド殿の弁当を優先するって……お前ら夫婦、大丈夫か？

「……」

「ボイゾンさん、どうかしましたか？」

「いや、なんでもない。これは後片づけが大変そうだな」

「魔法の袋を使えば楽に猪たちの死骸を回収できますから、お手伝いしますよ」

「それはありがたい」

倒した猪の死骸の回収も手伝ってくれるなんて、アルフレッド殿は優しい人だ。だから余計女性に人気なんだろう。

ただ俺は今朝、アルフレッド殿にお弁当を渡す村の女性たちの中に、ベソソの奥さんがいたのを思い出してしまった。

それなのに、旦那であるベソソが弁当抜きだったと知り、それを言い出すことができなく……だって、あまりにもベソソが可哀想じゃないか。

それにしても、アルフレッド殿は罪深い男だな。

本人はとてもいい人だってのに。

「じゃあ、狼《おおかみ》の群れに嗅ぎつけられる前に、猪たちの死骸を回収するか」

アルフレッド殿の魔法で無事、大量発生した猪の群れは退治され、そのあとは村人総出で猪の死骸を回収する。

猪の血の臭いを嗅ぎつけた狼たちもやってきたが、それらもアルフレッド殿が魔法で駆除するか、追い払ってしまい、改めて凄腕の魔法使いとは大したものだなと感心する俺であった。


こうして異常発生した猪の群れはすべてアルフレッド殿の魔法によって駆逐され、翌日、彼を主賓とする祝宴が開かれた。

「アルフレッド殿、もう一杯いかがですか？」

「いただきます」

「イケる口なんだね。若いってのに」

「お酒を飲み始めたのは成人してからなので、そんなに日も経っていないのですが、美味しいものですね」

「うちの村で作っている山ブドウ酒さ。いざとなったらこれで食料不足を耐え凌《しの》ごうと思ってたんだが、あんたが猪を倒してくれたおかげでその必要もなくなった。遠慮なく飲んでくれ」

「では遠慮なく」

「おおっ！　いい飲みっぷりだねぇ」

祝宴が翌日になったのは、彼が四方八方から村に押し寄せる猪の大群を上空から光の矢ですべて倒してしまったからだ。

猪の死骸をそのままにしておくと腐ってしまうし、その前に狼や熊を呼び寄せてしまう懸念があった。

この村はようやく種蒔きができるようになったという状況なので、収穫までの食料として猪の肉を確保しておきたいという思惑もある。

すぐにでもアルフレッド殿を主賓として祝いたいが、猪の死骸を片づけるまで待ってほしいとお願いしたら、なんとアルフレッド殿は村の周囲に散らばっていた猪の死骸を魔法の袋でその日のうちに回収してくれたのだ。

おかげで、こうして翌日に祝宴を開くことができた。

猪の肉が大量にあるので、これを村の女性たちが調理したものがこれまた大量に提供されている。

残念ながら村には魔法の袋がないので、村の倉庫は塩漬け猪肉の樽《たる》でいっぱいになり、村のあちこちに干し肉がぶら下げられ、燻製を作る煙が立ち昇り続けている。

猪の骨は出汁《だし》を取るのに使えるが、内臓は悪くなりやすいので長期保存が難しい。

お金になる胆《きも》以外は新鮮なうちに食べられる分だけを調理して、残りは畑の肥料に回された。

量が多かったので扱いが難しかったんだが、アルフレッド殿が魔法で肥料にしてくれたのでありがたかった。

毛皮も村人たちの手で鞣《なめ》されて、各家で伸ばされ、陰干しされている。

本当は倒した猪の権利はアルフレッド殿にあるんだが、彼は『こんなに食べきれませんよ』といって、規定の報酬と、村の燻製肉作りの名人が作った燻製肉しか受け取らなかった。

そんな村の救世主であるアルフレッド殿は、村人たちが勧める猪の燻製肉と自家製の山ブドウ酒を楽しんでいる。

彼は成人したばかりなのにとても酒に強く、村人たちから次々と山ブドウ酒をグラスに注《つ》がれても、断ることなく飲み干していた。

そんな彼を気に入った村人たちは多く、どうにか娘なり妹の婿になって村に残ってくれないかと思っているようだ。

滅多に外部の人間が来ないため、余所者《よそ》への警戒心が強い村人たちが、この村に残ってほしいと願う。

アルフレッド殿が、能力も人格も兼ね備えた人物である証拠であった。

「(だがなぁ……)」

俺も、彼が娘エレナの婿になってくれるのならありがたいが、残念ながらアルフレッド殿がこの村に残る可能性はゼロだろう。

彼は成人したばかりで、これから魔法使いとして、冒険者としてのキャリアが始まるし、この村は若者には退屈だからな。

「(明日、アルフレッド殿を気持ちよく送り出さないと)」

そんなことを考えながら山ブドウ酒をチビチビやっていると、村の入り口が騒がしくなった。

どうやら、余所の人間がこの村を訪れたようだ。

「おんやぁ？　あたしゃあ、リーゼンブルク支部の依頼でこの村の周辺に発生した猪の駆除を頼まれたんだけどねぇ。ほうれ、これがリーゼンブルク支部の紹介状さ」

「……本当だ。しかし不思議だな。リーゼンブルク支部にも猪討伐の依頼を出してはいたが、すぐに本部案件になったと、冒険者ギルドからは聞いていたんだが……」

まさか、こんな森の深くにある村に、二人も魔法使いが来るとは思っていなかった村長は困惑していた。

それにこの魔法使いは……少し失礼だが、かなり年配の老婆なのに、よくここまで歩いてこられたものだ。

魔法使いだから飛べるのか。

黒いローブで頭まですっぽりと覆い、髪の色はオレンジか？

大分白髪が交じっているし、顔もシワだらけだ。

「大変申しわけないのですが、すでに猪の群れは、冒険者ギルド本部が派遣してくれた魔法使い殿が倒してしまったのです……」

村長が申し訳なさそうに言う。

魔法使いの二重派遣は冒険者ギルド側のミスとはいえ、猪の駆除依頼を出したのはこの村だからだ。

同時に、ここまで出張ったのだから報酬を寄越せと言われるのを恐れているのであろう。

魔法使いは希少なので、その報酬は決して安くはない。

こんな村が二人分の魔法使いへの報酬を支払うのは、財政的にも厳しい。

「どうやら冒険者ギルドのミスらしいねぇ。とはいえ、この老いぼれが森の奥深くにあるこの村まで来るのもしんどくてね。他に近場の依頼なんていくらでもあるのだから」

「報酬をお支払いした方がよろしいのでしょうか？」

「無駄足は嫌だけど、あたしが猪を退治していないのも事実だからね。やっていない仕事の報酬は頂けないさ。代わりに今夜は村に泊めていただき、この近辺で採集できる野草やキノコなどを少し頂こうかね」

「野草とキノコですか？　ですが、猪のせいで大して残っていないんですよ」

「あたしの欲しいのは毒草でね。実はあたしは占い師でもあって、占いには特殊な毒草を使うことも多いのさ。ところが、これら毒草の類《たぐい》がなかなか見つからない。町に近い採集場所は競争率も激しくてねぇ」

「そうなのですか。わかりました。採集の許可を出しましょう。この村には宿屋もないので、今夜はワシの家に泊まってください。ちょうど祝宴の最中なので、あなたもいかがですか？」

「長いこと森の中を歩いていたからお腹が空《す》いていてねぇ。助かるよ」

以上のような経緯で魔法使いの老婆も祝宴に加わったのだが、彼女も余所者なのに、すぐに村人たちと仲良くなってしまった。

食事のあと彼女が、もう一つの仕事であるという占いで村人たちを占い始め、これがよく当たるからだ。

「あの、私、いつ結婚できます？」

「来年の春だね。相手は大分近い人で、今の想《おも》いは叶《かな》わずだけど、その方が幸せだと思うよ」

「そうですか……」

うちの娘が老婆に占ってもらっており、その結果を聞いて残念そうな表情を浮かべている。

アルフレッド殿に気合を入れてお弁当を作っていたが、彼はこの村で燻《くすぶ》るような人間ではなく、娘もそれに気がついてはいるのだと思う。

しかし、大分近い人か……。

隣家のマークだろう。

幼馴染みで仲も悪くないからな。

しかしながら、この老婆がそんなことを知っているわけがなく……いや、うちの娘とマークが本当に結婚するかなんてまだわからないじゃないか。

占いを過信するのはどうかと思うのだが、以降も老婆の占いはよく当たった。

「なくした指輪ねぇ……。馬小屋のワラの下をよく探しな」

結婚指輪を失くした新婚のウーツが、縋《すが》るような目付きで老婆にその行方を訪ねていた。

新婚早々指輪を失くしてしまったせいで、かなり肩身の狭い思いをしていたからなぁ。

「馬小屋ですか？」

「ああ、ワラの下をよく探すんだよ」

「はい！」

ウーツが馬小屋に走っていってから数分後。

彼は歓喜の表情で、その手に失くした指輪を持って戻ってきた。

「本当に馬小屋の床に敷いたワラの下にありました！　ありがとうございます」

いや、これもたまたまのはず。

人生経験が豊富な老婆なら、ウーツの話を参考に、失くなった指輪が落ちている場所を予想するくらい容易《たやす》いはずだ。

こんな田舎の村に、馬小屋がないわけがないのだから。

「あんた、酒をやめないと今度は水の災難に遭うよ。先週、火の災難に遭ったばかりだろう？」

「うっ……」

村一番の飲んべえであるケスラーが、老婆の占いを聞いて黙り込んでしまった。

なぜなら本当に先週、彼の家でボヤが発生していたからだ。

村人たちも、老婆の占いの正確さにもはや疑いを持たなくなっていた。

次々と村人たちが占ってもらい、それをとてもありがたがっている。

「しかしまぁ、よく当たるものだな。アルフレッド殿も観《み》てもらわないのか？　……アルフレッド殿？」

アルフレッド殿に声をかけると、どういうわけか彼は、猪狩りでも見せなかった険しい表情を浮かべながら、老婆を見つめていたのだ。

「おや、この村の災厄を解決した若き魔法使い殿も、あたしに占ってもらいたいのかい？」

「興味ありますね。是非お願いしましょう」

老婆は自分が険しい表情を向けられていることをまったく気にせず、同じ魔法使いであるアルフレッド殿に声をかけた。

すると途端に彼は、いつもの温和な笑みを浮かべながら、老婆の傍へと歩いていく。

先ほどとはまるで違う表情に、俺は大騒動が起こるのではないかと、内心ハラハラしてしまった。

「おや、あんたは随分と変わった運命の持ち主だねぇ。これからのあんたの人生だが、優れた魔法使いとして世間に名を残すだろう」

これなら大丈夫か？

と俺が思った直後、老婆がとんでもないことを言い出した。

「あんた、長生きできないねぇ。その優しさが仇《あだ》となるよ。四十歳まで生きられたら御の字だ」

「……」

老婆の予言を聞いていた全員が驚きを隠せず、いたたまれない気持ちに襲われてしまう。

村の恩人が、占い師に長生きできないと言われたのだから当然だ。

正直気分はよくないが、実際老婆の占いはよく当たるので『嘘《うそ》をつくな！』とも言えず、村人たちの間に微妙な空気が漂い始めた。

「私は長生きできませんか」

「このままだと、残念だけどね」

老婆から長生きできないと言われたのに、アルフレッド殿は動揺することもなく冷静なままだった。

それどころか笑顔を崩さず、まったく気にしていないようにも見える。

「もしそれが事実だとしても、それも人生でしょう。私は生まれてすぐ、養護院の前に捨てられていたそうです。もしかしたら、赤ん坊の頃に死んでいたかもしれない人間なのです。ですから今があるということは、運に恵まれたということでしょう。たとえ占いどおりに四十歳まで生きられなかったとしても、あと二十年以上ありますからね。色々とできますよ」

俺たちはただ凄いと思った。

アルフレッド殿はまだ成人したばかりなのに、まるで人生経験が豊富な老人のように達観していたからだ。

長生きできないと言われても、それをまったく気にしていないのだから。

「大変失礼な質問ですが、お婆さんの占いが外れたことはありますか？」

「あるね」

「当たるも、当たらないも占いですよ」

「確かにそうじゃな。場が暗くなったお詫《わ》びにいいことも教えてやろう。とはいえ、これはあんたを助ける占いではない。将来できるであろう、あんたの弟子を助ける占いさ。聞きたいかね？」

「とても興味ありますね」

「この予言は、あまり他の人間に聞かせたくない。それを聞いたあんたが誰に託すかは任せるがね。ちょっとお耳を拝借……」

「……ふむふむ、なるほど……」

老婆が小声でアルフレッド殿に話した予言の内容だが、実は俺もあとで教えてもらった。

なぜなら……。


「アルフレッド殿、これは？」

「私の魔力を、魔晶石に込めたものです。これをあなたに託したい」

「俺に？」

「ええ、あの老婆が私に話した予言ですが……」

祝宴が終わった翌朝、アルフレッド殿は俺に話があると言って、二人きりになった。

村の女性たちが俺を羨ましそうに見るのだが、大切な話らしいので、邪《よこしま》な想像はしないでほしいものだ。

「数十年後、私がすでにこの世にいない頃、この村に私の弟子がやってくるそうです。そして彼は、困難な敵との戦いに挑む。そんな彼を救いたければ、魔晶石に私の魔力を込めて、この村の信頼できる者に託せと。そうすればその人物が、その弟子に魔晶石を渡すであろうと。にわかには信じられない話ですけどね」

「確かに……」

まだ成人したばかりのアルフレッド殿に弟子などおらず、ただこれだけ優秀な魔法使いなら、将来弟子を取っても不思議ではない。その未来の弟子がこの村にやってくるから、彼にアルフレッド殿の魔力を渡せというのか……。

「正直なところ、私もあの老婆の占いについては半信半疑ですが、まだ見ぬ私の可愛い弟子のためですからね。それに、他の魔法使いの魔力を使える者はとても少ないので、もし占いどおりだとすれば、私の弟子はかなり優秀なのかもしれない。そんな弟子を失うのは惜しいので、ボイゾンさんにこの魔晶石を託したいのです」

そう言われてアルフレッド殿から渡された魔晶石は、エメラルド色に輝きとても綺麗《きれい》だった。

「俺が生きている間に、アルフレッド殿の弟子がこの村にやってきたら、責任を持ってこの魔晶石を渡すよ」

「所詮《しょせん》は占いです。当たったら凄い、くらいに思いましょう」

「そうだな。予言云々《うんぬん》は別として、アルフレッド殿はこの村の恩人だ。気が向いたら、またこの村に遊びに来てくれ」

「ええ、その機会があったら是非」

俺はアルフレッド殿から魔晶石を受け取り、そのあと村のみんなで王都に帰るという彼を見送った。

「あ――あ、アルフレッド様が、私のお婿さんになってくれたらよかったのに……」

俺の娘のみならず村中の女性たちが、アルフレッド殿を見送りながら残念そうに言うが、こればかりはどうにもならない。

次第に遠ざかる彼の背中を見送りながら、いつかまたアルフレッド殿がこの村を訪ねてくれることを俺は強く願うのであった。

＊＊＊

「以上が、アルフレッド殿がこの村にやってきた時のお話です」

「駆け出しの頃の師匠が、この村に来ていたなんて驚きです」

「残念ながら、ワシも風の便りでアルフレッド殿が亡くなったことを知り、大変悲しかったのを覚えております。あの老婆の占いが当たらなくても、アルフレッド殿から託された魔晶石は死ぬまで預かろうと決意しておりましたが、まさか本当にアルフレッド殿の弟子であるバウマイスター辺境伯様が村近くの川辺に流されてくるとは……。だからワシは、孫娘のマーガレットに、意識が戻らないバウマイスター辺境伯様の世話を命じたのです」
「そして、俺がエリーゼたちを救うべく王都に飛んでいこうとした時、マーガレットがあの魔晶石を渡してくれたのか」
「ええ。マーガレットに渡すように頼みました。あの時はバタバタしていたので、詳しい事情を説明することができず大変に失礼しました」
「あの魔晶石のおかげで、俺は命を繋《つな》いだ。そうか、師匠が俺を助けてくれたのか……」

師匠が残してくれた魔晶石は、オットーとの戦闘で直接役に立ったわけではないけれど、もしなかったら、オットーが俺を引きずり込んだ別次元で魔力が尽き、永遠に落下し続ける羽目になっていたはずだ。

エリーゼたちによる救援が間に合ったのは、本当にこの魔晶石のおかげなのだ。

さすがは俺の師匠。

しかしながら、師匠が村の女性たちにモテモテだったのと対象的に、俺はまったくモテモテじゃないことに理不尽さを感じ……べ、別に俺がこれ以上女性にモテたところで奥さんを増やせないし、増やしたくないからいいんだけど……。

「(決して、モテモテな師匠に嫉妬《しっと》してるわけじゃないんだからね！) おかげで助かりました」
「ワシはアルフレッド殿から託されたものを、彼の弟子であるバウマイスター辺境伯様に渡しただけですよ。ワシが生きている間に、魔晶石を渡せてよかった」

詳細を俺に話したボイゾンさんは、ようやく約束を果たせたことに安堵《あんど》の表情を浮かべていた。

「あっ、はいはい！　質問！　質問！」

「えっ？　この話に質問はいるか？」

「だってこの村には、ヴェルよりも先にブランタークさんと導師が流れ着いたのに、どうしてヴェルがアルフレッドさんの弟子だってわかったの？　みんな意識がなかったから、聞こうにも聞けなかったよね？」

「ルイーゼ、アルフレッドさんのお弟子さんなんだから、彼よりも若い人じゃないとおかしいじゃない」

「イーナちゃん、導師はアルフレッドさんよりも若いよ」

「導師は、そのぅ……」

イーナが返答に困るのも理解できる。

導師って師匠よりも年下だけど年上に見えて、なにより誰かの弟子になるようなタイプには見えない。

ブランタークさんに至っては師匠の師匠で、見た目からして弟子には見えない。

俺よりも先に村近くの川辺に流れ着いたブランタークさんと導師が、師匠の弟子だって思われなくて当然というか……。

「バウマイスター辺境伯様は、アルフレッド殿に容姿が似ているわけではないのですが、雰囲気がそっくりだったので、すぐにわかりましたよ」

「俺と師匠は雰囲気が似てるのかぁ」

そう言われると悪くない気分だ。

もしかすると、そのうち俺も『雰囲気イケメン』とか言われるようになって女性にモテ……別にモテる必要なんてないけど。

「しかし謎なのは、予言を的中させた謎の占い師だな。さらに魔法使いなんだろう？　有名な婆さんなのかね？　まだ生きてるか不明だけど」

「どうかな？」

エルの疑問に俺も首を傾《かし》げる。

「魔法使い兼占い師って人は意外といるけど、正直微妙な人が多いからなぁ」

「そうなのか？」

「ああ、優れた魔法使いが占いまでするケースは少ないのさ」

だって魔法使いに集中した方が、圧倒的に実入りがいいのだから。

ただボイゾンさんの話によると、師匠はその老婆をかなり警戒していたという。

もしかすると、優れた魔法使いである可能性が高いのだろうか。

「それでいて、恐ろしいほど占いも当たるなんて……心当たりがないなぁ」

「すでに婆さんだったんだから、もう死んでるんじゃないのか？」

「魔法使いだからなぁ。死んでないかもしれない」

魔法使いは基本的に長生きだからだ。

「その占い師の婆さんについては、あとでブランタークさんに聞けばいいだろう。もしかしたら知っているかもしれない」

「それもそうだな」

師匠の死を予言した、魔法使いで占い師の老婆かぁ。

名前すら伝わっていなくて、なんか怪しいので調べてみるか。

「ワシが死ぬまでに、アルフレッド殿との約束を果たせてよかったです」

占い師の予言だから疑わしくはあったが、そのおかげで俺は命を拾った。

「魔晶石の元の持ち主である師匠の若い頃の話が聞けて面白かったです。お礼をしたいのですが、なにかご要望はありますか？」

俺はバウマイスター辺境伯ゆえ、マーガレットのみならず、師匠の魔晶石を長年預かってくれたボイゾンさんにもちゃんとお礼をしなければ。

「それでしたら、うちのマーガレットを末永くお願いします」

「マーガレットはよく働いてくれるので、本人が希望するならずっとうちの屋敷にいてくれて構わないさ」

「本当ですか？　お館様、ありがとうございます」

ボイゾンさんからの話を真剣に聞いていたマーガレットだが、喜んでくれたようでなによりだ。

師匠の魔晶石と、若い頃の師匠の思い出話に比べれば、全然大したお礼ではないのだから。

「私、頑張って働きますね」

「マーガレットには期待しているよ」

バウマイスター辺境伯家は常に人手不足だし、もし彼女が結婚して子供が生まれ、一時的に働くことをやめたとしても、ちゃんと職場復帰できるように配慮するつもりでいる。

なんなら、結婚後も働けるような結婚相手を紹介してもいいのだから。

「（そのうちローデリヒと相談して、育休制度でも作ろうかな？　そうすれば、将来マーガレットに子供が生まれても、うちの屋敷で働き続けられるからな）」

「マーガレットはずっとバウマイスター辺境伯様が面倒を見てくださるというのですか。それはとてもありがたいです。ならばワシは、それ以上の褒美は望みません」

「そういうわけにはいかないから、せめてなにか欲しいものとかないかな？」

ボイゾンさんは謙虚だな。

マーガレットはちゃんと働いてくれているし、魔晶石自体も安いものではないので遠慮する必要ないのに。

「それでしたら、狩猟に使う罠《わな》や弓矢でいいものが欲しいですな」

「すぐに王都の有名な武器屋から送らせよう。是非受け取ってくれ」

「この年になっても、新品の弓矢というものは心を躍らせるものですからね。王都の弓ですか。大変ありがたいです」

ボイゾンさんが喜んでくれてなによりだ。

俺は師匠の昔の話を聞けたし、師匠の形見も一つ増えた。

ボイゾンさんとマーガレットから受け取った魔晶石は大切にしないとな。

「……あの、ヴェル」

「イーナ、どうかした？」

「マーガレットなんだけど、ヴェルが一生面倒見るの？」

「本人が望むならね（やっぱり労働者の勤労意欲を維持するためには、できる限り終身雇用制の方がいいんだろうなぁ）」

前世日本では徐々に崩れつつあった制度だけど、この世界に上手《うま》く定着させたいものだ。

「ヴェルがそう思うのなら、私たちはそれでいいと思うけど」

「あっ、うん」

ただお世話になったマーガレットの終身雇用を保障するだけの話なんだけど、イーナはこの世界の人間だから、少し違和感を覚えたのかな？

「（貴族の家臣なら終身雇用が当たり前なのに、そんなにおかしなことなのかな？　まあいいけど……）」

さて、師匠の死を予言した謎の占い師兼魔法使いの老婆が誰かという疑問は残っているけど、俺には他にやらないといけないこともあるから、マーガレットとイーナたちを連れてバウルブルクのお屋敷に戻るとするか。

第二話　世界は違っても、頭が固い偉い人は面倒だ

「前に抱っこしてからそれほど時は経《た》っておらぬが、フリードリヒは重たくなったのぉ。そして子供というものは、いつ抱いても温かいものだな」

「陛下もまだ子供だから温かいはず……うぐっくっ！」

「バウマイスター辺境伯よ、彼はなにか余に言いたいのか？」

「エルの奴ですか？　子供は体温が高いから、大人よりも温かいって言いたかったみたいですよ」

「そうなのか。余も一日でも早く子を作り、ついに余のみとなってしまった王家を復興させなければならぬ。万が一余になにかあった場合、王家が途絶えてしまうのは困るからの。子作りは直近の目標である！」

「陛下はまだ子供だから早す、うぐ！」

「また彼はなにか言いたいのか？」

「エルですか？　エリーには親戚はいないのかなって。なあ、エル？」

「俺は魔王様はまだ子供だって……」

「(エリーはちょっと背伸びをしたい年頃に入りつつあるから、そういうこと言っちゃ駄目！　そんなことは全員わかっているんだから、エルも空気読めよ)」

「(お前は女心わかっているのか、わかっていないのか、本当によくわからないな)」

「余の親戚か？　いるにはいるが、遠縁すぎて王家の嫡流とは言えぬし、パパとママが生きていた

頃から親戚づき合いもなかったのでな。今さら王族だと自称されても困るし、魔族の王族は魔力量が多くなければ、普通の魔族となんら変わらぬ。彼らは縁が遠すぎて魔力量も少ないのだ」

「魔族の王が戦や決闘で強大な魔法を行使する時代は終わりましたが、魔族の王が王として畏怖《いふ》されるのは、強大な魔力があってこそです。それを持たない彼らを王族と認めることはあり得ません。ゾヌターク共和国には貴族や王族を嫌う人が一定数存在しますし、彼らはそういう者たちの目を気にして、市井の人になってしまった先代陛下やお妃様《きさき》と距離を置いていましたから」

「そういうところは、人間も魔族も同じだなぁ」

「ところがこのところ、陛下が社長を務める会社が好調なので擦り寄ってきた親戚たちもいて、色々と面倒なのです。ゾヌターク共和国内は、いまだオットーたちと民権党政権のせいで大混乱したままですが、『ゾヌターク王国』は早期に混乱を脱し、会社の業績も回復基調から再び成長し始めましたから」

「やっぱり魔族も人間と同じだな。今日はそんなことは忘れて、祝勝パーティーを楽しみましょう」

無事に、拗《こじ》らせた魔族のテロリストであるオットーたちを倒し、魔力回復を阻害する巨大魔道具の停止に成功した俺たちは、バウルブルクの屋敷で祝勝パーティーを開いていた。

バウマイスター辺境伯領に戻ってきた時にもパーティーをしたが、今回はバウマイスター辺境伯領の家臣たちや……今回の騒動中、平定したばかりのアキツシマ島《トウ》が平穏無事だったお礼も兼ねて涼子《リョウコ》たちのみならず、松永久秀《マツナガヒサヒデ》たちなどおっさん組も招待していた。

当然、クーデター騒動中、南部の治安維持をしてくれたブライヒレーダー辺境伯など外部の人たちも呼んでいる。

バウルブルクの屋敷の中にあるパーティー用の大ホールに置かれたテーブルには、世界中から集めた食材で作られた様々な料理やデザートが並び、みんな楽しそうに話をしながら飲食を楽しんでいた。

今回の件で魔王として覚醒した感もある恩人のエリーは、ライラさんと二人だけでパーティーに参加していてサイラスたちの姿はなかった。ライラさんによると彼らはゾヌターク共和国で仕事に追われているらしい。

彼らに頼まれて『瞬間移動』でゾヌターク共和国まで送ってあげたが、そのうち時間ができたら、一緒にどこかに遊びにでも行こうかなと思う。

彼らはメンタルが現代人に近いので、俺からするととてもつき合いやすいからな。

「サイラスさんたちはすでに陛下の重臣という扱いなので、陛下の自称親戚たちへの対応をお任せしています。ここ数日陛下の遠い親戚たちが、『自分たちを雇え！』、『お金を寄こせ！』、『お金を貸せ！』とうるさいので、陛下とともにこちらに退避しているのです」

「世知辛いねぇ……」

「ええ……」

ライラさんがため息をつくのも理解できる。

エリーの親戚たちは、王族や貴族を嫌う人たちからの攻撃を受けないよう、両親を亡くして保護者が必要だった彼女の面倒を見ることもせずに距離を置いた。

ところが徐々にエリーの会社が、過疎地の農村復興、中古魔導飛行船と中古魔道具の売買、リンガイア大陸への人材派遣で儲《もう》かるようになったので、自分たちも甘い汁を吸おうと近寄ってきたわけだ。

前世でも、会社の取引先で商売に大成功した人が、親戚に集《たか》られて大変だって愚痴を零《こぼ》していたのを思い出した。

魔族も人間も変わらないという証拠だな。

「エリーがご両親を亡くしてから、ライラさんがずっと保護者代わりをしてきたんだから、今さら親戚たちが口を出してもしょうがないだろうに」

「彼らは陛下がまだ成人していないのをいいことに、陛下の新しい後見役になろうとしているのです。ですので、会社のことはサイラスさんたちに任せて、陛下はこの件が解決するまでリンガイア大陸で過ごしてもらおうかと」

「なるほど。サイラスたち、出世したなぁ」

最初は無職だったけど、元々ゾヌターク共和国でもトップクラスの大学を卒業しているからな。

運が悪かっただけで仕事をする能力は十分にあったから、本来の立ち位置に戻っただけともいえる。

「せめて成人するまでは、陛下には健やかに過ごしてほしいのですが……」

「そうだねぇ……」

オットーたちの事件で魔王としての資質を現しつつあったエリーだけど、前世ならまだ中学生にもなっていない年齢だ。

汚い親戚たちの件はライラさんとサイラスたちに任せて、今は子供らしく暮らせばいいと思う。

「ねーね」

「おう、フリードリヒは『ちちうえ』以外にも話せるようになったのか。子供は成長が早いのぅ」

エリーがフリードリヒを抱っこしながらあやしていると、俺の超賢い息子フリードリヒが、エリーを『ねーね』と呼んだ。

「陛下、フリードリヒはもう『ははうえ』も覚えましたよ」

「それは凄《すご》いのぉ」

今度はエリーゼがフリードリヒを抱くと、『ははうえ～』と嬉《うれ》しそうに言った。

やはり子供にとっての一番は母親なのだと思う。

他の子たちも、藤子《フジコ》やルル、フィリーネ、アグネスたちと遊んでいたが、すぐに母親のところにヨチヨチ歩いて駆け寄り、嬉しそうに抱いてもらっていた。

みんな、みるみる大きくなっていくな。

「全員まだ二歳になっていないから、やっぱりお母さんが一番だな」

「それは仕方がありませんね。ところで今回の騒動を解決したお祝いのパーティーですが、バウマイスター辺境伯家は随分と早く実施することができたようですね」

ワイングラス片手に、ブライヒレーダー辺境伯が俺に話しかけてきた。

一時は不景気になったものの、今回の騒動で領地に直接的な被害がなかったので安堵《あんど》の表情を浮かべている。

王都はかなり被害が出ていて、ルックナー財務卿が復興予算の確保に頭を痛めていると聞くからな。

「そうですか？　一週間もかかりましたよ」

先日のような大騒動が発生したあとは、大貴族ほど外部の関係者を招待してパーティーを開催する必要があった。

自分たちの健在ぶりや己の顔の広さもアピールできると共に、領地で留守番をしていた主だった家臣たちも招待してその労を労《ねぎら》うためだ。

だが、魔力不足のせいで始まった不景気もあって財政的に大変な貴族は多く、いまだにパーティー開催の目途《めど》が立っていないのが現状だ。

一方俺たちは内輪のパーティーは戻ったその日のうちに開催し、公のパーティーはそれから一週間後の今日というわけだ。

なぜ一週間もかかったのかは、それもこれもローデリヒという男が、俺の不在や魔力問題などで開発計画が遅れていると言い放ち、死闘に次ぐ死闘で疲れている主君をこき使っていたからだ。

しかもその際、ローデリヒが俺にとんでもないことを言ったのだ。

『お館《やかた》様の魔力量が大幅に増えたのは僥倖《ぎょうこう》でした。以前よりも多くの仕事をこなせますね』

『……』

別に俺は、バウマイスター辺境伯領内の土木工事を沢山こなすために魔力量を増やしたのではないというのに……。

『エリーの会社に所属している魔族たちに仕事を割り振れよ！』

と反論してみたのだが、ローデリヒからは『それができるなら、とっくにそうしています』と言い返されてしまった。

『クーデター騒ぎも無事に解決しましたので、多くの貴族たちが魔族たちに仕事を頼み始めたのです。ライラ殿によると、一気に人手不足の状況に陥ったようでして……』

『オットーたちの件で、しばらく魔族を雇うのを控えると思っていた』

『拙者もそう思ったのですが、どうやら他の貴族たちも同じように考えたようです』

この世界では重機や農業機械が普及していないので——古代魔法文明の発掘品のほかは、ゾヌターク共和国にはあるが、まだリンガイア大陸中に普及しているとは言い難い状態だ——多くの貴族が領内の開発やインフラ整備で問題を抱えている。

貴族からすれば、すぐにでもその課題に取りかかりたいところだが、それが可能な魔族は国王を暗殺しようとし、クーデター騒ぎまで起こした。

普通なら、しばらく領内の開発やインフラ整備に魔族を使うことは躊躇《ためら》われるが、逆に考えれば今すぐ仕事を頼めばすぐに来てくれるはずだ。

どうやら同じように考えた地方の在地貴族たちが多かったようで、クーデター騒ぎでバウマイスター辺境伯領とブライヒレーダー辺境伯領に避難していた魔族たちは、ヘルムート王国中に散って忙しそうに仕事をしているらしい。

『彼らに仕事を頼めればよかったのですが、残念ながら今はとても忙しいのだそうで。そこで、魔力量が上がってより多くの仕事をこなせるようになったお館様の出番となったのです』

『だから、俺はそんな理由で魔力量を増やしたんじゃないってのに……』

『まあまあ、使えるものは親でも使えと言うではないですか』

『俺は、ローデリヒのお父さんじゃないけどな！』

そんな理由でこの一週間は忙しかったけど、明日からは……やっぱり忙しいのかな？

そういえばふと思ったんだが、どうしてバウマイスター辺境伯家って当主である俺がトップレベルで忙しいんだろう？

間違いなく一番忙しいのはローデリヒだと思うんだけど、もしそこで『ローデリヒがこれだけ忙しく働いているんだから、俺も頑張らないと！』などと微塵《みじん》でも思おうものなら、俺がさらに忙しくなってしまうので、絶対に口にしないようにしている。

「とはいえ、明日からはしばらく仕事を減らしてくれよ。俺はやらなければいけないことがあるんだ」

ブライヒレーダー辺境伯に続き、ローデリヒも俺に近づいてきたので先制の一撃を入れておいた。

俺の仕事を減らすために！

「ああ、例の件ですね。しかしながら、お館様がそれを実行するのはかなり困難かもしれません」

「だから今夜は、ブライヒレーダー辺境伯も招待しているのさ」

「ええ、私はブランタークから話を聞いているのですが、この件を実行するためには少し注意する必要があるでしょうね。では別室でお話をしましょうか」

みんなそれぞれにパーティーを楽しんでいるが、俺、ローデリヒ、ブランタークさん、ブライヒレーダー辺境伯はそっと別室へと移動した。

ブランタークさんはタダ酒なのをいいことに希少性の高いワインから楽しんでいたけど、いつの間にか俺たちと合流していた。

「パーティーに託《かこつ》けて、密談をする。辺境伯様も貴族らしくなってきたな」

貴族がパーティーを開催する理由の一つに、それを隠れ蓑《みの》に密談をするというものもあった。

俺がブライヒレーダー辺境伯と秘密の話し合いをする理由はただ一つ。

師匠と修行したあの世で出会った、大天使ファーラ様との約束を守るためだ。

その他の天使たちと共に教会に祀《まつ》り、彼女たちがお供え物にありつけるようにする。

あの世から戻る前にファーラ様たちの写真を撮ったので、肖像画と石像を作ってバウマイスター辺境伯領内の教会に設置することは可能だが、それには一つ大きなハードルがあった。

バウマイスター辺境伯領内の教会を管理している神官たちは教会本部から派遣されており、いきなり彼らが管理する教会にファーラ様たちの肖像画や石像を設置しようとしたら大いに反発されるだろうからだ。

教会は、奇跡を起こしたり、その行いが評価された人たちを聖人として認定し、彼らの肖像画や石像を各地の教会に飾っている。

同じようにファーラ様たちの肖像画や石像を置くには教会本部の許可が必要なんだけど、問題はいくら俺たちがあの世で大天使や天使たちに出会ったからといって、それを神官たちに信じてもらえる可能性がとてつもなく低いことだ。

特に年を取った偉い神官たちは頭も固そうだし、そう簡単にファーラ様たちの肖像画や石像を置く許可を貰《もら》えないような気がするから、まずはエリーゼの祖父であるホーエンハイム枢機卿に相談だろうな。

で、事前の打ち合わせにブライヒレーダー辺境伯が参加しているのは、彼もブランタークさん経由でファーラ様たちの話を聞いており、興味をひかれたからだそうだ。

「ブライヒレーダー辺境伯は、自領の教会にファーラ様たちの肖像画や石像を飾ることに賛成なんですね」

「ええ、ブランタークからあの世での話は聞いていますから」

「お館様に信じていただけるのは光栄ですが、問題は教会が聖人に認定した人たちがあの世で天使になっていなかった事実を、バカ正直に説明するかどうかですな。そこはスルーしてそのままにするってのも、大人の選択肢としてはアリな気もしてきました」

ブランタークさんの言うとおり、俺はファーラ様との約束があるので必ず彼女たちの肖像画と石像をバウマイスター辺境伯領内の教会に設置するが、ブライヒレーダー辺境伯は実際に彼女たちに会ったわけでも、約束をしたわけでもない。

下手をしたら教会を敵に回す行為なので、なにもしないという選択肢もあるはずだ。

「とはいえ、大天使ファーラ様と天使たちの肖像画と石像を教会に設置してお供えをすれば、なにかしらのご利益があるのでしょう？」

「あるって言っていましたね」

神様もファーラ様たちも忙しいので、そんなに頻繁にお供え物をした人にご利益を与えることはないはずで、ご利益に期待しすぎるのはよくない。

だが、最初にファーラ様たちを祀ってお供え物をすれば、先行者利益で必ず特典があるはず。

断言はしなかったが、そんなニュアンスの返答を彼女がしていたのを思い出す。

「ならば、ここはバウマイスター辺境伯と歩調を合わせた方がいいと思うのです。私もブライヒレーダー辺境伯領の領主なので、領地のため、領民たちのために、少しでも状況をよくする必要があるのですから。ブランタークから話を聞いて納得しました」

「ですが、ホーエンハイム枢機卿がいい顔をするとは思えません」

「大丈夫ですよ。彼とケンプフェルト総司教のコンビの影響力は、先日の教会本部死守の功績もあって、とても大きなものになっていますから、あの二人が認めれば、他の神官たちの反発は少ないはずです」

戦功を得たホーエンハイム枢機卿とケンプフェルト総司教が、教会にファーラ様たちの肖像画と石像を置く許可を出せば、表立ってそれに逆らう者はいないというわけか。

「ブランターク経由で提供してもらった写真を元に、ブライヒレーダー辺境伯家がパトロンをしている芸術家や、腕のいい職人たちに肖像画と石像を急いで作ってもらっています。バウマイスター辺境伯もでしょう？」

「もうすぐ完成だそうです」

ファーラ様たちの肖像画と石像が完成したらすぐにでも領内の教会に設置したいので、明日にでも一緒に教会本部へ行ってホーエンハイム枢機卿の許可を取ろうと、この日の密談で決定したのであった。

俺とブライヒレーダー辺境伯、南部の二大貴族で協力して教会に圧力をかける目的もあったが、とにかく教会とは面倒な組織だなと改めて感じた次第だ。

ただ教会に、ファーラ様たちの肖像画と石像を置くだけの話だというのに……。

＊＊＊

「しかしながら、バウマイスター辺境伯の『瞬間移動』は便利なものよな。魔族にとって、『瞬間移動』は幻の魔法と化しておるからの」

「陛下も同行なされるのですか？」

「然《しか》り。ゾヌターク共和国では宗教を信じる者が少なくなっているから、ゾヌターク王国では宗教とどう接すればいいのか、参考にしようと思うのだ」

「ゾヌターク共和国に戻ったモールさんたちが、陛下に関するトラブルの対処を終えるまで、ヘルムート王国の視察にあてようと思うのです」

「観光とも言うがの。どういうわけか、魔族の学校はいまだに休校のままという理由もある」

「魔力不足が解決したのにですか？」

「どうも今の政権は、なにをするのも遅いようでして。ついでに言うと、教職員たちが待遇改善を求めてストライキをしているという事情もあります」

「(なんか、どっかで聞いたような話だな……) では、参りましょうか？」

俺、エル、エリーゼ、ブライヒレーダー辺境伯、ブランタークさん、エリー、ライラさんの七名が、『瞬間移動』で王都へと飛ぶ。

「おおっ！　時間どおりであるな！　では、教会本部に行くのである！」

「導師、えらく気合が入っていますね」

「某《それがし》もファーラ様と約束したので、必ずや彼女たちの肖像画と石像を教会に飾らせるのである！」

「伯父様も、ついに真の信仰に目覚めたのですね」

「いや特には。某は、ファーラ様と交わした約束を確実に守るという己の信念に従っているのみである！　これまでに教会が認定した聖人たちが誰一人あの世で天使になっておらず、それなのに一生懸命信仰している教会の連中が滑稽だとは思うのであるが」

「……導師、教会本部の中で絶対にそれを言うなよ」

「ライラよ、バウルブルクの教会よりも豪華ではないか。しかしお金がかかりそうよな」

「私たち魔族に教会が必要なのかどうか、判断つきかねるところですが……」

「魔族は無宗教の者が多いからの。税金でこのようなものを作ると批判されるかもしれぬ」

身も蓋《ふた》もない発言をする導師と、それを窘《たしな》めるブランタークさん。

そして、やはり教会関係者には聞かれたくない会話をする魔王様とライラさんの主従。

教会本部の正門前を守っている完全武装の騎士たちに聞こえていないか不安になるが、声をかけると特に怒っている様子もなくすぐに中に入れてくれた。

顔パスで入れるとは、俺たちも大分有名になったようだ。

「王都は……まだ落ち着きを取り戻していないようですね」

普段はいない聖堂騎士団の騎士たちを見て、エリーゼは少し表情が暗くなった。

教会本部には大聖堂があるので基本的に誰でも入れるはずなのに、厳《いか》つい騎士たちが警備をしているせいで、一般の参拝者たちがまったくいないからだろう。

エリーゼからしたら、老若男女様々な身分の人たちが、自由に大聖堂で祈れることが最善だと思っているのだから。

「もうすぐ聖堂騎士団による警備も終わるんじゃないかな？」

「きっとそうですよね」

エリーゼとそんな話をしながら、ホーエンハイム枢機卿がいる執務室へと入る。

するとそこには、彼だけでなくケンプフェルト総司教の姿もあり、二人はお茶を飲みながら仲良さそうに話をしていた。

「老いらくの恋であるか？」

「……っ！」

「うぬぐぉ――――！」

さすがに導師の発言が不謹慎すぎたので、ブライヒレーダー辺境伯が彼の足を思いっきり踏みつけた。

激痛のあまり導師は悲鳴をあげるが、誰も可哀想《かわいそう》だとは思っていない。

「俺たちまで、導師の舌禍に巻き込むなよ！」

「どう見てもそのようにしか……。某は別に構わないと思うのである」

ブランタークさんも文句を言うが、導師は別にそうだとしても全然構わないではないかというスタンスなので、まったく話が噛《か》み合わなかった。

というか導師は、現代日本と同じような価値観の持ち主なのかもしれない。

ただホーエンハイム枢機卿は妻帯者なので、現代日本だったら世間に叩《たた》かれてしまう可能性が高いのだけど。

「導師は、ワシらが気に入らぬ神官たちと同じようなことを考えるのだな」

「エクムント、アームストロング導師は、私たちが男女の関係にあると思いたい神官たちと同じく、夢見る性格をしているのよ」

「なるほどな、確かにエミリーの言うとおりだ。ワシらは婿殿が同じ話を二度する手間が省けるよう、ここに集まっていただけなのだがな。少し時間があったので、別件での話はしていたが……。しかしながら、実は導師が子供のように純粋な性格をしているのだと、この年になって初めて知ったぞ」

「……」

共に教会のトップにまで上り詰めた存在なので、導師の毒舌程度で動揺するはずもなく、逆に見事に言い返され、導師の方が黙り込んでしまった。

「冗談はこのくらいにして、話を進めることにしよう。先日の騒動のなか、婿殿たちがあの世で神様や大天使様と出会ったというのは驚きだ。大天使ファーラ様とその下にいる天使たちか……」

「バウマイスター辺境伯たちは、教会が聖人認定した人たちとは一人もあの世で会えなかったのね。残念といえば残念だけど、そうだと言われて納得した感もあるわ。聖人に認定したのはあくまでも人間で、神様が同じ風に思うと考える方が不自然だもの」

ホーエンハイム枢機卿とケンプフェルト総司教は、過去に教会が聖人認定した人たちがあの世で天使になっていなかったと伝えても、特に怒るでもなく、そんな気がしていたと、半ば達観した様子だ。

確かに聖人認定は教会の人間が決めたことで、それが神様が決める天使の選定基準と同じわけがないのだから。

でも、魔道具ギルドのシャーシェウド会長みたいな人だと、『お前たちは嘘《うそ》をついている！』などと怒鳴って全否定しそうだけど。

「とにかく、バウマイスター辺境伯領内の教会で、大天使ファーラ様と多くの天使たちを祀りたいわけね」

「ええ、あの世では大変お世話になりましたし、現世に戻ってくる際に約束しましたから」

彼女たちの肖像画なり石像を教会に飾って祀り、必ず毎日お供え物をすることを。

俺にも信仰心なんてひと欠片《かけら》もないけど、約束は守った方がいいよなと思うわけで。

「そうねぇ……。私は好きにすればいいと思うけど、教会幹部の中には怒る人たちもいるでしょうね。基本的に教会で祀るのは、神様と聖人たちだけですもの」

あとは天使の像もあるけど、これは特に造形や設定……設定というのも変か……。

天使は神様のオマケみたいなもので、あくまでも抽象的な存在でしかなく、神様に仕える天使たちの像は、前世の教会で見たことがあるテンプレな天使像にとてもよく似ていた。

神様もルネサンス期の彫像によくありそうな顔と体つきと服装をしているが、これは誰も神様の顔を見たことがないので想像上のものでしかない。

「バウマイスター辺境伯たちは、神様のお姿を拝見できなかったのか？」

「声だけでしたね。そうそう神様の顔を拝めるとは思いませんが……」

「だろうな。だが、この話は秘密にした方がいいな」

「でしょうね」

ブライヒレーダー辺境伯が、ホーエンハイム枢機卿の提案に納得した表情を浮かべる。

多額の寄付をしているが、信心の欠片もない俺たちが神様の声を聞いたなんて事実が世間に知れ渡ったら、それに嫉妬《しっと》する神官たちが出てきそうだからだ。

その結果、恨まれて異端者扱いされたら堪《たま》らない。

「教会に真の信仰はないんですかい？」

「そんなところだな」

ブランタークさんの皮肉に、ホーエンハイム枢機卿も意味ありげな笑顔を浮かべながら答えた。

なお、エリーゼは静かに無表情のままだ。

教会が大好きなエリーゼは、自分の祖父の言い分を理解しつつも、余計なことは耳に入れないというスタンスであった。

「婿殿とブライヒレーダー辺境伯が、自分の領地の中にある教会に大天使様を祀っても、表向き教会はなにも言えぬがな」

「表向きも言えないのですか？」

必ず文句を言ってくるものだとばかり思っていた。

特にこの世界には信心深い人が多いから、いきなり教会の教義に出たこともないファーラ様たちを祀れと言っても抵抗がありそうだからだ。

「聖人の石像を撤去するなどしなければ、追加で大天使様たちの石像を設置しても問題あるまい。

というか、婿殿は見たことがないのか？　地方の教会に行くと、普段我々が目にしないような絵、石碑、石像、祠《ほこら》、巨石、巨木などが祀られているのを」

「そう言われてみると、見たことがあるような……」

教会なのに、建物の隣にある巨木をえらく丁寧に祀っていたりとか。

俺はこの世界の教会って、自然崇拝もするんだなって思ったほどだ。

「教会が勢力を拡大させるなか、大昔から現地で祀られていた、その地方の神なども共に祀るようになった影響だ」

「現地の人たちが大昔から祀っていたものを、今日から教会が認める神様だけにお祈りするように、なんて言ったら、下手したら反乱を起こされてしまうもの」

ケンプフェルト総司教も言葉を続ける。

世界が違っても宗教の問題は面倒が多いし、両方祀りましょうという玉虫色の判定も存在するわけか。

その辺は、割と日本と似ているのかも。

「許可を頂けるのなら、すぐに俺たちは準備を進められます」

「なら、そうするがいい」

なんだ。

思ったよりも早く許可が出たじゃないか。

すぐにバウマイスター辺境伯領内の教会に、ファーラ様たちの肖像画と石像を設置する準備をしないと。

事前に芸術家や職人たちに写真を渡しているから、もう完成させている人もいるはずだ。

「ただ、問題が一つある」

「問題ですか？」

「ああ、バウマイスター辺境伯領内の教会を統轄している、モンド司教が許可を出すかどうか。バウルブルクの総支部から領内すべての教会を管理している彼が反対すると、大天使様たちを祀るのは難しいだろう。大きな領地にある多数の教会を統轄する総支部の司教ともなると、枢機卿の最有力候補なのでその力は侮《あなど》れん。ワシやケンプフェルト総司教が頼んでも拒絶されるかもしれないのでな」

「支部のお偉いさんかぁ……」

会社の支社長と本社のお偉いさんとの関係みたいな話だな。

「大昔から、その地に根付いている地元の神や精霊を共に祀るのであれば彼らも認めると思うが、バウマイスター辺境伯領は元々大半が無人の土地だった。それに、バウマイスター騎士爵領の教会では地元の神や精霊など祀ってはいないと聞いている。大天使様たちを祀る経緯《いきさつ》を誤魔化すのは不可能だ」

昔からその地に住む人たちに祀られていたものなら、モンド司教は絶対に文句を言わないはずだが、ファーラ様たちの存在は俺、導師、ブランタークさんしか知らない。

彼女たちの肖像画や石像を教会に祀るとなると、彼に反対されるかもしれないのか。

「残念なことに、モンド司教はワシとは派閥も違うし、さほど懇意ではないのでな」

「私も派閥が違うから、あまり強く言えないのよねぇ」

「一応手紙は書くので、いい顔はしないと思うが黙認といった感じになるかの」

「そんなところでしょうね」

派閥ねぇ……。

その辺は、貴族も神官も同じか。

一応、モンド司教に宛てたホーエンハイム枢機卿とケンプフェルト総司教の手紙を貰ったので、これを持ってバウルブルクにある総支部へと向かうことにしよう。

彼が素直に、こちらの要求を受け入れてくれればいいけど。

＊＊＊

「大天使ファーラ様と天使様たち？　それは、バウマイスター辺境伯殿が想像した存在でしょうか？　いいですか。天には神と、現世で功徳を積んで天使となられた方々がいらっしゃって、天使の中には教会から『聖人』に認定された素晴らしい方々も多数いらっしゃるのです。いくらこの地の領主様の命令といえど、存在もしない大天使様など祀れません」

「ファーラ様は本当に実在するんですよ」

「私は見たことがありません、以上です」

「……（取り付く島もないとはこのことか……）」

「あっ、もしバウマイスター辺境伯様に強き信心がおありなら、教会が認定した素晴らしい聖人たちの肖像画と石像を飾られるとよろしい。それを作れる工房なら、いつでも紹介しますぞ」

「……(えっ？　それは仲介ビジネス？)」

バウルブルクの中心部にある教会の総支部は、バウマイスター辺境伯領内にあるすべての教会を統轄する存在で、王都の教会本部には劣るが、将来のことも考えて造られているのか、とても大きく豪華絢爛《けんらん》だ。

建設の際には、俺も多額の寄付をしている。

その責任者はモンド司教で、彼はこのバウマイスター辺境伯領での仕事を終えると、間違いなく枢機卿に任じられるであろうと言われているエリート神官だった。

頭もいいはずなので、ホーエンハイム枢機卿とケンプフェルト総司教の手紙があれば、総支部の大聖堂にファーラ様たちを祀る許可を出してくれると思ったのに、残念ながらかなり融通が利かない性格のようだ。

前世で、いわゆるキャリア官僚と呼ばれる人に接した経験があるが、彼に通じるものがあるな。

前例のないことを嫌がる、モンド司教もそんな感じだ。

「なにもない荒れ地に、人生をかけて教会を建設したブルトー。人々の病を治す聖水が湧き出る泉を見つけ、それを用いて多くの人たちを治療したミヒュル・キルステンなど。他にも大勢いらっしゃる、教会がその偉業を認めた聖人たちこそ真に祀るに相応《ふさわ》しく、誰もその存在を知らない大天使たちなど祀れません」

「あのですね……」

「聖人たちは、実際に当時の神官たちがその偉業を確認したからこそ、聖人に認定されたのです。

その死後、天使になっているのは確実だからこそ、教会は聖人たちを手厚く祀っているのですから。ゆえに、教会は聖人たちを祀ることをお勧めしております」

「はぁ……」

モンド司教の言い分は、俺たちしか知らず、教会の誰も確認していない大天使様たちなど実在するわけがなく、過去に教会が聖人に認定した者たちこそが天使になっているのだと。

それこそ証拠はないわけだが、大昔からずっと教会が伝えているので事実に決まっているというわけだ。

聖人たちが誰も天使になっていない、なんて言ったら、モンド司教にガチ切れされそうな雰囲気だ。

みんなそう思っているのでそれだけは口にしていない――当然エリーもだ――のだけど、必ず空気が読めない人がいるわけで……。

「しかしながら、某たちがあの世で修行した時、教会が聖人認定した者たちとは一人も会わなかったのである！　つまり聖人なんてものは、教会の勝手な評価……うぐっ、う――――！」

「……バウマイスター辺境伯殿、今、アームストロング導師殿はなんと？」

「あれ？　すみません、俺にはよく聞こえなかったです」

導師がバカ正直に、聖人は誰一人天使になっていなかったと言ってしまうものだから、エルとブランタークさんが懸命に口を塞《ふさ》いだ。

プライドが高いエリート神官にそんなことを言ったら、激高して余計に話がややこしくなるだけだからだ。

いくらそれが事実でも、彼らにとっては不都合な事実であり、そんな情報は教えない方がいいに決まっている。

「(導師、もし今モンド司教にヘソを曲げられたら、バウマイスター辺境伯領中の教会でファーラ様たちを祀れなくなってしまうじゃないですか。少しは考えてくださいよ)」

「(某、そういうまどろっこしいのは苦手なのである!)」

「(まどろっこしかろうが、それが大人の判断ってやつだよ)」

苦手とか言っている場合でなく、モンド司教を怒らせてどうするんだという話なのに……。

「とにかく、そのような怪しげな大天使とやらを祀るなんてできません! 失礼する!」

導師の不用意な発言のせいで激怒したモンド司教は——残念、やっぱりちゃんと聞こえていたか——大聖堂を出て奥の部屋へと向かおうとするが……。

「あだっ」

「モンド司教、大丈夫ですか?」

「もっ、問題ない」

俺たちに背中を向けたモンド司教が突然、盛大に転んだ。

彼の足元を確認しても躓《つまず》く原因になるようなものは見つからず、どうして突然転んだのか不思議でならない。

「(あの爺《じい》さん、ファーラ様たちの存在を認めなかったから罰でも当たったのかね?)」

「(まさか。単純に年寄りで転びやすいだけだろう)」

俺は、エルの冗談交じりの推察を即座に否定した。

前世で、人間は年を取るとなにもないところで転ぶと聞いたことがあるので、多分それだろう。神官は平均年齢が高いからな。

「で、どうするんだ？　辺境伯様」

半分諦めの表情のブランタークさんに聞かれたが、俺たちはファーラ様たちを祀ると約束したのだから、これは必ず実現しなければならない。

しかしながら、教会の力がここまで強いとはな。

そして、派閥が違うという理由でホーエンハイム枢機卿とケンプフェルト総司教の頼みすら聞かない堅物司教。

やはり教会を相手にするのは面倒だ。

「確かに、教会には真の信仰はないのかもな」

なんとなく嫌な予感がしたので、エリーゼには子供たちの世話を任せて、ここに連れてこなくてよかった。

「それでヴェル、どうするんだ？」

「手はなくもない。まずは小さいことからコツコツとだな」

バウルブルクにある総支部には断られてしまったし、モンド司教が管理している領内の教会も絶望的だが、実は他にも教会が存在するのでそちらに向かうとしよう。

雲ひとつない青空と汗ばむ暑さが続く、バウルブルクの郊外。

以前、俺が魔法で整地した広大な土地では、バウルブルクの大幅な人口増によって慢性的に続く住宅不足を解決すべく、多数の住宅が建設中であった。

さらに、郊外に住む領民たちがバウルブルクの中心部にある教会総支部まで通うと時間がかかるという理由で新しい教会の建設が進んでおり、俺はここにファーラ様を祀ることに決めた。

「なるほど。バウルブルク郊外で建設中の新しい教会に大天使様を祀るわけだな。文句を言われる前に先に置いてしまえと。ちと強引な手だが、悪くないぜ」

「まだ未完成で教会に引き渡されていないから、ここには神官がいない。先に手を打ってファーラ様たちの肖像画と石像を設置してしまうって寸法です」

「いもしない神官なら、文句のつけようもないからな」

「バウマイスター辺境伯！　ナイスアイデアである！」

教会に引き渡す前に設置してしまえば、教会も文句は言えないだろう。

「しかしながら辺境伯様よ、ここの教会もモンド司教の管理下であることに違いはない。あとで文句つけられないかな？」

ブランタークさんも、過去に融通の利かない老神官に酷《ひど》い目に遭わされたようで、本当に大丈夫なのかと尋ねてきた。

「最初は俺も心配したんですが、ここに来る前にローデリヒにある情報を確認してきまして。その結果、大丈夫だと判断しました」

「ある情報？」

「ええ、ホーエンハイム枢機卿とケンプフェルト総司教が言っていたじゃないですか。モンド司教は派閥が違うって。ローデリヒによると、彼はラングヤール枢機卿の派閥に所属しているそうです」

「確かラングヤール枢機卿ってのは、教会建設や教会内部の装飾品、内装品を作る工房に顔が利くんだったよな？」

「ええ」

以前に行われた総司教選挙でそんな情報を知り、俺は彼を教会の建設族のボスだと分類していた。

「つまり俺たちが、教会のスペースにファーラ様たちの肖像画と石像を設置すると気分がよくなっていってわけか」

「少なくとも、モンド司教はそう考えたのでしょう」

そんなスペースとお金があるのなら、実在するか怪しいファーラ様たちの肖像画と石像よりも、ラングヤール枢機卿と懇意にしている工房が作った聖人の肖像画や石像を教会に置け。

遠回しにモンド司教はそう言いたかったのだろうけど、あまり露骨に言うと神官としての評判が落ちるので、ファーラ様たちの肖像画と石像を置く許可を出さないことでそれを狙った。

実際彼は、聖人たちの肖像画と石像を作れる工房ならすぐに紹介できるって言っていたのだから。

「しかしまぁ、そんな事情があるのなら、ホーエンハイム枢機卿とケンプフェルト総司教は教えてくれてもよかったのに……」

「まさか二人は、さすがにモンド司教がファーラ様たちの肖像画と石像の設置を断るとは思っていなかったのかも」

なぜなら、ファーラ様たちの肖像画と石像の製作が俺の自腹だからだ。

しかも、バウマイスター辺境伯領は俺の領地である。

「領主が自腹で作らせた肖像画と石像を設置するのを断るなんて、ホーエンハイム枢機卿もケンプフェルト総司教も思わなかったんでしょうね」

「モンド司教の裏には、ラングヤール枢機卿の影ってやつか」

「それもないんじゃないかなぁ」

なぜなら、もしそんな状況ならホーエンハイム枢機卿とケンプフェルト総司教が事前に手を打っているはずだからだ。

「領主が勝手に存在するか怪しい大天使様たちの肖像画と石像を領内の教会に設置するけど、そこは領主様だし、自腹だから黙認してね、って建て前でラングヤール枢機卿も納得した。実際に黙認しているようですけどね」

「……じゃあ、モンド司教が勝手に断ってしまったのか」

「多分そうです」

「しかしまた、なんでだ？」

「モンド司教は、もうすぐ枢機卿になれるかもしれないんでしょう？　となると、ラングヤール枢機卿の派閥のかなり上位にいて、彼の後継者を狙える位置にいるはずです」

同じ派閥のライバルたちを押しのけ、自分がラングヤール枢機卿の派閥を継ぎ、未来の総司教の座を狙う。

神官らしい出世の仕方というわけだ。

「俺が自腹でファーラ様たちの肖像画と石像をバウマイスター辺境伯領内の教会に設置しても、モンド司教の手柄にならないじゃないですか。逆にもし俺が、過去の聖人たちの肖像画や石像を領内の教会に設置するため、ラングヤール枢機卿と懇意にしている工房に依頼したとしたら？」

「すげえくだらねえ話だな。だがそれはできないな」

なぜなら、俺、ブランタークさん、導師からしたら、ファーラ様たちの肖像画と石像を領内の教会に設置しなければ意味がないからだ。

「ホーエンハイム枢機卿とケンプフェルト総司教の手紙を見ても断ったのは、他派閥の長の要求を断る度胸もあるって、ラングヤール枢機卿の派閥内にアピールしたいのでしょう」

「出世欲のため、モンド司教が勝手に許可を出さなかったのであるか？」

「だと思います」

こうなってしまうと、モンド司教の気を変えるのは難しい。

だから俺は、まだ建設途中の教会に半ば無理やりファーラ様たちの肖像画と石像を設置することを企《たくら》んだのだ。

「モンド司教には見事に断られてしまいましたが、先に彼に話を持っていったので義理は果たせたと思います」

「バウマイスター辺境伯の言うとおりである！　某もブランターク殿も、ファーラ様に恩を返さねばならないのである！」

導師もファーラ様との約束は必ず守らないといけないと思っているから、こうして今も俺たちにつき合っているのだと思う。

「うちのお館様も同じ方法を使うと思うから、特に問題はないのか。しかしバウマイスター辺境伯、肝心の教会に設置する肖像画と石像は完成しているのか？」

「それは問題ないですよ。早速それを見に行ってみましょう」

教会はもうすぐ完成するので、バウマイスター辺境伯家で支援し、仕事を与えている芸術家たちに頼んでおいたファーラ様と天使たちの肖像画と石像を見に行くことにしよう。

もし出来上がっていなかったら、教会の完成に間に合うように、彼らに発破をかけておかないと。

＊＊＊

「ここが、バウマイスター辺境伯家が支援している芸術家たちのアトリエであるか？」

「ええ、そうですよ。実は、最初にここが作られた時にしか来たことないんですけど。あれから芸術家の数が増えたみたいですね」

「辺境伯様が金を出しているのにか？」

「だって、芸術に疎い俺が口を出してもろくなことにならないじゃないですか。ローデリヒなら適正な予算規模でやってくれるから、あとはお任せですよ」

「でもさぁ、普通気にならないか？　ヴェルはかなりのお金を出しているんだから」

「俺が芸術家たちにお金を出しているのは、大貴族とはそういうものだからと言われたからで、特に興味があるわけでもないしなぁ。エルは芸術に興味があるのか？」

「そんなにはないな」

「古《いにしえ》の王たちのように、余たちもそのうち、ゾヌターク王国の芸術家たちを支援したいものよな」

「そうですね、陛下。次世代の文化、芸術の担い手のパトロンを務めてこその王ですから」

エリーとライラさんが、大貴族がパトロンをしている芸術家たちという存在に興味を抱いたようでついてきた。

王様や貴族が文化、芸術の担い手たちのパトロンを務めることは、昔の魔族も変わらなかったようで参考にしたいそうだ。

俺は一応大貴族でお金を持っているから、文化や芸術という長い目で見ないと成果が出にくいものへの支援ができる。

純粋な営利事業にすると簡単に儲かる分野ばかりになって層が薄くなり、新しい発展が望めなくなるので、国や貴族が採算を度外視してもお金を出すわけだ。

金銭的な利益ではなく、文化、芸術の保護、発展に熱心だという評価を得るためでもあるのか。

実際俺が伯爵になると、多くの大貴族たちから芸術家たちに支援をするべきだと勧められ、ローデリヒにその話をしたらこのアトリエと、隣接する寮を用意してくれたから、彼もその必要性を感じていたのだろう。

芸術家およびその卵たちはここで衣食住のすべてを保障され、お小遣い程度の報酬を貰いつつ、自分の好きな創作活動に勤《いそ》しんでいる。

他にも、バウマイスター辺境伯邸に飾る俺とその家族の肖像画や、屋敷に置く美術品の製作を請け負っており、家臣たち、商人や裕福な平民たちもそういう仕事を頼むことが多いので、彼らは生活に不自由しないだけのお金を稼ぐことができた。

個人で受けた仕事の報酬は自分のものにできるので、将来ここを出て独立するための貯金もできる。

　お金があるとすべて使ってしまう計画性がない芸術家も存在するが、それは前世でもよく聞く話である……。

「しかしまぁ、パッと見ただけで変わった奴が多いのがわかるな。というか、サボってる奴もいるじゃないか」

　広大なアトリエの中で、芸術家たちはそれぞれ創作活動に従事していた。

　俺たちに挨拶する者は一人もおらず、パトロンである俺が来たのだからせめて挨拶くらいしても罰は当たらないと思うのだが、それよりも創作が大事なんだと思う。

　作業に集中していたり、かと思えば昼間からお酒を飲んでいたり、遊んでいる人もいたりする。

　彼らを見たらエルのように怒る人も多かろうと思うが、このアトリエは特に就業規則が決まっているわけでもないし、芸術家にはそういう人たちもいるのだと理解してお金を出し続けているので想定内だ。

　パトロンになるには寛大な心が必要であり、これはなかなかに大変だな。

「エルの坊主、お金になるかどうかわからない芸術に人生を賭けているような連中だぞ。杓子定規《しゃくしじょうぎ》に考えちゃいけねえさ。魔法使いにも似た奴はいるだろう？　それと同じことだ」

「確かにそうですね」

　ブランタークさんの芸術家評に、エルが納得したような表情を浮かべた。

　随分と物分かりがいいなと思ったが、もしかしてお前の知る魔法使いの最たる例は俺だと思っていないか？

そう思いながら俺がエルを見ると、なぜか目を逸《そ》らしやがった。

「で、ヴェルは彼らに大天使様たちの肖像画と石像を頼んでいたのか」

「そういうこと（なんか誤魔化された感が……）」

この仕事は最優先で頼むと言ってあるので、すでに完成しているはずだ。

さすがにそのぐらいの仕事はこなしてもらわないと、芸術家たちを養う意味がないのだから。

「赴任する神官、さっきのモンド司教みたいに文句を言わないといいけどな」

「言っても無駄だからな」

だって、ファーラ様たちの肖像画と石像は最初から教会に置いてあるのだから。

それに、バウマイスター辺境伯領内に新しい教会を建設することを許可し援助までしたのは俺だ。

俺が金を出して用意したファーラ様たちの肖像画と石像を撤去してしまったら、バウマイスター辺境伯領内にこれ以上教会を建設できなくなってしまうかもしれないのだから。

「かなり強引なやり口だが、モンド司教にも邪《よこしま》な野心があることが判明した以上、俺たちも好きにやらせてもらう。なにしろ俺たちは、ファーラ様たちを祀らないといけないのだから」

オットーたちに関わる事件をすべて解決してバウマイスター辺境伯領に戻ってきた日から、毎日必ず師匠とファーラ様たちに様々な食べ物やお酒をお供えしているけど、やはり本命は教会に肖像画と石像を置いて祀り、俺たち以外の人たちがお参りをしてお供え物をすることだと思う。

そんな風に考えていると、芸術家たちの管理……面倒を見ている家臣が姿を見せ、俺に話しかけてきた。

「お館様ではないですか！　ご注文の品を取りに来られたのですか？　申しつけてくだされば、お屋敷にお届けに参りましたのに……」

この『芸術家寮』の管理責任者の名はムックといい、実は彼も絵を描くのが得意なのだとローデリヒから教わっていた。

前世でもそうだったが、この世界でも芸術だけで食べていくのは非常に難しく、だが運がいいことに、ムックは貴族の息子、それも跡取りではなかった。

さらに、全体的に個性が強すぎる傾向にある芸術家の中では就業に向いており、だから俺は彼をバウマイスター辺境伯家の家臣として雇い、芸術家寮の管理を任せている。

彼は絵を描き続けることを諦めていないので、家臣と画家の兼業というわけだ。

実際、俺たちのこのやり取りを見ても、芸術家たちはそれぞれ作業に没頭したままなので、この寮にムックは必要な人材なのだ。

「実はちょっと込み入った事情があって、バウルブルクの教会総支部にファーラ様たちの肖像画と石像を飾れなくなってしまったんだ。その代わり、郊外に建設中の教会で飾ることにしたから」

「モンド司教は許可を出してくれませんでしたか。あの人は融通が利きませんからねぇ……」

ムックも俺たちと同じく、あのモンド司教の被害者のようだ。

彼によると、芸術家たちに新しい仕事を作るため、彼らが製作した絵画や芸術品を教会に飾る許可を貰いに行ったことがあるそうだが、見事に断られてしまったという。

「『こんな絵を飾ると、教会の品位が落ちる』とかはよく言われますから。でも風景画にしろと言われても面白くないですからね。だから我々は、教会からの依頼は受けておりません」

教会としては上手で綺麗《きれい》で無難な絵が欲しいが、ムックたちにそんな作品は描けない、作れない。

という体《てい》にして、だから教会に飾る絵は、そういうものの作製に慣れているラングヤール枢機卿の派閥と懇意にしている御用画家に頼んだ方がいい……となるのか。

「我々が教会から仕事を得るのは至難の技なんですよ」

「鉄壁の既得権益だな」

バウマイスター辺境伯領にある教会でもそうなのだから、いかに教会の力が強いかの証拠であった。

もしバウマイスター辺境伯領内の教会に飾る絵画や装飾品を俺が雇った芸術家たちが担当するようになると、モンド司教の立場はなくなるのだろう。

彼はラングヤール枢機卿の後継者を目指しているのに、懇意にしている芸術家や工房の仕事を減らしてしまったら、後継者の芽が消えてしまうのだから。

「モンド司教の奴、融通が利かないんじゃなくて、我が身が可愛《かわい》いだけか」

ブランタークさんが呆《あき》れるのも無理はない。

モンド司教は聖人たちの偉大さを語りつつ、ただ単に自分がラングヤール枢機卿の跡を継ぐため、派閥の支持者である王都の芸術家たちや工房に気を使っていただけなのだから。

「教会の仕事がなくても他に仕事はあるし、挑戦的な作品は、今度バウルブルクで開催される展示会に出品してくれ」

実は今年から、領内の文化振興のため、芸術家寮の芸術家のみならず、領内の人間なら誰でも参加できる展示会を開く予定だった。

多分、いま芸術家たちの目に俺たちの姿が映らないのは、展示会に出展する作品を製作しているからであろう。

お酒を飲んだり、遊んでる人たちは……新しい作品のアイデアが降りてくるのを待っているのかな？

「とにかく、俺が写真を渡した大天使ファーラ様と天使たちの肖像画と石像を見せてほしい。まさかまだ完成していないということは……」

「急いで作製させたので、ちゃんと無事に完成していますよ。別の部屋に保管されているのでこちらへどうぞ」

やはり俺たちなど目に入らない様子の芸術家たちがいるアトリエを出た俺たちは、ムックの案内で倉庫へと向かった。

多くの芸術品を収納することになるので、この倉庫は非常に大きく造られている。

今はまだ収納している作品数が少ないので、かなり閑散としているけど。

「ここに、これまで芸術家たちが作製した作品が置いてあります。バウマイスター辺境伯領は温暖で湿度も高いので、油絵などはそのまま置いておくとすぐ駄目になってしまいます。それを防ぐための空調設備を導入していただいてありがとうございました」

「そうなの？　俺は知らないからローデリヒかな？」

「ヴェル、この魔道具って魔族のやつじゃないか？」

「ライラが手配したのか？」

「はい、最近ゾヌターク共和国では空き家が増えて古いエアコンが余っているので、買い取りと販売を始めました」

倉庫には、ライラさんが販売したという、床置きだけどエアコンと同じ働きをする魔道具が置かれていた。

温度と湿度を調節する機能も付いているようだ。

残念ながら現在の魔道具ギルドには作れず、エリーの会社から輸入したものを、ローデリヒがここに置くよう手配したのであろう。

せっかく作製された芸術品だし、将来この中にとてつもない価値が出るものが現れるかもしれないのだ。大切に保管した方がいいに決まっている。

「大天使ファーラ様と天使たちの肖像画と石像はこちらです」

倉庫の一角に、布がかけられた作品が多数見える。

足元にイーゼルらしきものが見えるのが肖像画かな。

「お写真で拝見した大天使様たちはとても美しかったので、みんな頑張って絵を描いていましたよ」

「それは期待できそうだな。では早速……」

俺自ら、絵に被《かぶ》せてある布をそっと外すと、本格的な油絵が俺たちの目に映った。

「そうそう、これがファーラ様か。青い髪に白いドレス姿のとても美しい……あれ？」

「ヴェル、そもそもこの絵に天使様が描かれているのか？　というか、人型が描かれていないような気が……」

「エルの坊主の言うとおりだぜ。俺もその絵にファーラ様たちが描かれているとは到底思えないんだが……」

「皿とボールと海藻？　意味不明すぎるのである！」

「ライラ、芸術は難しいものなのだな」

「そうですね……。私もこの方面にはとんと疎くて……」

芸術家たちが描いた絵の評価は散々だった。

俺の想像だと、とても写実的に描かれた、清く美しいファーラ様――実はちょっといい性格してたけど、彼女が美しいことに変わりはない――がキャンバスいっぱいに描かれているはずなのに、どうしてこんな……ああ、こういうの俺、前世で見たことあるわ。

「シュールすぎるだろう！」

俺はちゃんと写真そっくりの肖像画を描けと命じたはずなのに、なぜか目の前のキャンバスには、製作者以外誰も理解できそうにない謎の絵が描かれていた。

「そっ、そんな！　私はちゃんと写実的に描かれた大天使ファーラ様の肖像画を確認しているんですよ！　どうしてこんなのに入れ替わっているんだ？」

「ヴェル、他の絵も確認したほうがいいぞ！」

「石像も確認した方がいいのである！」

俺たちは他の作品を覆っていた布も急いで取りのけたが、それらも似たようなものだった。

シュールすぎてとても天使には見えない謎の絵と、やはりどう見ても人間の形をしていない石像の数々。

もしかしたら素晴らしい芸術作品なのかもしれないが、残念ながら芸術センスがゼロの俺ではその良し悪《あ》しがわからなかった。

「ヴェル、これに礼拝やお供えするのか？　なんかヤダなぁ……」

「世の人々に、ファーラ様が大いに誤解されそうだな」

「本当にこれを飾るのであるか？」

「これに大金を出すヴェンデリンは剛毅《ごうき》よの。余もそれに倣えればいいのじゃが……」

「陛下、寛容もすぎれば毒だと思います」

魔族の美的センスも人間と差がなかったようで、エリーとライラさんの評価も散々だった。

「さすがに、これは認められないよ」

この肖像画と石像を飾ったら、ファーラ様たちが激高して罰が当たりそうだ。

「お館様、少々お待ちください。あいつらぁ――――！」

ムックは大声で叫びながら、倉庫を出てアトリエに走っていった。

どうやら直前で作品をすり替えられたようだ。

すぐにムックが数名の芸術家たちを連れてきたので弁明を聞くことにするが、やはり彼らは相当な変わり者たちばかりであった。

「あの世に美しき大天使様たちが存在することを知り、我々の心は大いに高鳴りました。その情熱を余すことなくキャンバスに叩きつけたのがこの作品です」

「本能のままにノミを振るったら、このような石像が出来上がったのです。つまり、これこそが大天使様たちの真の姿を表した作品というわけです」

「我々は芸術家です！　心の奥底から溢《あふ》れる情熱を否定できませんでした！」

「お願いします！　この作品を教会に飾らせてください！」

俺からの注文をまったく守らなかったのに、まるで悪びれることなく自らの心情を吐露しつつ、これらシュールな作品を教会に飾ってほしいと懇願する芸術家たち。

残念ながら、ここで彼らを叱《しか》ったところで反省するとも思えないな。

それに……。

「ムックは、写実的な肖像画と石像が完成しているのを直接確認しているんだよな？」

「ええ……。必ずこの倉庫のどこかに……」

「ムックさん、注文どおりの品は隣に布を被せて置いてありますよ」

「本当だ」

エルがすぐ隣にあった作品群に被せてあった布を取ると、そこにはまるで写真のように精密に描かれたファーラ様たちの肖像画と、今にも動き出しそうな石像が置かれていた。

「素晴らしい出来だな。これでいいんだよ」

まさに、『こういうのでいいんだよ！』の最たる例だ。

色々と個性的な芸術家たちだが、その実力は本物であった。

自らも絵を描くムックに彼らの管理を任せているのは、自称芸術家のニートを抱え込まないようにするためであり、彼はちゃんとその仕事をこなしているようだ。

「そうですか？　バウマイスター辺境伯様、確かに言われたとおり作りましたけど、俺はこれらの作品はとてもつまらないと思うんですよねぇ……」

「ありきたりすぎて頭にキタから、頑張って、これまでの芸術の概念をぶち壊す作品を作ってみたのに……」

「新しい芸術とはなかなか理解されないものだ……」

「こっちの作品の方が、美しい大天使様たちも気に入ってくれるはずなんだけどなぁ……あっ！」

「なにがあったんだ？」

突然、布が引き裂かれるような音が倉庫内に静かに鳴り響き、続けて芸術家たちが悲鳴をあげた。

なぜなら、突然シュールな大天使様たちが描かれた絵が真ん中から縦に裂けてしまったからだ。

シュールな大天使様たちの絵――少なくとも俺には大天使様たちには見えないけど――は、無残にも破壊されてしまった。

「(辺境伯様？)」

「(俺はなにもしていませんよ。ブランタークさんこそ……)」

「(俺もなにもしていないし、魔法ならお互いに『探知』できるだろうが)」

俺は、あまりに酷い絵なのでブランタークさんが魔法で切り裂いたのだと思ったが、彼は完全にそれを否定した。

確かに、今この瞬間魔法が発動していたら、必ず『探知』できたはずだ。

「(モンド司教に続き、罰が当たったのであるか？)」

「(まさか……)」

モンド司教がなにもないところで転んだのは加齢が原因だと思われるし、今突然キャンバスが切り裂かれたのは……。

「(魔道具の空調の調子がおかしいとか？)」

湿度が低すぎて、キャンバスが破れてしまったのか？

「(もしそうだとしても、一枚残らずすべての絵が縦に裂けてしまうのはおかしいか。もしや……)」

ブランタークさんは、ファーラ様たちが絵を気に入らずに罰を当てたと思っているのかも。

「ヴェル、石像の方も見てみろよ！」

「石像がどうかしたのか？　えっ？　なんで？」

突然、絵が裂けてしまったせいで気がつかなかったのだが、石像を見ると、これもまた全部にヒビが入っていた。

これでは展示は不可能だ。

「(なあ、俺たちってファーラ様に監視されてるんじゃないか？)」

「(そうかもしれませんね……)」

ブランタークさんの言うとおり、俺たちがちゃんと約束を守るのかどうかあの世から監視している可能性が出てきた。

自分の肖像画と石像を祀ることを拒否したモンド司教が転び、芸術家たちが作ったシュールすぎる肖像画と石像が突然壊れてしまったのだから。

「大天使様は、この肖像画と石像は嫌だと思っているのである！」

「そっ、そうだったのか……」

「我々はまだ未熟なのだな……」

「無念……次こそは必ず、大天使様が気に入る肖像画と石像を完成させてみせるぞ！」

変人だが純粋でもある芸術家たちは、俺たちが魔法で作品を破壊したとは微塵も疑っていないようだ。

まあ、実際に俺たちはなにもしていないのだけど。

そして、破れた絵やヒビ割れた石像の前で、必ずやファーラ様たちが気に入る作品を作ると改めて決意していたが、俺たちからすれば、奇をてらわずに写実的な肖像画と石像を作ってくれた方がありがたい。

それを彼らに言っても無駄だというのは今のやり取りで理解できたので、あとでムックにしっかりと彼らの手綱を握るように伝えておこうと思う。


「ところで、美しい魔族のお嬢さん。絵のモデルになっていただけませんか？」

「余が絵のモデルか？　構わぬぞ。王には素晴らしい肖像画が必要だからの」

「「「「やったぁ――――ー！」」」」

そしてフリーダムな芸術家たちは、美少女であるエリーに絵のモデルになってくれるよう懇願していた。

なお、後日完成したエリーの肖像画の出来は完璧で、ちょっとだけファーラ様を不憫《ふびん》に思ったのは別のお話である。

＊＊＊

「というわけなので、この教会には大天使ファーラ様以下、俺があの世で出会った天使様たちを祀ろうと思うんだ。バックハウス司祭はどう思いますか？」

「先日の魔族たちが起こした大騒動。その最中によもや、バウマイスター辺境伯様たちがそのよう
なご経験をなされていたとは。王国でも名高い魔法使いであるブランタ一ク様と、王宮筆頭魔導師
であるアームストロング子爵様も同じ経験をなされたということは、大天使ファーラ様たちは実在するのでしょう。わかりました。この教会では大天使ファーラ様たちを大々的に祀ります」

バウルブルクの郊外にあるほぼ建物が完成した教会の中では、多くの若い神官たちが忙しく働いていた。

彼らは普段バウルブルクの総支部で働いているが、今回新しい教会をオープン――飲食店ではないので、オープンはおかしいか？　正式にはなんて言うのだろう？　開山？　違うな――させるため、手伝いに来ていた。

実はまだ若いバックハウス司祭も、総支部を休んで手伝いに来ている神官たちも、モンド司教と違ってラングヤール枢機卿の派閥ではないということで、無事にファーラ様たちの肖像画と石像を新しい教会に飾る許可を貰えた。

彼らは完成した教会を丹念に掃除し、祭具と調度品の設置や装飾も行う。

俺が芸術家たちに依頼して作らせた写実的なファーラ様たちの肖像画は、教会の壁に等間隔で設置され、その下に名前と説明が書かれたプレートも置かれた。

ファーラ様たちの紹介が書かれているのだが、これは俺が自分で文章を起こしている。

絵と絵の間の壁際に石像も置かれ、新しい教会は事実上ファーラ様たちを専門に祀る教会となっ

ていたが、この教会に着任するバックハウス司祭に特に不満はないようだ。

彼はまだ二十代前半と若く、ローデリヒによると大抜擢《ばってき》されたらしい。

抜擢したのは、ホーエンハイム枢機卿とケンプフェルト総司教らしいけど。

ただ、一見俺たちの説明を信じてくれたように見えるバックハウス司祭も、多分本心ではファーラ様のことを信じてはいないはず。

だが信じていることにすれば、今後も続々と完成する新しい教会の建設資金はバウマイスター辺境伯家が援助してくれるし、ポストも増える。

いくら神官でも霞《かすみ》を食べて生きていくわけにいかないので、最低限の現世利益を優先しなければならず、バックハウス司祭からしても、この若さで教会を一つ任せてもらえるのだ。実在するかどうか怪しいと思っているファーラ様たちを祀るくらいのことは、我慢するのが大人だと考えているのだろう。

元々彼らは宗教家だから、俺からの一方的な要求に対し寛容な態度でいられる……のだと思うことにする。

「しかしながら、この教会の周辺には飲食店および屋台の準備が随分となされているようですね」

「教会ができるので、礼拝者目当てだと思いますよ」

現代日本の門前町みたいなものだ。

この教会の周辺はまだ家屋や店舗の建設が全然進んでいないので、屋台を置く場所を確保している人が多かった。

ヘルムート王国でも、アーカート神聖帝国でも、ミズホ公爵領でも、アキツシマ島でも、ゾヌターク共和国でも、宗教施設の近くには礼拝者目当ての店、主に飲食店が多数あるケースが多く、実はその土地を貸しているのが土地を所有している教会だったりする。

信者たちからの寄付だけではなく、別の収益源を確保することで経営を安定させる……宗教でお金の話をするのはよくないのだろうが、お金がなくて潰《つぶ》れてしまっては元も子もない。

この教会周辺の土地も教会のものであり、飲食店や屋台のオーナーは決して安くはない賃料を払っていると聞いた。

割とよく知られている話で、突如抜擢されたとはいえ、バックハウス司祭も知らないってことはないと思う……というか、知らないと教会の責任者にはなれないから。

「(バックハウス司祭は若いけど、割と融通が利くんだろうな……って、見た目だけなら俺の方が若いんだけど)」

ただし見た目はともかく、俺の中身は随分おじさんだけど。

だから教会が商売をしても、あまりに阿漕《あこぎ》でなければなんとも思わなかった。

「彼ら飲食店のオーナーたちには、定期的にファーラ様たちにお供えをするように頼んでいますから、よろしくお願いします」

「商売繁盛のお願いですか。この教会に多くの方々が礼拝に来られるといいですね」

神官であるバックハウス司祭の本心はわからないが、ファーラ様たちの肖像画と石像の飾りつけが無事に終わり、次の日の朝、予定どおり教会が領民たちに開放された。

俺は一応領主なので様子を見に行ったが、思っていた以上の礼拝者が集まっていた。

「みんな、意外と信心深いんだね」

「それだけバウマイスター辺境伯領での生活が安定したともいえるし、新しい教会に興味があったのかもしれないし、沢山ある屋台目当てかもしれないわ」

「信心よりも、観光と食い気なんだね」

「それでも構わないさ」

イーナがルイーゼに説明している間も、多くの礼拝者が新しく完成した教会の中に入っていく。

その手には料理、食材、お酒、お菓子などがあり、この教会で祀られることになったファーラ様たちにお供えする物を持ってくるよう事前に言われていたのかもしれない。

だとすると、バックハウス司祭はとても優秀な神官かもしれない。

「ヴェル様、私たちも」

「そうだった」

とりあえず、ファーラ様たちの肖像画と石像を教会に設置するという目的は達成できた。

もっと多くの教会でファーラ様たちが祀られるようにする必要があるけど、それは時間をかけて追々ということにして、今はお供えと礼拝に集中しよう。

あの世から戻ってきてからというもの、毎日ファーラ様たちと師匠にお供えをしてはいるが、今日は新しく完成した教会に領主として礼拝に訪れ、正式にお供えができるようになったのだから。

「しかし、エリーゼは来ないのな」

「バックハウス司祭とは顔見知りなんだって。エリーゼはホーエンハイム枢機卿の孫娘だから、向こうが萎縮しないようにと、今日は総支部の方に顔を出すって言っていたわ」

イーナによると、この教会にホーエンハイム枢機卿の孫娘であるエリーゼが顔を出すことで、初めて教会の責任者になるバックハウス司祭がやりにくくならないようにとの配慮と、バウマイスター辺境伯である俺がバウルブルク郊外に新しくできた教会で好き勝手やっている事実に変わりはなく、モンド司教の機嫌を取りつつ妨害を防ぐ役割を買って出てくれたそうだ。

「さすがはエリーゼ」

痒《かゆ》いところに手が届くなんて、さすがは俺の正妻だ。

「そうでなくても、総支部に所属している神官たちがこっちに手伝いに来ているから、モンド司教の機嫌がいいわけないもの」

「神官って、普段は他人に寛容なれって言っているくせに、モンド司教は随分と了見が狭いな」

しかもファーラ様を決して認めない理由が、バウマイスター辺境伯領の教会にもっと古の聖人たちの肖像画と石像を置かせ、自分の派閥と懇意にしている芸術家や工房に仕事を与えるためだなんて、生臭にもほどがあるだろう。

「エリーゼが言っていたわ。モンド司教って平民の出なんだって」

「納得」

以前に聞いたことがあるんだけど、教会は平民出身者でも上を目指せるが、王族、貴族出の神官たちとの出世競争では不利な面が多いらしい。

特に問題になるのが資金面で、だから平民出の神官は金にうるさい、というのが教会の常識になりつつあった。

最初からお金を持っている王族や貴族出の神官の方が、それほどお金集めに拘《こだわ》らなかったりする。

モンド司教はラングヤール枢機卿の後継者を目指しているから、当然派閥に属する神官たちの支持を得るため、ある程度の資金力が必要となる。

ラングヤール枢機卿は王族の出で実家の公爵家は裕福だと聞くから、平民の出であるモンド司教のように熱心にお金を集める必要がなかった。

彼は家柄のよさで派閥のトップになった面もあり、泥臭い出世競争とは無縁だから、そこまでお金に執着しない。

だが、平民の出であるモンド司教はなにも持っていないばかりに、教会で出世するためにお金に執着する。

身分に関係なく出世できるとはいえ、教会の闇を見たような気分だ。

現代人気質の俺は、本来、平民出のモンド司教を応援すべきなんだろうけど、王族の出であるラングヤール枢機卿の方がいい人に見えてしまうって本当に不思議だ。

ラングヤール枢機卿は、モンド司教のように俺の邪魔をしていないというのが一番大きいか。

「出世に必要なお金のため、モンド司教はおかしくなってしまった。ホーエンハイム枢機卿が『教会に真の信仰はない』って言っていたのは事実だな」

「ヴェンデリンよ。といって、別の宗派に鞍替《くらが》えしても同じようなものじゃぞ。しかし領主の願いすら拒否するとは……。モンド司教は他がなにも見えないくらい、よほどラングヤール枢機卿の後釜に座りたいのじゃな」

領主として多くの神官と接してきたテレーゼでさえ、モンド司教は酷いと思っているようだ。

「だからエリーゼさんは、モンド司教を危険だと思って総支部にいるのでしょう。総支部に表敬訪問しつつ、彼を牽制《けんせい》しているというのが正しいです」

リサの言うとおりで、エリーゼは頭がいいから、教会が決して綺麗事だけで回っていないことを誰よりも理解している。

だからこそ、教会の綺麗事の部分には積極的に手を貸すし、こういう時にも手を打つのが早い。

「ホーエンハイム枢機卿の孫娘なだけはあるな」

「総支部の仕事を休んで、こちらに手伝いに来ている神官たちじゃが、ラングヤール枢機卿の派閥ではないのだろう。彼らがあとでモンド司教に処分されないよう、エリーゼが圧力をかけに行ったという理由もあると思うぞ」

元フィリップ公爵であるテレーゼからしたら、貴族も教会も似たようなものに見えるのだろう。

なぜなら同じようなことをしているからだ。

前世の会社でも似たようなことがあったので、俺に言わせると、これはもう人間の業だな。

「ファーラ様たちの肖像画と石像を教会に置くだけの話なのに、くだらぬ派閥争いなど。だから某は、教会が嫌いなのである！」

導師、気持ちはわかりますけど、それをバックハウス司祭たちの前で言わないでください。

彼らもモンド司教がおかしいと思っているから、俺たちに手を貸してくれているわけで。

「旦那、早くお供えをして、帰りになにか食べて帰ろうぜ」

「教会の周辺には屋台も多いですし、すでにお店をオープンさせているところもありますね。旦那様は、帰りに寄りたいのでは？」

「そうなんだよ。俺は屋台を楽しみにしていたんだよ」

教会の周辺には、いくつかのお店や多くの屋台がオープンしており、礼拝を終えた人たちが楽しそうに買い物をしたり、飲み食いしている様子が遠くからでもよく見える。

俺も屋台なんて久しぶりだから、必ず寄って帰らなければ……なんて考えていると、ようやくファーラ様の肖像画と石像の前まで辿《たど》り着いた。

教会の中はとても混んでおり、中に入るにも一苦労だったのだ。

領主権限を用いて先にお参りするという手もあったけど、なにしろ元が庶民なのでそういうことはしたくなく、順番どおりに並んで教会に入る俺は紛れもなく庶民派貴族である。

「ええと……魔の森産の果物と、それを使って焼いた……エリーゼがだけど、ドライフルーツケーキ。そして大量のワインとミズホ酒も」

お供え物は一日供えると教会が下げてしまい、神官たちが消費するか、貧しい人たちに振る舞うルールだが、ちゃんとあの世のファーラ様たちにも届くので問題ない。

あの世で、師匠とファーラ様がそう言っていたからな。

持ってきたお供えをファーラ様とすべての天使様たちの肖像画と石造の前に置き、目を瞑《つむ》って頭を下げ、数十秒間お祈りを捧《ささ》げる。

これで十分だろうと思って目を開け、後ろに続く礼拝者のために場所をあけて教会を出ようとしたその瞬間、教会の天井が眩《まばゆ》いばかりに光り、目が開けられないほどになってしまった。

「何事だ？」

「ヴェル、この眩《まぶ》しさはなんなの？」

「わからん」

目を開けられないのでイーナがいた方向に向かって答えるが、この眩しさの原因が一向にわからなかった。

『探知』をしてみたが魔力は一切感じられず、もしかすると俺を狙った襲撃犯が閃光手榴弾《せんこうしゅりゅうだん》を用いた？　ということもなく、しばらく教会内が騒然としていたが、次第に光量が弱くなって目を開けられるようになった。

すると、教会の天井から後光が差した一人の女性が……しかもとても見覚えがある。

「あの……ブランタークさん、導師」

俺は思わず、あの世での修行仲間である二人に声をかけた。

「奇遇だな、辺境伯様。俺もすげぇ見覚えがあるんだよ。あの青い髪とか、浮世離れしたドレス姿とかな」

「よもや、またすぐに再会できるとは……である！」

『ヤッホ――――、ヴェルも、ブランタークも、アームストロングも久しぶり』

口調はあの世とまったく同じで大天使様とは思えないほど軽かったが、その神々しいまでの美しさと、いまだ消えない後光のおかげで、俺たち以外の人たちはその場に跪《ひざまず》き頭を下げていた。

よもや、新しい教会に礼拝に来たら大天使様が降臨するとは微塵も思っていなかっただろう。

『ヴェル、約束を守ってくれてありがとう』

「(あのぅ……もう少し、大天使様らしく話しかけてくださいよ。周りの人たちも期待してますよ)」

ファーラ様の喋《しゃべ》り方があまりに軽いので、俺は小声で注意してしまった。

「(地上の人たちは、神様や大天使様はとても威厳がある存在だと思っているんです。ここは上手《うま》くお芝居して、みんなの期待に応えないと)」

『ふ――ん、そんなものなのね。ヴェルがそう言うなら……。おほん、すべての神の子たちよ。神の使いであるこの私、大天使ファーラとすべての天使たちを祀り、祈りを捧《ささ》げ、供物を供えたことに感謝の言葉を述べよう。そしてこのことは、必ず神へと報告させてもらう。そなたたちには必ず神のご加護があるだろう』

「(ファーラ様って、ちゃんと難しい言葉も使えたんだな)」

「(某も驚きである!)」

ブランタークさんと導師がかなり失礼なことを言っているが、声が小さかったのでファーラ様には聞こえなかったらしく、小心な俺は安心した。

「おおっ……。バウマイスター辺境伯様の仰《おっしゃ》っていたことは本当だったのですね。大天使ファーラ様と天使様たちは実在した」

俺がこの地の領主様だから言うとおりにしていただけのバックハウス司祭であったが、実際に目の前でファーラ様を見て感動し、涙を流していた。

他の神官たちや、礼拝に来ていた多くの人たちも、後光差すファーラ様の神々しさと美しさに感動し、涙を流している人も少なくない。

本当はかなり軽くて俗な人なんだけど、彼女の見た目はとても美しいから得をしていると思う。

『これからも、私と天使たちへの参拝とお供えを忘れないように』

「畏《かしこ》まりました。必ず上層部に掛け合って、すべての教会にファーラ様たちの肖像画と石像を祀らせていただきます」

『頼みましたよ。すべての神の子たちに神のご加護があらんことを』

最後にそう言い残すと、ファーラ様の姿は後光と共に消え去った。

「……なんと美しい……。バウマイスター辺境伯様、私は決めました！　すべての教会にファーラ様たちが祀られるようになるまで、骨身を惜しみませんとも」

「……それはありがたい。バウマイスター辺境伯家で養っている芸術家たちが、ファーラ様たちの肖像画と石像の量産を続けているから」

「まずは、バウマイスター辺境伯領中の教会に……いや、ブライヒレーダー辺境伯領の支部にも掛け合いますとも！」

実際に大天使様を見てしまったばかりに、こちらが引くほど信心深くなってしまったバックハウス司祭。

彼の仕事は神官なので、信心深いのは別に悪いことではないのか。

「ヴェル様、すべての教会といってもモンド司教はどうするの？」

「それはわからないな」

バックハウス司祭のやる気は十分だけど、バウマイスター辺境伯領の教会はモンド司教が取り仕切っている。

ヴィルマの懸念どおり、そのハードルは高いと思う。

「バウマイスター辺境伯様、ご安心を。確かに、バウマイスター辺境伯領内の教会網を纏《まと》める責任者はモンド司教です。ですが、すべての教会の神官たちがラングヤール枢機卿の派閥に属しているわけではないのです。それに最近の彼は、自分たちの派閥の息のかかった芸術家や工房が作る聖人の肖像画と石像、教会に飾る絵画やステンドグラス、装飾品などを過度に押しつける傾向にあり、それを嫌っている神官は多い。口の悪い神官は、モンド司教を『美術商』と呼んで揶揄《やゆ》していますから。彼がバウマイスター辺境伯領に着任したのは、これから建設される教会が多く、ここに自分たちの派閥の息がかかった芸術家、工房の作品を大量に納入させ、その代金からモンド司教に賄賂が渡るように仕組んだからです。彼はラングヤール枢機卿の後継者を目指しているので、お金はいくらあっても困りませんから」

「なるほど」

さすがはホーエンハイム枢機卿とケンプフェルト総司教が送り出しただけのことはあって、バックハウス司祭はなかなかのやり手みたいだ。

モンド司教の裏の事情をちゃんと掴《つか》んでいるのだから。

「とにかくバックハウス司祭が頑張ってくれたら、バウマイスター辺境伯領のみならず、王国中の教会でファーラ様たちが祀られるようになるはずだ。これで肩の荷が下りた気分だ」

俺は小心者なせいか、約束したことをちゃんと守らないとずっと気になって仕方がない性分だから助かった。

「しかしよぉ、相変わらずファーラ様は軽いよなぁ」

「よもや、姿を見せるとは思わなかったのである！」

「無事にお供え物は届いているようですし、これでよかったんですよ」

バウマイスター辺境伯領内の教会を統轄するモンド司教には拒絶されてしまったけど、ホーエンハイム枢機卿の派閥に属するバックハウス司祭は直接その目で目撃した大天使ファーラ様の後光差す美しい姿――見た目は本当に大天使様なんだよなぁ、中身は軽いけど――に感動し、これからは彼女たちの肖像画と石像の設置に全面協力することを約束してくれた。

ならば俺は、バウマイスター辺境伯家で養っている芸術家たちに発破をかけ、ファーラ様たちの肖像画と石像を量産させることにしよう。

「ふう、肩の荷が下りたから余計にお腹空《す》いたなぁ。早く屋台で色々と買い食いしよう」

「賛成！」

大貴族が屋台で買い食いなんてみっともない……などとはヴィルマは絶対に言わないからありがたい。

「串焼きに、モツ煮込みに、お菓子に。他にも色々あるな」

その分競争は激しそうだけど、なるべく多くのお店が生き残ってほしいものだ。

となると、やはり礼拝者を増やす工夫を怠らないよう、バックハウス司祭にアドバイスしておくか。

「礼拝者目当てなのに、お酒まで売っているのはどうかと思うけど……」

「イーナちゃん、礼拝者は神官じゃないからいいんだよ」

「イーナ、固いこと言うなよ。旦那、串焼きを食べようぜ」

イーナはお酒を売っている屋台を見つけて呆れ、ルイーゼとカチヤは気にするなと言って、気に入った屋台を探し始める。

「ヴェル様、すべての種類を食べたい。串焼き最高」

「エリーゼにお土産を忘れないようにしないとな」

今頃エリーゼは、俺のためにモンド司教の嫌み……エリーゼはホーエンハイム枢機卿の孫娘だから、モンド司教も露骨に嫌みは言わないだろうけど、正直針の筵《むしろ》のはずだ。

ヴィルマは早速色々と購入して食べ始め、テレーゼとリサはエリーゼへのお土産を探し始める。

「そうだ。今日はここに来られなかったアグネスたちへのお土産も忘れないようにしないとな」

「お菓子がいいと思いますよ」

俺もリサとテレーゼの買い物に加わり、今日ここに来られなかった人たちへのお土産を探し始める。

「ぷはぁ――――！　教会の前で飲む酒は最高だな」

「実にのど越し爽快なのである！」

そして、お酒を売っていると飲まずにいられないブランタークさんと導師。

俺たちはしばらく教会前の屋台を楽しんでから、屋敷へと戻ったのであった。

＊＊＊

「エ、エリーゼ様！　なんとかしてください！　総支部ほか、私が管理する教会の礼拝者が大幅に減ってしまったんです！　このままだと私の責任問題になってしまいます！　もうすぐ私は枢機卿になる予定なのにぃ――――！」

「はぁ……」

新しい教会にファーラ様たちの肖像画と石像が置かれてから一週間。

今日もローデリヒが俺をこき使う予定なので出発の準備をしていると、そこにモンド司教が駆け込んできて、なぜかエリーゼに泣きつき始めた。

曲がりなりにも神官が、俺の妻であるエリーゼに抱きつくと大変なことになるので、実際には彼女の前で跪《ひざまず》き、涙目で自分の苦境を述べているだけだけど。

実はエリーゼ、最近教会の司教に任じられていたのだそうだ。

それだけ治癒魔法の腕前が凄い証拠だが、モンド司教が暴露するまで俺たちは知らなかった。

彼女自身が拒絶しているので枢機卿になることはないし、どこかの教会の管理を任されたり、本部で役職に就くことはないのだけど、なにしろあの『ホーエンハイム枢機卿』の孫娘である。

モンド司教が、エリーゼを頼みにする気持ちがわからないでもない。

「突然、総支部の礼拝者が少なくなったのですか？　でもどうしてです？」

「ううっ……。それが、バウルブルク郊外に新しく完成したバックハウス司祭の教会にばかり礼拝者が集まるようになってしまいまして……。教会開きの時にあの女が……いえ、大天使が多くの人たちの前に降臨したという噂《うわさ》のせいで、みんなどうせ礼拝するなら郊外の教会に行こうという話になるそうで……。郊外の教会の周辺には新しいお店や屋台も多く、特に家族連れなどが、お休みの日に出かけるにはちょうどいいそうでして……実在するはずもない大天使の噂や、よりにもよって食べ物やお酒目当てで教会に礼拝に行くなんて、こんなことはおかしいのです！」

モンド司教は遠回しに、総支部の礼拝者が減ったのは俺のせいだって言いたいのだろう。

だから同じ神官であり、俺の正妻であるエリーゼに縋《すが》って、俺に注意してほしいと願っている。

郊外の教会が開かれた日、総支部に姿を見せた別派閥のエリーゼに塩対応しておきながら――エリーゼはホーエンハイム枢機卿の孫娘だけど、派閥に属している感覚はないというのに――困ったら彼女に縋るなんて、恥知らずな爺さんだな。

「(ヴェル様、ファーラ様効果と美味《おい》しい食べ物の効果?)」

「(多少俗っぽい理由だけど、そんなところじゃないかな)」

ヴィルマの推理は正しく、大天使様が降臨したという事実は世間一般の人たちにとって大きかったようだ。

「エリーゼ様、大天使など存在しないのです! いもしないものが降臨したなんて噂を流し礼拝者を集める教会など閉めてくれと、バウマイスター辺境伯様に仰っていただけませんか?」

モンド司教は、梃子《てこ》でもファーラ様たちの存在を認めないようだ。

さらに老人で融通が利かないモンド司教からしたら、礼拝者が飲食店や屋台目当てで教会に通っている件も気に入らない。

休息日には真面目に教会に通えと言いたいのだろうけど、せっかくの休日に、子供たちも礼拝だけでは退屈だ。

帰りに食事や買い物を楽しむくらい、俺はいいと思うけどね。

宗教施設の近くに門前町ができるなんてよくある話で、この世界の教会だってそういうところは多い。

大体自分だって、次の派閥の長になるために俗っぽいことをしているのだから、あまり人のことは言えないだろうに。

「あんな肖像画と石像は撤去されるべきなのです!」

そしてモンド司教が拒絶したファーラ様たちの肖像画と石像だが、現在バウマイスター辺境伯家が抱える芸術家たちによって順調に量産されており、それらは完成次第、今後バウマイスター辺境伯領内で開かれる教会に設置される予定だ。

自分も以前は赴任した教会で同じようなことをしてキャリアを積んで出世したくせに、他人が俗っぽいことをするのは絶対に許せないなんて。

俺が思うに、モンド司教は寛容を旨とする神官に向いていないと思う。

ぶっちゃけ、信心深い信者たちだけでは今の教会の規模は保てないのだから、どんな理由でも教会に通ってくれたら万々歳だと俺は思う。

そもそも領民たちからしたら、神官たちによる派閥の後継者争いなどどうでもいいのだから。

昔からなんとなく、家から近い教会に家族と礼拝に行っているという習慣に、俺は観光とレジャーの要素を加えて礼拝者を増やした。

「(モンド司教には永遠に理解できないだろうな)」

それは彼が老人だからというだけではないと思う。

現に、商家出身のケンプフェルト総司教は俺の意図に気がついているはずで、だからホーエンハイム枢機卿と図ってバックハウス司祭を送り出したのだ。

ただモンド司教の頭が固いだけだ。

モンド司教はファーラ様たちを信じていない……いや、意地でも信じたくないのだろう。

大天使様が降臨した件は町中で噂になっていて、じゃあ休日の礼拝はファーラ様たちが祀られている教会にしようという話になり、休日に郊外の教会に礼拝に行き、そこに祀られているファーラ様たちの美しさに感動する。

悲しいかな。

モンド司教が強く推す聖人たちは、この世界が男性優位なのに影響されてか、オジさんとお爺さんが多く、美女、美少女揃《ぞろ》いのファーラ様たちには勝てなかった。

人間が俗な証拠だけど、俺は自分も俗だから気にしない。

「今度バウマイスター辺境伯領内で完成する新しい教会に着任する司祭たちが、私の言うことを聞かず、いもしない大天使たちの肖像画と石像を設置すると言うんです！」

確かにモンド司教は、バウマイスター辺境伯領内にある教会網の責任者ではあるが、残念なことに、新しく着任する司祭たちの大半がラングヤール枢機卿の派閥に属してはいない。

誰だって、自分が責任者になる教会には多くの礼拝者が来てほしいわけで、それがバウマイスター辺境伯家が無料で提供するファーラ様たちの肖像画と石像で叶《かな》うのなら、受け入れて当然であった。

「モンド司教、もっと軽く考えましょうよ。俺は別に、過去の聖人たちの肖像画や石像を置いては駄目だなんて一言も言っていないんです。ファーラ様たちの石像と肖像画も置けるようにしたいだけで」

「新任の司祭たちは聖人たちの肖像画と石像の数を減らしたり、一部ではまったく置かないとまで言っているんだ！　スペースがない、人気がないと抜かして！」

自分の教会の礼拝者が増えて気をよくしたバックハウス司祭は、他の司祭たちにもファーラ様たちが降臨した時の様子や、その素晴らしさを熱心に伝えるようになり、今後バウマイスター辺境伯領内で開かれる教会のすべてにファーラ様たちの肖像画と石像が設置される予定となっていた。

モンド司教が管理している総支部や、彼に従う教会の礼拝者が減ってしまっているので、いくら上司でも言うことを聞かなくなってしまったのだ。

さらには、ブライヒレーダー辺境伯領内や南部の教会でも、ファーラ様たちの肖像画と石像を設置したいという問い合わせが増えていた。

「ケンプフェルト総司教は特になにも言っていないんでしょう？　じゃあ、いいんじゃないですか？」

もしファーラ様たちの石像と肖像画を置くなと教会本部が言うと、地方で聖人以外のものを祀っている教会も駄目ということになってしまうから、教会本部が禁止するわけがない。

ただモンド司教が、バウマイスター辺境伯領内教会網の責任者であることを利用し、これまで強引に聖人の肖像画と石像を置かせていただけなのだから。

そしてなんと他の宗派の教会からも、ファーラ様たちを祀りたいという申し出があったそうだ。

統治者である俺はすべての宗派に気を使う必要があるので、当然ファーラ様たちの肖像画と石像を無料で提供する旨を伝えている。

「まさかモンド司教は、他の宗派の教会に対しても『ファーラ様たちなんて実在しないから、肖像画と石像を置くな！　自分が勧める聖人の肖像画と石像を置け！』と抗議に行かれるので？」

「……そんなことはしません」

そんなことをしたら、下手をしたら宗派同士の争いになってしまうからだ。

そもそも宗派が違うと聖人が違ったり、聖人なんて認定していないところもあるのだから。

「教会本部がなにも言ってこない以上、エリーゼにも俺にもできることはありませんね」

「(この人の行動原理も俗だけど、ヴェルもなかなかよね)」

「(イーナ、女性だってイケメンの天使や神様の方がいいと思うでしょう?)」

「(……正直な話、そういう人が大半ね……)」

「(短い時間だったけど、ファーラ様が本当に降臨して、それを多くの人たちが実際に目撃したという事実は大きい)」

「(そして、バックハウス司祭が懸命に働いた結果、領内に新しくできる教会がファーラ様たちを本格的に祀ることを決めたのも大きいわね)」

「(エリーゼ、困ってるね)」

「(確かにエリーゼは神官だけど、バウマイスター辺境伯領総支部の所属じゃないからなぁ……。突然泣きつかれても迷惑だろう)」

神官としてのエリーゼは、教会から優れた治癒魔法使いとしてカウントされている存在であり、教会の運営にはまったく関わっていないのだから。

「モンド司教、礼拝者を総支部に戻したかったら、寛容の心でファーラ様たちの肖像画と石像を置けばよろしいのでは? バウマイスター辺境伯家では、ファーラ様たちの肖像画と石像を無料で提供していますから」

エリーゼが困っているので、俺はモンド司教に助け舟を出した。

総支部や、まだファーラ様たちの肖像画と石像が置かれていない教会でもファーラ様たちを祀ればいいじゃないかと。

というか、減った礼拝者を取り戻すには、それしか方法がないともいえる。

総支部にファーラ様たちの肖像画と石像を設置すれば、郊外の教会よりも利便性は圧倒的に上なのだから、礼拝者の数は元に戻るはずだ。

なにも、エリーゼに泣きつく必要はないのだ。

「バウマイスター辺境伯様！　美しい女性の天使で信者たちを釣るなど、教会においてそのような俗なことはあってはならないのです！」

俺は親切心で忠告したのに、まさか怒鳴られてしまうとは思わなかった。

自分がファーラ様たちを認められない理由が俗なのに、よく俺に対し偉そうに怒鳴れるものだ。

「郊外の教会に大天使様が降臨なされたなどという嘘を、バウマイスター辺境伯領内に流されたまま放置するなど、神を冒涜《ぼうとく》する行為ですぞ！」

「なんと言われようと、俺、導師、ブランタークさんはあの世で大天使ファーラ様と出会い、お世話になり、必ず祀ると約束したんだ。そして、郊外の教会にファーラ様が降臨したのも事実。よもや領主の発言を疑うのですか？」

確かにこの世界では神官の地位は高いけど、この地の領主である俺に逆らうなんて、傲慢《ごうまん》にもほどがある。

そもそも、俺たちがファーラ様たちの肖像画と石像を教会に設置しお供え物をしているのは、向こうのたっての希望なのだから。

なにより、ファーラ様が降臨した噂は実際に目撃した人たちが自発的に流したものであり、それは嘘だから取り締まれだなんて、モンド司教は何様なんだろう？

ラングヤール枢機卿の後継者になりたいがために、完全におかしくなっているんだろうな。

「教会には、偉大な功績をあげたか、奇跡を起こした聖人たちが大勢いらっしゃるのです！　彼らは間違いなく天使になっているのに、ファーラ様？　そのような、いもしない大天使とやらを祀るのは問題ですぞ！　あがっ！」

よほどファーラ様が気に入らないようでモンド司教が彼女を否定するが、その瞬間、屋敷の応接室の天井の一部が突然崩れて落下し、モンド司教の頭を直撃した。

怪我《けが》は軽くちょっとした痛み程度らしいが、新しいお屋敷の天井が崩れるなんてあきらかにおかしい。

「（……ファーラ様の存在を否定したから、罰が当たったんだな……）とにかく、俺たちは大天使ファーラ様と天使たちを否定することはできませんね。ファーラ様たちを祀るのはお世話になったお礼であり、さらなるご利益のためなのですから」

「あのような肖像画や石像は撤去するべきだ！　真の信仰の邪魔でしかない！」

「そう思うのなら、モンド司教が直接他の宗派や教会本部に訴えるべきですね。多分受け入れてもらえないと思いますけど……」

違う宗派の神官に、自分たちが正式に認めて祀ろうとしているものを否定されたら、必ず拒絶されるに決まっている。

教会本部に訴えても無駄だし、モンド司教も無理筋なのは理解しているから、絶対にやらないはずだ。

「（そんなに派閥の後継者になりたいのかね？　将来の総司教への道だとしても）」

俺には、モンド司教の権力欲がさっぱり理解できなかった。

「バウマイスター辺境伯様、あなたが領主としてすべての教会の責任者に命じればいい！　そのような下品な肖像画と石像は撤去せよと！　痛っ！」

下品だと批判されたファーラ様が、モンド司教に再び罰を与えたようだ。

再び天井の一部が崩れ、それがモンド司教の頭を直撃する。

「罰が当たった」

「ぬぬぬっ、これはたまたま天井が崩れただけです！　バウマイスター辺境伯様、これは手抜き工事ではないのですか？」

ヴィルマの指摘をモンド司教は即座に否定するばかりか、屋敷が手抜き工事だと言い放つ始末だ。

神官なのに大天使様の天罰を否定するなんて、それだけ出世を目指している神官が現実主義者である証拠かも。

「そもそもあなたは、教会の名誉司祭ではないですか！　道を誤った若い神官や他宗派の肩を持つとは何事ですか！」

「確かに俺は教会の信者だけど、その前に領主なので、他宗派にも公平に接しているだけです。あり得ない邪推はやめてくれ」

領主は、他宗派の領民たちにも気を配って統治をしなければならない。

もし特定宗派にばかり配慮すると、それだけで他の宗派の信者たちが反発することだってあるのだから。

「モンド司教、もし俺が他宗派にそんな命令を出したら、どうなるのか理解できないのですか？」

ヘルムート王国は、これから南方への探索を拡大させ、もし無人の土地が見つかれば殖民《しょくみん》を始める予定だ。

その際の後方支援地としてバウマイスター辺境伯領の開発を援助しているというのに、その地が宗派争いで混乱してしまったら、これ以上の不忠、不手際は存在しないのだから。

「モンド司教、あなたがどれだけ反対しようと、今後はバウマイスター辺境伯領のみならず南部の教会でもファーラ様たちは祀られるようになる。総支部に礼拝者を戻したかったら、あなたもファーラ様たちを祀るしかないです」

「そんな軽薄な理由で、存在するわけがない大天使と天使たちを祀ることなどできません！　うがっ、またか？　バウマイスター辺境伯様、あきらかにお屋敷を建てた工房の手抜きだと思われますが……」

三度天井が崩れて、石材の破片がモンド司教の頭に落ちた。

三度ともモンド司教の頭に落ちたのだから、やはり天罰が下ったんだろうな。

ファーラ様はちゃんと見ていて、自分たちの存在を信じないモンド司教にも、全然似ていない肖像画と石像を作った芸術家たちにも天罰を下している。

「とにかく、俺からファーラ様たちの肖像画と石像を撤去しろとは言えませんし、むしろ俺の希望を叶えてくれているのだからそんなことは絶対にさせません。そういえば、ブライヒレーダー辺境伯領の教会でもファーラ様たちが祀られる予定だそうで。モンド司教も早く決断すればいいと思いますよ」

「そのようなことは断じて認められません！　あなたの信心のなさは、教会本部に報告させていただきます！　失礼する！」

「無駄ですよ」

結局双方の話は噛み合わず、激高したモンド司教は屋敷を出ていってしまった。

「信仰心に篤《あつ》い方なのですが……」

怒りながら立ち去ったモンド司教についてエリーゼが軽くフォローを入れていたが、彼が俗な理由でファーラ様たちを認めないことに気がついている俺たちは、エリーゼに対し曖昧な笑みを浮かべるだけであった。

「（エリーゼって、本当にモンド司教が信仰心に篤いって思っているのかしら？）」

「（それも事実ではあるんじゃない？）」

「（そうかもしれないけど……）」

モンド司教がラングヤール枢機卿の派閥を継ぎ、総司教を目指すのは教会をより良くするためだと、少なくとも本人は思っている。

とイーナに説明したら、彼女は納得のいかない表情を浮かべていた。

「ヴェル、どうするの？」

ルイーゼが、これからどうするのか尋ねてきた。

「どうもこうも。ファーラ様たちの肖像画と石像は注文が殺到しているから、芸術家たちが急ぎ製作している。この流れを止めるつもりはないね」

モンド司教にはモンド司教なりの事情があるのだろうが、それは俺だって同じだ。

ファーラ様たちを祀るのは、俺があの世で彼女たちとした大切な約束なのだから。

「モンド司教って枢機卿に任じられる最有力候補で、教会でも力を持っているはずだから、面倒なことにならないかしら？」

「イーナ、モンド司教が俺のことを言いつけても教会本部は無視するだろうけど、ラングヤール枢機卿に知られると面倒なことになるかもしれない。だけどそれよりも大天使様の天罰が下る方が面倒じゃないか」

ケンプフェルト総司教とホーエンハイム枢機卿はなにも言ってこないはずなので、そこまで心配する必要はないかな。

「出世したかったら、ケンプフェルト総司教とホーエンハイム枢機卿の意向に逆らわなければいいのに……」

イーナの言うとおり、モンド司教は変なところで頑固というか……。

「ケンプフェルト総司教とホーエンハイム枢機卿の言うことは聞かないけど、エリーゼに泣きつくんだ。ボクには理解できないね」

「ヴェルの正妻にして、ホーエンハイム枢機卿の孫だから、エリーゼの協力を取りつけることができれば、問題は解決すると思ったんじゃないの？」

イーナとルイーゼは、モンド司教の言動に呆れるばかりであった。

「んなわけあるかい。しかし追い詰められた人間ってのは、本当に自分の都合のいいように考えるよな」

エルは、自分の家族のことを思い出したのかもしれない。

モンド司教に対し、あまりいい印象を持っていないようだ。

「あなた、モンド司教はこれからどうするのでしょうか？」

「わからないな。もしかしたら俺が提案した以外の方法を思いついたかもしれないけど、そう簡単に他の方法を思いつくくらいなら、エリーゼに泣きつかないと思うんだよなぁ……」

自分の教会に多くの礼拝者を呼ぶ能力というのは、商売の才能と似た部分があると俺は思う。

だが、神官に商売の才能がある人は少ないというのが俺の考えだ。

「モンド司教は、エリーゼが旦那を説得してくれると思ったんじゃないのか？　旦那が領主権限で、領内のすべての教会からファーラ様たちの肖像画と石像を撤去するはずだって」

「カチヤさん、いくら領主でもそんなことはできませんから。モンド司教はじきに枢機卿になられるほどのお方。そのくらいのことは理解しているはずですが……」

「理解しておるが、モンド司教はどのような手段を用いても、領内の教会からファーラ様たちの肖像画と石像を撤去したいのであろう」

「テレーゼさん、それはどうしてでしょうか？」

「モンド司教は、もうすぐ枢機卿に任じられるのであろう？　だが自分が管理する教会への礼拝者が大幅に減ってしまった。もしこの事実が教会本部に知られれば、最悪、枢機卿への任命がなくなるやもしれぬ。少なくとも、モンド司教はそう考えたのだろう」

ラングヤール枢機卿の派閥を継ぐために資金の妨害をされたくないだけでなく、神官としての評価も気にしての行動だとテレーゼは思ったのか。

「礼拝者の数は関係ないと思います。たとえ少人数でも、信者の方々が気持ちよく礼拝できるようにすればいいのでは？」

「……（ヴェンデリン、確かにエリーゼには教会の運営は向かぬのぅ……）」

「（だよねぇ……）」

テレーゼが小声で話しかけてくるが、俺も心の中で賛同した。

教会はどの宗派も、表向きは信者の数など気にしない、気にしてはいけない素振りを見せる。

そのような些末《さまつ》なことに拘《こだわ》らず、いかに信者たちが真の信仰の道を歩めるかが大切だというのだ。

だがその本音は、たとえ他宗派から信者を奪ってでも信者の数を一人でも増やしたいと思っているし、信者を増やしたり多額の寄付を集めることができた神官が出世するのが現実なのだから。

「教会本部っていっても、ホーエンハイム枢機卿とケンプフェルト総司教だろう？　無駄なのにご苦労なことだぜ」

エルは、モンド司教が立ち去った方を見ながらそう呟《つぶや》いた。

「ラングヤール枢機卿や他の枢機卿たちに思惑があると騒ぎが大きくなるかもしれないけど。さてどうしたものか……。あっ、そうだ！　ファーラ様、聞いていますか？」

こういう時にどうすればいいのか、あれやこれや時間をかけて考えても意味がないとは言わないが、ただ面倒臭いだけだ。

それに、先ほどモンド司教に罰が当たっていたので、間違いなくファーラ様はこの状況を把握しているはず。

ならば一番効率的な方法を用いて、このトラブルを解決するに限る。

「ローデリヒ！」

「はい」

「午前中、王都の教会本部に行ってくるから、土木工事は午後からにしてくれ」

「畏まりました」

普段サボろうとすると必ず阻止されるのに、こういう時はちゃんと予定の変更を認めてくれる。

ローデリヒが優秀な証拠だけど、なんかモヤッとするのは俺の気のせいであろうか？

まずは芸術家寮に寄ってから、『瞬間移動』で教会本部に向かうとしよう。

＊＊＊

「……ななっ、なんと神々しい！」

「神は、女神様だったのか？」

『私は神の傍《そば》に仕えし、大天使ファーラ。人間たちよ、バウマイスター辺境伯たちが私との約束を守り、少しずつ私と天使たちを祀る場所が増えていくと聞いた。褒めてつかわす』

「大天使様……。バウマイスター辺境伯たちの言ったことは事実だったのか……」

「「「「「「「「「「へへぇ――――！」」」」」」」」」」

突然、王都にある教会本部の大聖堂にファーラ様が降臨する。

大聖堂で礼拝をしている大勢の人たちが彼女を目の当たりにし、騒ぎを聞きつけて大聖堂に駆けつけた、ケンプフェルト総司教とホーエンハイム枢機卿、ほか多くの教会幹部たちが、神の石像の前で宙に浮き、後光が差すファーラ様を見て膝をつき頭を下げていた。

後光を受け輪郭がキラキラと輝く青い髪、純白のドレス、滅多にお目にかかれない神秘的な美しい顔と、大天使様にあるまじきスタイルの良さ。

それでいてカリスマ的なものも感じられ、彼女を見たすべての人たちが自然と膝をついた。

うん、本性がバレなければ、彼女は本物の大天使様だ。

『ここでも、私たちを祀ってくれるのか？』

「……はい、これからそうしようと思っていたところです！」

大聖堂の管理を任されている老神官は、ファーラ様たちの肖像画と石像を祀るつもりなんて微塵《みじん》もなかったはずだが、目の前に降臨した彼女からそう言われて拒絶できるほど肝は据わっていない。

老神官の視線がチラチラと、ファーラ様たちの肖像画を持っている俺に向かう。

魔法の袋からファーラ様の肖像画を取り出していた俺に、命拾いしたと言わんばかりの満面の笑みを浮かべる。

「どこに飾ればファーラ様の素晴らしさが多くの人々に理解してもらえるか、少し悩んでいたところなんです」

そんなことは微塵も思っていなかったくせに、老神官は俺からファーラ様の肖像画を受け取ると、早速どこに飾ろうか検討し始めた。

『他の天使たちの分と合わせて、そなたに任せよう』

「ありがたき幸せ！」

『では頼むぞ』

その言葉を最後に、ファーラ様は俺たちの前から姿を消した。

「(ふう……助かった)」

もしファーラ様が力を貸してくれなければ、教会本部にいるお偉いさんたちが彼女の存在を信じる、信じないで派閥闘争を始める可能性もあったのだから。

大聖堂で多くの信者たちとその姿を実際に目にしておいて、その存在を否定する度胸はないだろうな。

「……ケンプフェルト総司教、ホーエンハイム枢機卿、そういうことです」

「皆の者、これよりすべての教会でファーラ様たちを祀ることになるが、反対の者はいるかな?」

「いえ、この目で目撃したファーラ様を否定することはありません」

「神の元に、あのように美しい大天使様がいらっしゃったとは」

「すぐに我々も、肖像画と石像を手配させましょう。バウマイスター辺境伯殿、ファーラ様たちの写真を提供していただけないでしょうか?」

「いいですよ」

すべての教会でファーラ様たちを祀ることが決まった以上、バウマイスター辺境伯家が養っている芸術家たちだけでは手が足りない。

教会とツテがある職人、芸術家たちにも作業を分担してもらわないと。

「急ぎ、芸術家と工房の手配をしましょう」

そしてこの場には、モンド司教の親分であるラングヤール枢機卿もいた。

彼からしたら、今後ヘルムート王国中の教会に設置するファーラ様たちの肖像画と石像を作るのは、自分の派閥と懇意にしている芸術家や工房なのだ。

俺に文句があるわけがなく、そしてこの瞬間、モンド司教は完全に梯子《はしご》を外された。

「まずは取り急ぎ、ファーラ様をこの大聖堂で祀らなければ。バウマイスター辺境伯殿、ファーラ様の石像と他の天使たちの肖像画などはお持ちですか？」

「ありますよ」

こうなることを予想して、ちゃんと持ってきているさ。

ラングヤール枢機卿は王族だからか、子分であるモンド司教とは違って温和な老人であった。

まさしく『金持ち喧嘩《けんか》せず』な人のようだ。

「まずは王都すべての教会から、ヘルムート王国中の教会、そしてアーカート神聖帝国にも広げていきましょう！」

ファーラ様に直接声をかけられた老神官は、誰よりもやる気満々な態度を見せていた。

「ホーエンハイム枢機卿」

「なにかな？　婿殿」

「あの人って誰です？」

「ドルター枢機卿だ。モンド司教が所属する派閥の重鎮だな」

「そうなんですか……（ラングヤール枢機卿もここにいたってことは……）」

もしモンド司教がファーラ様たちを全力で否定し、その肖像画と石像の撤去を派閥の親分に訴えた場合、彼は色々と終わってしまうのか……。

しかしながら、それを彼に教えてあげるわけにもいかず、どうせ今どこにいるのかも知らないけど。

「(モンド司教、あなたのことは忘れない)」

絶望的なまでにツイていないモンド司教だが、これもファーラ様の罰が当たったからだと思う。

それにしてもファーラ様って、よっぽどお供え物が欲しかったんだな。

それだけの理由で、二回も人間の前に降臨するのだから。

＊＊＊

「なんたる罰当たりな！　いくら広大な領地を持つ大貴族とはいえ、このようなハレンチな行為は決して許されることではない！　必ずやインチキ大天使と天使たちの肖像画と石像をすべて撤去させるのだ！」

私は姓もなき貧民の出で、幼き頃から教会の手伝いをしながら文字や計算、経理など、教会で必要な膨大な知識を覚え、苦労に苦労を重ねて司教となり、新しく設置されたバウマイスター辺境伯領内の教会を統轄する立場となった。

そしてこのまま何事もなければ、あと数ヵ月で枢機卿に任じられる予定だ。

これまでの苦労がようやく報われる……予想外の魔族によるクーデター騒動が王都で発生したが、私はバウマイスター辺境伯領内の教会をしっかりと管理、運営し、評価を上げたのでそれは問題ではない。

想定外だったのは、またも功績をあげて領地に凱旋《がいせん》したバウマイスター辺境伯がおかしなことを始めたことだ。

なんでも、魔族の襲撃を受けてしばらく行方不明になっていた彼は、その時にあの世で神様の次に偉い大天使の世話になって強くなったのだとか。

そしてその時、大天使ファーラとその下にいる多くの天使たちを祀ることを約束し、そのために肖像画と石像を作らせ、教会に設置しようとした。

当然私は、バウマイスター辺境伯の要請を拒否した。

それはそうだろう。

バウマイスター辺境伯、ブランタークク、アームストロング導師しか見たことがない大天使とやらを、本部の許可も得ずにこの教会に祀るなんてできないからだ。

それに、私は気づいていた。

大天使たちなど、バウマイスター辺境伯たちが作り上げた空想上の存在でしかないことを。

彼の魂胆はわかっている。

バウマイスター辺境伯の義祖父は、あのホーエンハイム枢機卿だ。

私はラングヤール枢機卿の派閥に属しており、このあと枢機卿に任じられたら、すでに高齢である彼の後継者を狙えるようになる。

神官なら誰もが一度は夢見る総司教になるためには、派閥の長にならなければ不可能なので、その前に大貴族の領内にある教会を統轄する仕事をこなすのは大切な経験だ。

だから私は努力して、バウマイスター辺境伯領総支部の責任者となった。

だがやはり、ホーエンハイム枢機卿は私が気に入らないのだろう。

だから義孫を通じてあのような無理難題を要求し、私がそれを拒絶すると、あろうことか私の言うことを聞かない若い神官が着任した教会に、大天使たちの肖像画と石像を設置してしまった。すると、美しい大天使たちに魅《ひ》かれて多くの礼拝者がその教会に殺到し、総支部を礼拝する者たちが減ってしまった。

美女の肖像画と石像目当てに礼拝するなど不純であり、このようなことは一日でも早くやめさせなければならない。

バウマイスター辺境伯はホーエンハイム枢機卿の義孫ではあるが、間違いは必ず正さなければならないのだから。

我々が真に礼拝すべきは、過去の偉大な聖人たちであり、私はその肖像画と石像の手配を懇意にしている芸術家と工房に回し続けた。

彼らからは無事に付け届け……いや、寄付も届き、これも私が将来総司教となり、真の信仰を目指すために必要なことなのだ。

「(それに、バウマイスター辺境伯の魂胆は見えている。彼はホーエンハイム枢機卿と組んで、他派閥に所属する私を追い落とすつもりであろう。だが、私は負けん!)」

この件は必ず、私がお世話になっているラングヤール枢機卿に報告をし、今教会で我が世の春を迎えているケンプフェルト総司教、ホーエンハイム枢機卿の専横と傲慢を告発してやる!

さすれば、正義は我らラングヤール枢機卿が率いる派閥のもの。

これを利用してケンプフェルト総司教とホーエンハイム枢機卿を追い落とし、我々が教会で高みに上り、真の信仰の道を歩むのだ。

「教会に、真の信仰を取り戻すのだ！」

さすればあのような下品な方法を使わなくても、バウマイスター辺境伯領の総支部を礼拝する者たちも増え、私はその評価をもって枢機卿へと任じられるはず。

そして、あのホーエンハイム枢機卿の専横を阻止した者として、将来は総司教だって夢ではないのだから。

「ついに私の出番がやってきたのだ！」

こうなれば、一刻も早くラングヤール枢機卿にバウマイスター辺境伯領の現状を報告し、ホーエンハイム枢機卿にも責任を取らせなければ。

そのためには、総支部は部下たちに任せ、私が直接教会本部に報告に行かねばなるまい。

神よ、どうかこの私に真の信仰の道を歩ませてください。

＊＊＊

「これはバウマイスター辺境伯様。この度バウマイスター辺境伯領バウルブルク総支部の責任者となりました、ブルックドルク司教です。無事に領内の教会すべてにファーラ様たちの肖像画と石像も設置され、礼拝者の数も戻ってきました。やはりバウルブルクの住民が礼拝をするなら、郊外の教会よりも、総支部の方が利便性が高いですからね。ああ、バックハウス司祭の教会の礼拝者も一時は減りましたが、今はまた徐々に増え続けているそうです」

「それはよかったですね。ところで、モンド司教はどうされたのですか？」

「彼は異動になりました。北部にあるバーミット騎士爵領で真の信仰の道を目指すそうです。その……バウマイスター辺境伯様」

「(はい?)」

「(モンド司教は総支部を勝手に抜け出し、教会の経費を使って魔導飛行船に乗り教会本部へと駆け込み、ファーラ様などいない！　あのような下品な大天使や多くの天使たちなど実在せず、そんなものの肖像画と石像を教会に飾るバウマイスター辺境伯と、それを咎《とが》めないホーエンハイム枢機卿は許せないと、ラングヤール枢機卿に直訴したのですが……)」

「(最悪のタイミングだ!)」

「(ええ、多くの神官たちが直接目にしたファーラ様をインチキだと言い放ち……まあ、百歩譲ってそれを咎めないにしても、モンド司教はバウマイスター辺境伯領の教会すべての責任者です。勝手に持ち場を離れるのは言語道断という話になりまして……)」

「(当然そうなりますよね。じゃあ、枢機卿への任命は?)」

「(バウマイスター辺境伯領の責任者の職をまっとうしてからの任命というお話でしたので、それを放棄するような人が枢機卿に任命されるわけがありません。今回の異動は事実上の左遷です)」

突然モンド司教が異動となり、ブルックドルク司教という新しい総支部の責任者が屋敷に挨拶に来た。

なんでも前任者のモンド司教は、バウマイスター騎士爵領も真っ青な田舎の教会に飛ばされた……表向きは、ただの異動ってことになっているらしいけど。

エリーゼが近くにいたので、ブルックドルク司教は小声で彼が左遷された理由を教えてくれた。

彼女にあまり教会のゴタゴタを教えないよう、ブルックドルク司教はホーエンハイム枢機卿に言い含められているようだ。

そういう配慮ができる人なので、彼は素直にバウマイスター辺境伯領中の教会にファーラ様たちの肖像画と石像を設置してくれた。

そのおかげで、総支部とモンド司教の言いなりだった教会の礼拝者の数も戻りつつあると言う。

俺が最初にファーラ様たちの肖像画と石像を置いた郊外の教会も、周囲の開発が進んで人口が増え続けているので、最初ほど混み合ってはいないが、定期的に礼拝してくれる人が増え続けているそうだ。

「(モンド司教が最初からファーラ様たちの肖像画と石像を総支部に設置してくれれば、こんなことにはならなかったのですが……)」

「(俺には、モンド司教という人がよく理解できなかったですね)」

「(純粋な信心だけから、古くからの聖人たちを祀りたかったわけではありませんでしたからね。自身の野心もあって、引くに引けなくなってあの様《ざま》です。自分の才覚で枢機卿まであと少しというところまで出世した方《かた》なので、きっと自分に自信があったのでしょうが……)」

タイミングが悪かったという不運もあるが、結果的にモンド司教は上層部批判をしたに等しく、派閥の長であるラングヤール枢機卿もドルター枢機卿も庇《かば》えなかった。

悲しい左遷劇となったたが、現代日本でも割とありそうな話だし、俺にモンド司教を庇う理由なんてこれっぽっちも存在しない。

むしろ足を引っ張られたので、俺は話が通じるブルックドルク司教を心から歓迎した。

「あなた、モンド司教は突然のことでしたね」

「多分彼は口にはしなかったけど、誰も行きたがらないような田舎の小さな教会で、真の信仰の道を目指したかったんじゃないのかな？」

「……きっとそうですね。モンド司教には頑張ってもらいたいです」

「「……」」

俺とブルックドルク司教が、小声で話していた理由をおわかりいただけただろうか？

神官としてのエリーゼは素晴らしい能力と人格の持ち主だけど、教会の運営にはこれっぽっちも向いていない。

ブルックドルク司教もホーエンハイム枢機卿から言い含められているからこそ、俺にモンド司教の末路をそっと教えてくれたわけで。

それでも無事にファーラ様との約束を果たすことができたのだ。

これからも毎日忘れずに、ファーラ様たちへのお供えをするよう屋敷の者たちに徹底しないと。

あと師匠へのお供えもだ。

＊＊＊

「ファーラ様、ヴェルが気を使ってワイン、ブランデー、ミズホ酒、北方のジャガイモの蒸留酒アクアビットなども供えていますよ」

「アル、あなたの弟子はとてもいい子よね」

「ええ、魔法の才能もピカイチで。私の自慢の弟子ですよ」

「これまで見たこともないような色々なお料理がいっぱい。ファーラ様、どれも美味しそうですね」

「お菓子もこんなに種類があるなんて」

「どれから食べようかしら？」


ヴェルがファーラ様との約束を律儀《りちぎ》に守ってくれたおかげで、ファーラ様や他の天使たちは多くのお供え物にありつくことができました。

私にも、ヴェル、クリムト、お師さんが毎日お供え物をしてくれるようになったので、いよいよ始まった天使になるための修行のいい励みになっています。

お酒の種類と量が大分多いけど、ファーラ様たちも天使たちもとっくに成人している年齢なので、これからは毎日楽しく晩酌ができます。

美女たちと毎日美味しいお酒と食事、デザートを楽しめるのだから、私はヴェルに感謝しないといけませんね。

「ところでファーラ様」

「なあに？　アル」

「ヴェルたちへのご利益って一体なんなのですか？」

確か、以前にファーラ様が、神様や大天使様が地上の人間に対しあまり露骨にご利益を与えるのはよくないと話していたのを思い出したので。

「ヴェル、アームストロング、ブランタークは死ぬまで大病せずに天寿をまっとうできる。生活に困ることはない、くらいが限界ね」

「やはりそのくらいが限界でしたか。あとは子孫繁栄とか？」

「それに関してなんだけど、ヴェルって神様や私がご利益を与えなくても、これからも奥さんが増えて、子供が沢山生まれて、家も繁栄していくから大丈夫。そこが駄目だとお供え物をしてもらえなくなるからちゃんと調べたんだけどね。ヴェルって大概豪運よね。その分、細々《こまごま》としたトラブルに巻き込まれる体質みたいだけど」

「それなら安心です」

結局私は子孫を残すことができなかったけど、その分、ヴェルが頑張ってくれるようなので安心です。

私は天使になって、天寿をまっとうしたヴェルが再び天国にやってきたら、また魔法を教えてあげようと思います。

修行の再開が楽しみですね。

第三話　前代未聞の褒美が育休？

「うがぁ――――！　俺はすぐにでも育休を取るんだぁ――――！　あの腐れ神官がぁ――――！　俺の邪魔すんな！」

「お館《やかた》様は以前から『イクキュウ』なる言葉を口にされますが、男性が子育てをするなんておかしいと思います」

「別におかしくはないだろう。ローデリヒは古くから続く固定観念に囚《とら》われているだけだ。時代が変われば常識も変わる。ローデリヒはバウマイスター辺境伯家の家宰なんだから、時代の流れには臨機応変に対応していかないと。大体もしお母さんになにかあった時、子供を誰が育てるんだ？」

「拙者はバウマイスター辺境伯家の家宰として、新しいだけで正しくないものを排除していく義務があるのですよ。もし母親が育児をできなくなっても、貴族は他に妻がいますし、再婚することだってあるでしょう。新しいメイドや乳母だって雇えるのですから」

「駄目だ！　全然話が通じない！」

「お館様が、突然無茶なことを仰《おっしゃ》るからです」


ようやくファーラ様たちの件が解決したのに、今日も俺はローデリヒに言われ、領内の土木工事に勤《いそ》しんでいた。

師匠との修行と、魔王であるエリーとの器合わせの成果もあり、これまで以上の結果を出せるようになったので、オットーたちが起こした騒動のせいで遅れていた開発も計画どおり……と喜んでいる場合じゃない！

俺は、前世のようにただ言われるがまま働く自分を変えていく決心をしたのだ！

なにしろ今の俺は、雇われている社畜ではなくて領地を持つ大貴族なのだから。

この世界では今でも、子育ては女性の仕事だという考えが根強い。

根強いなんてものじゃないな。

ローデリヒを見ればわかるが、有史以来そうと決まっているとでも言わんばかりの言いようだ。

だから俺は現代日本の如《ごと》く――まあ前世でも古い考え方の人は一定数いたけどね――この古い決まりに風穴を開けてやることにした。

そして今こそが、それを実現するための大きなチャンスなんだ！

なぜなら俺は、ヘルムート王国の屋台骨を大きく揺さぶった大騒動で帝国内乱に次いで大きな功績をあげた。

どうしてそれと、俺の育休が関係するのかというと……。

「(ローデリヒ、甘いぞ。お前は、いかに俺とてそう簡単に、世間の習慣、常識に風穴を開けられるとは思っていないようだが、明日にはいよいよ報奨の儀があるんだ)」

陛下も、ヴァルド殿下も、その他多くの貴族たちも。

今回のクーデター騒動の後始末で忙しく、報奨の儀は後回しになっていたが、いよいよ明日、それが行われる。

俺がオットーを倒してから一ヵ月あまり。

さすがにもうそろそろ、騒動の解決に貢献した者たちに褒美を渡さないと、不満が溜《た》まって第二のブレンメルタール侯爵が現れかねない。

当然、俺も報奨の儀に参加するので、そこで俺が自ら褒美としてそれを望むのだ。

俺が育休を取る許可を！

もし陛下が俺の育休を許可すれば、俺の家臣でしかないローデリヒが覆《くつがえ》せるわけがない。

「(これで、我が策はなったようなもの！　明日が楽しみだなぁ)」

己の道を行くため、俺は今回の功績をもって必ず陛下にお願いする。

育休を俺に下さいと！

「お館様の理解不能な願いはともかく、明日の報奨の儀で、功績一位のバウマイスター辺境伯家はなにを頂けるのでしょうか？　新しい領地……は、まだバウマイスター辺境伯領の開発が終わっていませんし、飛び地だと管理が難しいですな。今回の騒動で改易された貴族の大半が法衣貴族なので、褒美に領地はありませんか……。金銭や財宝の方が、領地の開発に使えるのでありがたくはあります」

褒美なんて、貰《もら》えるものをありがたく貰えばいいと思うが、それよりも育休の取得が最優先だ。

間違いなく陛下は、今回功績一番だった俺に欲しいものを尋ねてくるはず。

そうしたら、俺はこう答えればいい。

『俺に育休を下さい！』と。

「(育休の許可なんて無料なんだから、陛下は簡単に出してくれるはずだ。そのせいで多少、他の褒美が減ったとてローデリヒにはわからないし、どうせ資産なんて腐るほどあるんだから)」

お金はいくらあっても困らない、なるべく沢山あった方がいいと世間では言うけれど、どうせルックナー財務卿のようにケチなローデリヒ——そういえば、ローデリヒはルックナー財務卿の甥《おい》だったたな。やっぱり親族なんだなぁ——が管理しているから俺が自由に使えるわけでもなく、たとえ自由に使えるようになっても、貧乏性でビビリな俺はそんな大金使いきれない。

それならば、陛下から育休の許可を貰った方がいいに決まっている。

「ますます領地の開発に回せるお金が増えますな。お館様、さすがでございます」

「(ローデリヒはのん気に多額の褒美が貰えると思って喜んでいるが、よもや俺がこのような策を考えているとは思うまい)」

必ずやこのチャンスを生かし、俺はこの世界で初めての育休を取得するのだ！

報奨の儀が始まった。

「バウマイスター辺境伯、そなたは此度《こたび》の騒動の解決に最も貢献した者と言っても過言ではない。このことに異議を唱える者はおるまい。どうかな？」

「いいえ、今回の騒動においてバウマイスター辺境伯の功績が最も大きなことに疑問を持つ貴族は一人もおりません」

「そうか、エドガー軍務卿よ」

「陛下と皆様にそこまで評価していただけるとは、ヘルムート王国貴族としてこれ以上の喜びはありません(できたら褒めないでほしいなぁ……俺の功績が第一位であることに異議は唱えないんだけど、陛下の死角にいる貴族たち、俺をめっちゃ睨《にら》んでるしなぁ……)」

最初、無事に目を覚ました陛下が自身の健全ぶりをアピールして、集まった貴族たちを安心させつつ、今回の騒動では俺が功績一位だと言い放った。

エドガー軍務卿もそれに賛同し、多くの貴族たちも異議を唱えないが、それと、またもや大きな功績を得た俺への嫉妬《しっと》の感情は別だ。

俺はこれ以上なにも欲しくないし、なんなら他の貴族に譲ってあげてもいいんだけど、それができないのは子供にでもわかることだ。

元より小心者の俺としては、これ以上功績を得ると王国に警戒されて粛清されるかもしれないと考えなくもなく、それなら褒美なんていらないとも思うわけだが、功績第一位と認められた俺が褒美を貰わなかったら、他の貴族は誰も褒美を貰えなくなってしまう。

多くの貴族たちから恨まれるので、やはり断るわけにはいかなかった。

早速、報奨の儀に入る。

貴族たちが裏切らずにヘルムート王国のために戦ったのは、功績を立てれば必ず褒美が貰えるという、いわゆる、ご恩と奉公の関係があると信じているからだ。

ヘルムート王国のために命がけで働いたのに褒美が出なかったら、現代日本のブラック企業のごとく貴族たちが逃げ出してしまうだろう。

逃げ出すぐらいならまだいいが、王国から独立してしまったり、第二のブレンメルタール元内務卿になったら目も当てられない。

騒動の後処理で一ヵ月も待たせてしまったので、陛下は一刻も早く褒美を渡して貴族たちの忠誠心を回復させたいのだろう。

そこでまずは、今回の騒動で第一位の功績を立てた人物――まあ、謙遜《けんそん》する必要もなく俺なんだけど――に対し最初に陛下が声をかけるわけだが、それが気に入らない貴族たちも多い。

それなら、俺のように死にそうになりながら働けばよかったじゃないかって？

そんな正論が通用するような人たちではなく、彼らは俺を、陛下に取り入り国政を壟断《ろうだん》する悪徳貴族だと思い込み、仲間たち同士で批判することで精神の安寧《あんねい》を得ている。

そんな事情があるのだから、陛下も俺への声かけは最低限にしてほしい。

なくしてくれとは言えない俺だけど。

「功績をあげた者に対し、王国は必ず報いねばならぬ。そこでルックナー財務卿、バウマイスター辺境伯に対し、なにを褒美にすればいいと思う？」

陛下が王国の国庫を預かるルックナー財務卿に尋ねたせいで、謁見《えっけん》の間《ま》にいるすべての貴族たちの視線が一斉に彼、そして俺にも向かう。

陛下が功績一番と賞した俺がどんな褒美を貰えるのか。

他の貴族たちが貰える褒美の指標になるからだ。

「（そんなに俺を見るなって！）」

「陛下、バウマイスター辺境伯の領地は現在、爆発的な勢いで発展しております。新しい領地などはいかがでしょうか？」

「（言ってくれるな、このおっさん）」

そういえば、ルックナー財務卿はとっくに財務卿を交代しているはずだったんだが、この騒動の後始末が治まるまで財務卿を続ける予定だと聞いた。

今回の騒動でブレンメルタール元内務卿たちが王城の国庫を開けて勝手に大金を使ってしまったので、その後処理に奔走していたからだ。

そのせいで、本来新しく財務卿になるはずだった貴族——誰だか思い出せないけど——や、その派閥に所属する貴族たちに恨まれて大変なのはわかるが、その鬱憤《うっぷん》を俺に押しつけないでくれ。

「(下手な飛び地なんて貰っても、大赤字じゃないか)」

王国が直轄地にしても大赤字だからって、俺に押しつけないでほしい。

ただ、貴族に褒美として新しい領地を与えるなんてことは珍しくもなく、これまで領地を持っていなかった貴族からすれば、悪くない褒美なのも確かであった。

「将来、ヘルムート王国が万全の態勢で南方探索を行えるよう、バウマイスター辺境伯領の開発に集中している最中ですので、新しい領地は他の方々にお譲りします」

今の俺は、広大なバウマイスター辺境伯領の整備で忙しいから、新しい領地はいりません。

バウマイスター辺境伯領は近い将来、ヘルムート王国が南方探索を万全に行えるよう、急ぎ開発を進める必要があるのですから。

こう言い訳しておけば、さすがに新しい領地を押しつけられないはずだ。

「確かに、新しい領地のせいでバウマイスター辺境伯領の開発が遅れては本末転倒。ルックナー財務卿、褒美は他のものでよかろう」

「確かにそうでした。そう遠くない将来始まるであろう、王国による南方探索の件がありましたな。その後方拠点になるであろう、バウマイスター辺境伯領の開発は急務でした。他の褒美を考えたいと思います」

陛下の命令に素直に応じるルックナー財務卿であったが、内心では不良債権を押しつけるのに失敗して残念だったかも。

右も左もわからない若造ならともかく、俺には前世の記憶がある。

土地を貰えると聞いて、無条件に喜ぶほど世間知らずでもないさ。

そして、陛下から見えない場所にいる貴族たちの俺への眼光がますます鋭くなる。

将来、王国が全力で取り組むであろう南方探索において、その重要な後方拠点が直轄地ではなく俺の領地だったからだ。

もしバウマイスター辺境伯領が後方拠点として機能しなかったら、南方探索は補給と支援不足で失敗してしまう。

つまり陛下やヴァルド殿下が、俺を心から信用している証拠であった。

家が代々王国に仕えている忠誠心過多な貴族たちからすれば、俺は嫉妬の対象というわけだ。

本当に面倒臭いったらありゃしない。

「となるとやはり、金銭、財宝などが主となるかの。これならば、領地の整備に使うこともできるからの。他にバウマイスター辺境伯が欲しいものがあれば、可能な限り叶《かな》えようと思うが。どうだ？　なにか欲しいものはあるかな？　遠慮なく申すがよい」

「(よっしゃ――――！)」

俺はこの一言が聞きたかったのだ。

普通に考えたら、貴族が王様からなにが欲しいかと聞かれた時に望むものは、王国が所有している財宝や美術品だったり、希少性があって優れた武具、馬、魔道具……美しい女性なんてケースも大昔にはあったとか。

女性はノーサンキューだし、他のものも名誉だからという理由で屋敷に飾られるだけで売却もできないと思うので、現代人気質の俺は、ありきたりだが使いやすい金銭でいいのではないかと思ってしまう。

だが、俺が一番に望むもの。

それは、ずばり育休だ。

陛下が俺に育休の許可を出したら、さすがのローデリヒも認めざるを得ないのだから。

「では遠慮なく……」

「なんなりと申せ。必ず叶えられるという保証はないが、可能な限り聞き届けよう」

謁見の間にいる貴族たちの視線が一斉に俺に向かった。

王様から好きな褒美を言え、なんて言われるほど大きな功績をあげる機会なんて滅多にないからだ。

それと同時に、『どうして自分ではないのだ？』という嫉妬の感情も湧いているはずで、どうにも居心地はよくないが、これも育休のためだ。

「それでは……育休を頂きたいです！」

「「「「「「「……」」」」」」」

俺は堂々と、誰に憚《はばか》ることなく育休が欲しいと声を大にして宣言したが、それを聞いた陛下とヴァルド殿下は無言のままだ。

他の貴族たちからも一言も言葉が出ない。

俺が今、なによりも欲しいもの。

それが育休であり、この褒美に対する王国の金銭的な負担はゼロだ。

聞き届けられないなんてことは、まずないはず。

「『イクキュウ』とな？」

「はい！　育休です！」

「イクキュウ……。いまいち意味がわからぬので、詳しく説明してもらえぬかな？」

「お任せください、陛下！」

俺は育休の詳細な説明と、どうして育休が欲しいのか、陛下に対しこんこんと話し始めた。

「このところ、バウマイスター辺境伯家にも次々と子供が生まれておりまして、今が一番可愛《かわい》い時期でもあります」

「であろうな。ヴァルドも生まれたばかりの頃は可愛かったものだ」

今は目立たないヴァルド殿下だが、陛下がちゃんと覚えているほど可愛い時期があった……当たり前か……。

「それなのに、ローデリヒはとにかく仕事を詰め込もうとするし、俺が赤ん坊の世話をしようとすると、エリーゼをはじめ他の妻たちや屋敷のメイドたちまで俺に注意するんです。彼女たちに注意されることなく、可愛い盛りながらも手間がかかる子供たちの世話を俺がやろうと思いまして。陛下が許可を出してくれたら、ローデリヒも妻たちも嫌とは言えないでしょうから」

長年続いた常識の打破に、権威の象徴である陛下を用いる。

それでいいのかと言われそうだが、俺は育休が貰えるのであれば手段を選ばない男だ。

利用できるものはなんでも利用する大貴族の鑑《かがみ》、それがこの俺バウマイスター辺境伯なのだから。

「イクキュウとな。バウマイスター辺境伯は、しばらく休んで子供たちの世話をするのか？」

「はい！　その許可を頂けたらと」

許可を出すなんて無料なんだから、陛下が断るわけがないさ。

「……ルックナー財務卿、そなたはどう思う？」

「はぁ……イクキュウですか……」

陛下がルックナー財務卿に意見を求めると、彼は言葉に詰まってしまった。

国庫に負担があるわけではないのだから素直に賛成すればいいのに、なにを悩む必要があるんだ？

「他の褒美はお任せしますから。とにかく俺は育休が欲しいです！　ルックナー財務卿は反対なのですか？」

「いやぁ……そのぅ……これまでになかったケースなのでな。しかしながら、子供の世話など他の者たちに任せればいいではないか」

ルックナー財務卿は年配者だからか、俺が育休を取ることに抵抗があるようだ。

「ルックナー財務卿、なにか許可できない理由があるのですか？」

「いや、それはないが……」

あえて言うなら、前例がないから悩んでいるのか？

ルックナー財務卿は年配者だし、役人気質だからなぁ。

「俺は直接、子供の面倒を見たいんです！　育休の許可をお願いします！」

俺は大きな声で、育休をくれと陛下にお願いした。

周囲の貴族たちは、俺が言葉にした予想外の褒美に意表を突かれて声すら出ないようだ。

ここでもし俺が過分な褒美を要求したら、それを理由に俺を批判したり、あとで俺を潰《つぶ》す謀議でも始めたと思うが、陛下に願い出た褒美が『仕事を休んで子供たちの面倒を見たい』なので、文句のつけようがなかったのだと思う。

「……陛下、よろしいのではないですか？」

俺からの強い要望についにルックナー財務卿も折れ、陛下に育休の許可を出しても構わないのではないかと言い始めた。

「どうしてだ？　ルックナー財務卿」

「……バウマイスター辺境伯は、家を立ち上げて領地を得てから日が浅いのです。次代を担う子供たちのため、自ら教育したいのかもしれません」

これは秘密になっているが、俺の子供たちは全員が魔法使いだ。

だからその教育に、魔法使いである俺が直接関わる時間が欲しいのだと、その事情を知るルックナー財務卿が勘違いしてくれたようだ。

まだ二歳にもならない子供たちに魔法なんて教えるわけがないので、彼が勝手に勘違いしただけだが、それならそれで好都合というものだ。

前代未聞の育休を得るため、手段を選んでいられないからな。

「確かに、バウマイスター辺境伯は今回のクーデター鎮圧における最大の功労者だ。しばらく貴族としての務めを休み、子供たちの面倒を見たいというささやかな願いぐらい叶えないでどうして王と言えよう。イクキュウの許可を出そうではないか」

ついに陛下は俺の育休を認めた。ただ許可を出すだけなのでお金がかからないというのもあると思うが。

しかし、ローデリヒが陛下がそんな許可を出すわけがないと言い出しかねない。

その証拠を手に入れないと。

「それでしたら、陛下より一筆頂きたいのです。口頭で伝えても、ローデリヒが信じないかもしれませんので」

常識的に考えても陛下が育休の許可なんて出すわけがないのだから、目に見える証拠があった方がいいに決まっている。

「わかった、余が一筆認《したた》めよう」

「他の褒美は、バウマイスター辺境伯領の開発に役立つものがいいです」

「適当に金品を下賜しよう。では次に……」

そんなやり取りののち、俺は陛下から育休を取る許可証とは別に金銭での褒美を貰った。

これは別にいくらでもよかったのだが、さすがは功績第一位である。

かなりの金貨を貰えたので、これはローデリヒに預ければいいな。


「見事に大成功だ！　やったぜ育休！」

「『イクキュウ』であるか。子供の面倒を見るための休日を陛下からの褒美として貰う貴族など、前代未聞である！　とはいえ、なかなかに面白かったのである！」

報奨の儀のあと、俺は導師から褒《ほ》められた。

この人は、こういう横紙破りが大好きだからな。

別に陛下に害があるわけでもないし。

「ヴァルド殿下も反対しなかったですからね」

報奨の儀の間、代王の任を解かれた彼は終始静かにしていて、またも目立たない存在となってしまったが、俺の育休取得に反対しなかったので問題ないはずだ。

「ヴァルド殿下は反対どころか、喜んでいたはずである！」

「俺が育休を取って、ヴァルド殿下がどうして喜ぶんです？　黙認ってところでしょう。さて、無事に報奨の儀も終わったので、陛下のお墨付きをローデリヒに見せて、俺は明日から育休に入るとしますよ」

俺が育休を取ってヴァルド殿下が喜ぶ理由がイマイチ理解できなかったが、無事に陛下から育休の許可を取ることができた。

陛下直筆の許可証があるのでこれをローデリヒに見せて、明日から育休を取るんだ。

楽しみだなぁ。

＊＊＊

「父上、またバウマイスター辺境伯に助けられましたね」

「そうよな」

「やはり、私が王に即位した際にはバウマイスター辺境伯に傍らにいてもらわなければ」

「クリムトに匹敵する若い魔法使いとなると、バウマイスター辺境伯しかおらぬからの。そなたが王に即位した際には好きにするがよい」

「父上、ありがたき幸せ。それにしても『イクキュウ』ですか。貴族の男性が、自分の子供の面倒を見るために休むなど前代未聞の話ですが、突拍子もない要望で王国を助けてくれたのも事実です。あっ、私は仕事があるのでこれで失礼します」


療養中でまだ体が本調子ではないため、早めに私室に戻って休んでいると、そこにヴァルドが嬉《うれ》しそうに駆け込んできた。

余の息子は、バウマイスター辺境伯が相当にお気に入りのようで、すでに自分の将来の右腕だと思っているようだ。

あまり一人の貴族に入れ込むと、他の貴族たちからの嫉妬で潰されることがあるので、そのうち注意しようと思う。

余の隣にいるクリムトも、余と同じ考えのようだ。

才ある者が、嫉妬に駆られた凡人たちのせいで潰されるなどよくある話だからの。

「ところで、クリムトよ。バウマイスター辺境伯は、本当にヘルムート王国のためにイクキュウが欲しいと、表向き強く願い出たのであろうか？」

確かに、バウマイスター辺境伯の要望には助けられた。

今回のクーデター騒ぎで、役職のない不要な貴族の削減が進み、プラッテ伯爵家、ブレンメルタール侯爵家、魔道具ギルドから多額の資産を没収できたため、財政上のダメージは少ない。

だが、破壊された王都の復旧や、これまでの魔力不足でダメージを負った経済への手当も必要なので、報奨の内容に拘《こだわ》らないバウマイスター辺境伯の存在は非常にありがたかった。

今回の騒動で大活躍した、誰もが認める功績第一位の彼が一番欲しい褒美が休暇の許可という非常にささやかなものだったので、他の者たちも欲深いことも言えず、ルックナー財務卿曰《いわ》く、褒美が『予算の範囲内に収まった』からだ。

ヴァルドは、バウマイスター辺境伯が王家のためにわざとイクキュウが欲しいなどと言って道化を演じてくれたと思っておる。

確かに彼は貴族とは思えないほど、欲や野心とは無縁の人物だが、本当に王国のためにひと芝居打ったのか？

気になったので、このところ余の療養につき合ってくれているクリムトに尋ねてみた。

「バウマイスター辺境伯は、心からイクキュウが欲しいのだと思います。常にローデリヒにそう訴えていると、エリーゼから聞きました」

「あれは、バウマイスター辺境伯の本心なのか……」

自分の子供の面倒を自ら見たい。

珍しい貴族がいたものだと感心しつつも、ヴァルドの大きな勘違いだったとはな。

「ただ、新しい領地の件は本心からいらぬと思ったのでしょうし、バウマイスター辺境伯がこれまで、陛下が下賜する褒美にケチをつけたことがないのは事実。野心もなく、ヴァルド殿下が王宮筆頭魔導師に任じれば真面目に仕事をこなすでしょう。本人がそれを望むかどうかは別として」

「確かにそうよな」

バウマイスター辺境伯の気質を考えたら、王宮筆頭魔導師などやりたくはないはず。

それでもヴァルドが強く望めば、彼は決して断らぬであろう。

「となると、余もなるべく早く隠居したいものよ。療養を終えても、ヴァルドの仕事は減らさぬことにした」

余は、父王の急死により若くして王位に就いたのでな。

せっかく王の生前退位を実現しようとしているのだから、一日でも早くヴァルドに任せ、悠々自適な第二の人生を過ごしたいものよ。

「陛下が隠居なさったら、某《それがし》も王宮筆頭魔導師を引退させていただきますぞ。陛下が遊びに行かれる際には、どこへでもおつき合いしましょう」

「王や貴族とは義務なのだ。ゆえに、休みたいと願っている者はバウマイスター辺境伯のみではない。どうせクリムトが王宮筆頭魔導師を引退すれば、次はバウマイスター辺境伯だ。領主の仕事もあって忙しいだろうから、今のうちに子供の面倒を見て鋭気を養っておけばいい」

「左様でございますな。なればこそ陛下、退位したあと、自由に遊び回るために必要な体力を回復させておきませんとな」

「そう聞くと、この療養期間も楽しくなるというものよ。ヴァルドとバウマイスター辺境伯なら上手《うま》くやってくれるだろうから安心よ。余とクリムトのようにな」

「某たち以上にやってくれるかもしれませんぞ」

「まだまだ若いのでそうなるには時間がかかるであろう。さて、少し体を動かすとするかの……」

今回の騒動では、よもや一部の貴族たちに裏切られるとは思わなかったが、結果的には王国の強化に繋《つな》がった。

ヴァルドに統治者の素質があることがわかったし、バウマイスター辺境伯も魔法使いとして強くなった。

ヘルムート王国の未来は明るいと信じて、王として残された仕事を片づけることにしよう。

第四話　育休開始

「……お館《やかた》様？　その羊皮紙は？」

「ローデリヒ、これがなんだかわかるか？　陛下直筆の、俺にくれた育休許可証だ。つまり俺は、育休を取っていいんだ」

「……ヴェルの奴、本当に陛下から許可を貰《もら》ってきたのか……」

「どうだ？　エル、ローデリヒ。これで文句はないはずだ」

「……陛下が許可を出したなら、俺はなにも言えないな」

「ローデリヒは？」

「……認めざるを得ませんな」


報奨の儀を終えて屋敷に戻ってきた俺は、早速陛下から貰った『育休許可証』をエルとローデリヒに見せた。

エルは素直に俺の育休を認め、ローデリヒも陛下直筆の育休許可証に文句をつけるようなことはしなかった。

内心渋々ではあるようだが、共に貴族に仕える身としては、陛下から許可を貰ったという事実は大きいようだ。

「エリーゼ、明日から俺は育休を取るからよろしくね」

「陛下が許可を出されたなら、私から言うことはなにもありません」

「うわぁ、ヴェルは本当に、本当に育休を取れるのね」

「イーナ、俺は勝利したんだ！　さて、どのくらい育休を取れるかな？　三年……はさすがに長いか。一年……半年……育休の期間は、ローデリヒと要相談かな」

陛下より貰った育休許可証を胸に、明日からフリードリヒたちと一緒に過ごせることが楽しみで仕方がない俺。

なお、俺が陛下から貰った育休許可証だが、ヘルムート王国を大混乱に陥れたクーデター鎮圧で活躍し、功績第一位となった俺が正式に貰った褒美なので、すぐにローデリヒから『素手であまり触らないように！』と取り上げられ、屋敷に飾られることが決まった。

ローデリヒは早速、育休許可証を入れる特別製の額縁を美術商に注文していた。

育休許可証は、ただの羊皮紙に陛下が『バウマイスター辺境伯に育休の許可を出す。何人《なんぴと》もこの決定には逆らえない』、とインクで書かれたものにすぎなかったのだけど、まさかそのような扱いを受けてしまうとは。

実際俺の死後、豪華な額縁に入れられ屋敷に飾られた育休許可証は、他の貴族たちが見学に訪れるほど有名な褒美の品となったのは別のお話。

他の貴族が褒美で貰った美術品や財宝よりも有名で価値があるとされたのだから、物の価値などというものは案外いい加減なものかもしれない。


いよいよ育休初日の朝。

バウルブルクは抜けるような青天で、今日は絶好の育児、散歩日和だ。

「……なぁ、ヴェル？」

「なんだ？　エル。そんなに驚いた表情を浮かべて、もしや、なにか非常事態でも？　でもな、今日から俺は育休を取る予定なんだ。よほどの非常事態じゃなければ、俺は休むぞ。いや、非常事態でも俺は休む。非常事態の方にも休んでくれと声を大にして言うからな」

「相変わらず訳のわからないことを……。というか、非常事態はお前のその格好だ！　もしやその格好で屋敷の外に出るのか？」

「出るに決まっているだろう。俺はフリードリヒたちをお散歩に連れていかなければいけないんだから。そんなにこの服装は変か？　寝間着じゃないから問題ないだろう。エルは本当に大げさだなぁ」

「貴族にも、魔法使いにも見えないじゃないか！」

「貴族の仕事は育休でお休みだし、この格好でも魔法は使える。問題ないな」

無事に陛下から育休を取る許可を貰った俺は、普段の格好ではなく、育児に適した服装に着替えている。

バウマイスター辺境伯領は暑いので、上着は薄手で無地のTシャツを着て、その上からエプロンを着けている。ズボンはジャージを。

子供たちの面倒を見るので、動きやすく、汚れに強い服装……前世でいうと保育士さんの服装に寄せてみた。

すべて俺から注文を受けたキャンディーさんが縫製したものだが、素晴らしい出来なので、屋敷で子供たちの面倒を見るメイドさんたちにも支給しよう。

子供はよく動くし、面倒を見ていると服が汚れることもある。

メイド服だと対応しにくいだろうし洗濯も面倒だから、雇用主としては、仕事をしやすい制服を支給しなければ。

従業員たちが仕事をしやすいよう、その準備を怠らない。

貴族は会社経営者と同じようなものなので、従業員が効率よく働けるように色々と手配しなければならないのだ。

「というわけだ。この服は子供の面倒を見やすいよう、俺が作らせたものなのさ」

今日から俺は保育士さん的な仕事がメインになるから、仕事をしやすい服装にしているわけだ。

「エル、そんなに変か？」

「服装はまぁ、公の場じゃないからいいけどよぉ。そのエプロンは、恥ずかしくないのか？」

「別に恥ずかしいとは思わないな」

この世界では前掛け風のエプロンが主流で、料理人でなければ女性が着けるものだとされているが、必ずしもそうだと決まっているわけではない。

だから、俺がエプロンを着けたところでなんの問題もないはずだ。

「俺は大貴族だ。俺がエプロンを着けることで、男性がエプロンを着けても問題ない、という新しい常識を世間に植えつけるチャンスなんだ！」

だいたい世の中の常識ってのは、昔に影響力があった人が実践した非常識なこと、変わったことなどが徐々に定着したにすぎないのだから。

「だからこの俺、バウマイスター辺境伯が、男性がエプロンを着けても問題ないという新しい常識を世間に広めようと思います」

「お前の決意はどうでもいいけど、そのエプロンにつけている絵柄が恥ずかしいんだよ。その姿を他人に見せたら、絶対に笑われるぞ」

「絵柄？　ああ、このウサギさんのアップリケだな。エル、これは子供ウケがいいんだぞ。これを見たら、エルのところのレオンも大喜びだ」

せっかくバウマイスター辺境伯家で芸術家たちを抱え込んでいるので、可愛《かわい》らしいデフォルメされた動物のアップリケを作らせ、これをエプロンに縫いつけてあった。

以前、導師がデフォルメを勘違いしてホラーになってしまったので、俺の下手な絵も用いて芸術家に詳しくデフォルメについて説明。

すると、さすがはプロ。

ちゃんと理解してくれて、可愛らしい動物や魔物のアップリケを沢山作ってくれた。

ファーラ様の肖像画と石像でやらかしたこともある芸術家たちだけど、ちゃんと説明すれば仕事をこなしてくれるので、これからも色々と頼もうと思う。

「これがか？　確かに可愛らしい絵柄ではあるから、子供に受けるかもしれないけど……」

エルは、俺のエプロンに縫いつけられたウサギのアップリケをまじまじと見つめる。

「とにかく、今の俺は育休中なんだ。エルは色々仕事があるだろうから頑張れ」

「ううっ……そうだった」

エルにも嫡男であるレオンが生まれ、これからも続々と子供が生まれる。

一家の大黒柱として、バウマイスター辺境伯重臣家の当主として、ますます色々と学ばないといけないので、俺の育休中は護衛を外れて研修を受けさせる予定だ。

研修メニューは育休を拒否できなかったローデリヒが気合を入れて作ったので、一ヵ月ほど地獄の日々が続くと思う。

俺が領主の仕事を休んでいる間、家臣たちの教育などを強化するそうで、考えようによってはエルは俺の被害者かもしれないけど、これも将来のためということで。

俺は心を鬼にして、エルに立派なバウマイスター辺境伯家重臣になってもらいたいと心から願っているのだから。

「そうだ。俺の護衛はルルと藤子《フジコ》が担当するから」

「年齢はともかく、二人とも魔法の天才だからな」

ルルも藤子も、将来上級となることが確実視されている魔法使いだ。

魔法が使える奥さんたちは、俺が育休を取っている間は領内の土木工事を肩代わりするので、俺の護衛ができない。

そこで、ルルと藤子にその役割が回ってきたという事情があった。

「護衛ねぇ……なんか、随分と可愛らしいけどな。これも、ヴェルがキャンディーさんに頼んで作ってもらったのか？」

「よくわかったな」

「お前の独創的な注文に応えられる洋品店って、キャンディーさんのところぐらいだろうからな」

エルの視線が、デフォルメされたドラゴンとウサギの着ぐるみを着た藤子とルルに向かう。

着ぐるみ姿にしたのは、フリードリヒたちが喜ぶかなと思ったからだ。

幸いというか、ルルも藤子も俺が用意した着ぐるみを気に入ってくれたようだ。

お互い楽しそうに、着ぐるみ姿で追いかけっこをして遊んでいた。

「(しかしまぁ、素直でまだお子様なルルはいいとして、よくフジコがアレを着るのを了承したな。普段からダテ家の当主云々《うんぬん》と言っていてプライドが高いから、あんな子供っぽい着ぐるみは着たくないって言い出すと思っていた)」

「(ああ、それは……)」


『藤子はお姉さんだから、まだ幼いフリードリヒたちの面倒をしっかりと見られるようにならないとな。どうしてそうしなければならないかは、大人の藤子ならわかると思うけど……』

『将来俺に子供が生まれた時に備えて、今のうちに子育ての仕方を学習するためだな』

『正解、さすがは藤子だ』

『それはいいとして、どうしてこのようなムクムクとして可愛らしい……いや、珍妙な服を着なければいけないのだ?』

『藤子、この着ぐるみはドラゴンを模したものだ。きっと、フリードリヒたちは格好いいと思うはず』

『そうかな?』

『ルルはウサギだから可愛いと思われるだろうけど、藤子は名門伊達《ダテ》家の人間だからな。格好いい方がいいだろう?』

『お館様はそこまで考えて……さすがは、将来の俺の夫君だ。ドラゴンの格好をしていたら、火魔法の腕前も上がりそうだからな』

以上のような会話ののち、藤子はご機嫌でデフォルメされたドラゴンの着ぐるみを着てくれた。

そんな二人を見てフリードリヒたちも喜んでいるが、ドラゴンの着ぐるみだから格好いいとは……思ってないだろうな。

子供はこういうのが好き、というのは、俺の前世の経験からきている。

「お前、子供の扱いが上手だよな。そういう仕事に向いてるかも」

「貴族じゃなかったら、子供相手の仕事でもよかったけど」

子供は純真で、王都にいる悪い大人みたいに俺を利用しようとは思わないからな。

「で、ルルはウサギか」

年相応の子供らしいルルは、可愛い服装を喜ぶ素直な子だから、ウサギの着ぐるみを喜んで着ている。

そしてやはり、フリードリヒたちにも好評だった。

「フィリーネと……あのマーガレットという子も、お前の育児に参加するんだな」

「子供たちの数が多いから、人手は必要だよ」

俺一人でフリードリヒたち全員の面倒を見るのは不可能なので、フィリーネとマーガレットも俺と同じ保育士さんスタイルだ。

フィリーネのエプロンには、デフォルメされた熊のアップリケが。

マーガレットのエプロンには、同じくデフォルメされた鹿のアップリケがあしらわれており、どう見ても現代日本の保育園のような完璧な育児体制の構築に成功していた。

「格好だけは完璧だな」

「エル、まずは形から入ることも重要なのさ」

「マーガレットって子は、そういえば研修が終わったんだったな。なら、ちょうどいいのか。手になにか持ってるけど……」

「実はマーガレットには、フリードリヒたちの撮影係も任せている」

子供たちは日々大きくなるので、その様子をなるべく撮影しておきたかった。

そこで俺は、ゾヌターク共和国製の最新式魔導カメラを導入した。

魔導カメラはヘルムート王国にもあるのだが大きすぎて、野外での撮影や、咄嗟《とっさ》の撮影チャンスに弱い。

どうせ俺たちが使うだけだし、こういうことにうるさい魔道具ギルドは、先日の騒動で自滅してしまった。

魔道具ギルドは魔導ギルドに吸収されてしまい、魔道具の輸入交渉どころではないので、ドサクサに紛れて購入したというわけだ。

エリーとライラさんに手頃なものを入手してもらったんだけど、これが驚くほど安かった。

後々問題になりそうだけど、これもフリードリヒたちを撮影するためだから仕方がない。

うん、仕方がないんだ。

「あれ？　陛下とライラさんはいないんだな」

「今日は、リンガイア大陸で働いている魔族たちを集めて会議なんだって。でも大丈夫」

エリーの分の育児用の服やエプロンも用意してあるから。

「お前……魔王様に育児をさせるなよ……」

「なんでだよ？　本人の希望なんだぞ。エリーは王家が続くか常に憂慮されていて、自身も子育てを覚えたいと願っているのだから」

新しい魔王を目指すエリーに賛同し、俺は亀さんのアップリケがついたエプロンを用意している。

「で、マーガレットは撮影係か……」

専属の撮影係を決めるべく、購入した最新式のカメラでみんなに撮影させてみたのだが、マーガレットが一番上手《うま》く撮れるので、専属の撮影係に任命したという経緯があった。

ゾヌターク共和国のカメラは小さくて扱いが簡単なのに、みんな機械が苦手な老人みたいに下手なのは、まだ人間が魔道具に慣れていないからか？

そうだとしたら、初めて魔道具に触れたマーガレットが一番撮影が上手なのは才能かも。

とにかく彼女にカメラマンの才能があることが確認できたので、そのうちルミに頼んで本格的なカメラの扱い方を指導してもらおうかな。

今はただの家族写真だから、普通に撮ってくれればいいか。

「あの子にそんな才能があったんだ」

「どのみちマーガレットには、俺の育児の手伝いをしてもらうつもりだったから、合う仕事があったのは好都合ってことで」

「アマーリエさんは？」

「フリードリヒたちの食事の用意や、服の洗濯や繕い物、それに生まれたばかりのロジーナはまだ外に出せないから、屋敷の中から俺の育児をサポートしてくれるってさ」

「それは安心だ。ヴェルだけに任せるのは心配だからな」

「むむっ……事実だけど、グサッとくることを……安心しろ。レオンもいるから、ハルカも俺のチームに入っているぞ」

「なら余計に安心だ」

ハルカは俺よりも育児の経験が豊富だし、護衛としても優秀だ。

護衛がルルと藤子だけだと、ちょっと不安だからな。

すでに優れた魔法使いなので強いけど、子供である事実に違いはないのだから。

「今日から育児を頑張るぞ！　イクメンバウマイスター辺境伯の誕生だ！」

「『イクメン』？　また謎のワードを作り出したな。きっとみんな、他のことで頑張ってほしかったと思っているだろうけどな」

エルがなんと言おうと、この育児は陛下のお墨付きだ。

まずは、フリードリヒたちを午前のお散歩に連れていこうかな。

＊＊＊

「ちちうえ、はな」

「そうだよ、あれはお花だよぉ。綺麗《きれい》だねぇ」

「きれい」

「うんうん、フリードリヒは賢いなぁ。お父さんは出かける前に大切な用事があるから、みんな少し待っていてね」

「あい」

「ちちうえ――――」

「フリードリヒは本当に賢いなぁ。アンナ、すぐに戻ってくるからなぁ。エルザも、カイエンも、フローラも、イレーネも、ヒルデも、ラウラも、みんな賢く元気に育っていて、お父さんは嬉《うれ》しいぞ！」

「用事があるのなら早く行けよ」

「かぁ――――！　ここで親子の別れを邪魔するかね？」

「だから、すぐに戻ってくるんだろう？　もうわけわからん」


早速、俺の育児が始まった。

具体的になにをすればいいのかは、前世で保育士になった高校の同級生の話を思い出しつつ……同窓会でサラッと話していただけだから、あまり参考にならないかもしれないけど。

本当は朝食を作ってあげたかったんだけど、その前にお散歩の時にフリードリヒたちを乗せる大型カートの最終調整をアーネストと行うべく、断腸の思いでフリードリヒたちの元を離れた。

屋敷に作られた作業場に向かうと、アーネストが大型カートの最終チェックをしていた。

「このカートにはバウマイスター辺境伯の子供たちを全員乗せてもまだ余裕があり、車輪ではなく魔力で宙に浮くから、どんな地形でも楽々移動でき、軽々と押せるのであるな。底にはゴム製のクッションが設置されており、浮遊モードを止めて地面に下ろす時もショックが少なく、子供たちも怖がらない仕様なのであるな。ゾヌタータ共和国の老舗メーカーの製造で、国内の多くの保育園に納品している信頼の品であるな」

「なんで宣伝ぽい？」

「我が輩の大学の同級生が、これを作っている会社の役員なのであるな。ご多分に漏れず、魔族は少子化が深刻なので、この大型魔導カートを人間に売っていく計画なのであるな」

「商魂逞《たくま》しいじゃないか」

「ゾヌタータ共和国において子供向けの商売は左前であり、子供の数が多い人間に期待すること大なのであるな。幸いにして、人間のベビー用品の質は、お世辞にもいいとは言えないのであるな」

正確には、富裕層向けの商品はそれなりに充実しているが、貧しい平民には購入できない、というのが正しいのか。

ただ、これから正式に決まると思うが、為替相場や物価を考えると、平民で魔族が作るベビー用品を購入できる人はまだ少ない。

オットーたちの騒動が終わり、再びリンガイア大陸の景気もよくなるだろうから、徐々に増えるであろう購入できる人をターゲットに、今のうちに参入を目論《もくろ》んでいるのだと思う。

目敏《めざと》いというか、商売の世界は大変だな。

「しかしながら、この大型カートはいいな」

前世で保育士たちが、もっと小さなカートに子供たちを乗せて散歩させていた光景を思い出す。

「この大きさなら、子供たち全員を乗せて俺が押せるな」

「人力だけでは力がいるのであるが、魔族の優れた魔導技術のおかげで、女性が一人で楽々押すことができるのであるな」

「ちなみに燃費は？」

「最新型の試作品なので、一度内蔵している魔晶石を満タンにすれば、二、三日は余裕で保《も》つのであるな」

「燃費いいよなぁ」

「魔族の技術力の高さであるな」

今は亡き魔道具ギルドの品とは大違いで、そりゃあ魔族の魔道具を欲しがる人が多いはずだ。

エリーとライラさんのみならず、ゾヌターク共和国では粗大ゴミ扱いだった中古魔道具を人間に売り捌《さば》いて富を得た者たちは多いけど、そのおかげでゾヌターク共和国からは、粗大ゴミ扱いだったものを含め、古い魔道具が一掃された。

それらはすべて人間の手に渡ったわけで、俺も含めて魔族の魔道具の良さを知ってしまった。

もし魔道具ギルドがゾヌターク共和国からの魔道具輸入を禁止することに成功したとしても、そのうち密輸を始める者が現れただろうな。

「我が輩の知り合いによると、人間が購入しやすかったり使いやすいよう、わざと性能を落とし、安く使いやすい魔道具を開発中だという話なのであるな」

これは将来、魔道具ギルドが既得権益を維持し続けようとしたツケが回ってきそうだな。

「試練だと思うが、それを乗り越えて、優れた魔道具を作る人間が出てくるはずなのであるな」

日本の家電製品みたいなものか。

今は魔族の天下でも、必ず人間に追いつかれるはずだと。

アーネストは考古学者らしく、それが歴史の必然だと思っているようだ。

「将来はそうなるだろうな。これで整備は終了だ。これにフリードリヒたちを乗せてお散歩に行こう」

「我が輩は、地下遺跡探索に戻るのであるな」

アーネストが子育てに参加するわけがなく、また新しい地下遺跡の探索を始めるらしいけど。

整備を終えた大型カートに、ルル、藤子、フリードリヒたちを乗せ、保育士スタイルの俺、ハルカ、フィリーネが押していく。

「お館様、この大型カートはこんなに沢山の子供たちを乗せても、簡単に押せていいですね」

「小型のものがゾヌターク共和国の保育園で採用されていて、子供たちのお散歩に使われているそうだ」

「地面からわずかに宙に浮いているのが不思議です。これなら悪路でも使えますね」

「フィリーネ、これは『飛翔《ひしょう》』を魔道具で再現しているのさ。マーガレット、写真を頼む」

「お任せください」

子供たち専門の撮影係に任命されたマーガレットは、大型カートに乗って楽しそうにしているフリードリヒたちの写真を撮り始めた。

今回、俺が育休を取った影響で妻たちの仕事が増えてしまい、この場に一緒に来ることができなかった。

あとで、写真を見せてあげなければ。

「マーガレット、ジャンジャン撮ってね」

「わかりました」

マーガレットは、俺に言われたとおり写真を撮り続けている。

ゾヌターク共和国製最新型カメラのフィルムは、ヘルムート王国製のカメラのフィルムほど高くはないが、なまじその知識があるとシャッターを押しにくくなってしまう。

その点、マーガレットはなんの知識もないので、俺の指示に従いドンドン写真を撮ってくれた。

「写真なんて、撮れた中でいいものだけを選べばいいのさ」

デジカメじゃないのでフィルムが大量に必要になるけど、ゾヌターク共和国製のフィルムは安い。

俺は稼いでいるから、大した出費でもない。

というか、こんな時くらいしかお金を使わないから。

「とり」

「そらぁ」

屋敷を出て、裏手にある公園を大型カートで移動していくと、フリードリヒたちはキョロキョロしながら景色を楽しんでいた。

普段は安全面の問題もあって、屋敷の外に出ることはほとんどないからな。

「う――――ん」

「ヴェンデリン様、どうかなさいましたか？」

「この大型カート、性能はいいけど、少し地味だな」

フィリーネの問いに俺は答える。

「地味ですか？」

「ああ、外観がとても地味だ。これでは子供たちは喜ばないだろう」

たとえるなら、幼稚園や保育園の送迎バスに、デフォルメされた動物の絵や、有名なアニメのキャラクターの絵が描かれているように、この大型カートにもフリードリヒたちが喜ぶ装飾なり絵が必用というわけだ。

「俺たちのエプロンについているアップリケと同じようなものを、この大型カートにも施そうと思う」

「それは可愛らしくていいですね」

とはいえ、それは子供たちのお散歩を終えてからだ。

今は大型カートを押して公園内を歩いていく。

あえて自然を多く残した公園では、平日なのに意外と多くの家族連れやカップルがピクニックをしていた。

「平和だなぁ。少し前まで、魔族に殺されそうになったり、あの世で修行したりと大変だったからなぁ……」

もう残りの人生は、フリードリヒたちとノンビリ過ごしたいものだ。

「うん？　もうオヤツの時間か」

やはりゾヌターク共和国製の小型時計を確認すると、午前十時だった。

フリードリヒたちはまだ一度に沢山食べられないから、午前のオヤツの時間はとても大切だ。

「ちゃんと食べて大きくなろうな、みんな。今日のオヤツは『カボチャのプリン』だよ」

まだ小さいフリードリヒたちの健康と成長を考えて、俺が夜のうちに自作しておいたものだ。

「フリードリヒたちの分は食べやすいように柔らかく仕上げてあるけど、大人用のプリンは食べ応えがあるように少し固めに仕上げてあるんだ」

勿論《もちろん》俺も含めた、育児人員の分も用意してあるぞ。

「美味《おい》しそうですね。ミズホでも、栗《くり》、芋のキントンは人気の甘味ですから。すぐに食べる用意をしましょう」

ハルカとフィリーネが公園の芝生の上にレジャーシートを敷き、そこに大型カートから降ろしたフリードリヒたちを座らせていく。

「「「「「「うわぁ――――」」」」」」

俺が順番にカボチャプリンをのせたお皿を渡すと、大喜びで食べ始めた。

「みんな、美味しいかい？」

「おいちい」

「あまい」

自家製カボチャプリンは、子供たちにも好評であった。

「野菜のプリンなのに甘くて美味しいです」

「ふむ、上品な甘さで俺に相応《ふさわ》しいオヤツだな」

着ぐるみ姿がフリードリヒたちに好評なルルと藤子も、大人用の固めのカボチャプリンを美味しそうに食べていた。

「マーガレット、休憩だよ」

「はい。私の分までありがとうございます」

「子供たちの面倒を見るのは大変だから、遠慮せずに食べてくれ」

子供というものは、突然なにをするかわからないと前世で聞いていたので、それを見守りながら大人は順番にオヤツを食べる。

子供たちがオヤツを食べる写真の撮影が一段落したマーガレットに先に休憩を取ってもらい、俺も一緒に休憩だ。

「こういうオプションもあるぞ」

魔法の袋から、バウマイスター辺境伯領産の牛乳から作った生クリームをホイップし、絞り器に入れたものを取り出し、カボチャプリンの上に絞る。

「豪華になったな」

「うわぁ、こんなに美味しそうなデザートは初めてです。いただきます」

マーガレットは、生クリームがのったカボチャプリンに目を輝かせた。

彼女の故郷であるビンス村は、昔のバウマイスター騎士爵領ほど貧しくないように見えたが、このようなお菓子は売ってなさそうだ。

村内のお店ではパンとクッキーを売っていたくらいで、このようなスイーツを自分たちで作ることも思いつかなかったのだろう。

「お館様、とても美味しいです」

「それはよかった」

マーガレットのおかげで若い頃ビンス村を訪れた師匠の話を聞けたし、彼女から貰った魔晶石が師匠の形見であることがわかったのだから、カボチャプリンくらい安いものだ。

「じゃあ、もうそろそろお屋敷に戻ろうか」

お昼ご飯は屋敷でとる予定なので、公園での散歩を終えたら、再び大型カートに子供たちを乗せて屋敷に戻る。

「お昼までは、本を読みます」

「わ――――い」

「どんなおはなし？」

子供たちが期待の視線を向けるなか、俺は魔法の袋から取り出した絵本を読み始める。

実は王都で本を作っている工房と協力して、子供用の絵本を試作していたのだ。

子供には、絵本を読み聞かせるものだからな。

この世界にも絵本は存在するが、俺にはとても古臭く、つまらなく思えるので、バウマイスター辺境伯家で養っている芸術家たちに今風（俺基準）の挿し絵を描かせた。

お話は俺が書いているが、前世のおとぎ話をパクっただけなので、俺に文学的な才能はないことだけ言っておく。

「今日は、『狼《おおかみ》と三匹の子ブタ』の本を読むよ。むか――――し、昔。三匹の子ブタの兄弟が、それぞれに自分の家を建てることになりました……」

フリードリヒたちに絵を見せながら、お話を読んでいく。

この世界にはないお話なので、みんな目をキラキラさせながらお話を聞いていた。

「『こんな藁《わら》の家なんて、簡単に壊せるぜ！』、『うわぁ、助けてぇ――――！』。藁で家を作った長男子ブタですが、狼に家を破壊されてしまい、命からがら次男子ブタの家に逃げ込む羽目になってしまいました」

本当は、家を破壊された子ブタは狼に食べられてしまうのだけど、近年のコンプライアンス意識の高まりと、フリードリヒたちはまだ小さいので、隣の次男子ブタの家に逃げ込むストーリーに変更しておいた。

現代日本でも、子ブタが狼に食べられるストーリー展開は採用されていないからな。

「『へへっ、たかが木でできた家なんてこうだ！』、『うわぁ――――！　逃げろぉ――――！』。次男子ブタは木の家を建てていましたが、狼には通用せずに家を破壊されてしまい、一番下の弟の家に慌てふためきながら逃げ込んでいきます。『あと一軒……この家を破壊すれば、三匹の子ブタのご馳走《ちそう》だぜ』。狼はヨダレを流しながら、末弟子ブタの家に向かいました」

「こぶたさん、だいじょうぶ？」

特に芝居が上手でもない俺だが、キャラのセリフごとに声を変えて絵本を読み続けると、カイエンが目に涙を溜《た》めながら、子ブタたちの身を心配していた。

「（カイエンはなんて優しい子なんだ！　貴族として優しすぎるのは罪。などと言う輩《やから》も多そうだが、俺はそうは思わないぞ！）二人の兄子ブタは、末弟子ブタの家に逃げ込みます。『なあ、この家は大丈夫なのか？』、『ご心配なく』。一番下の弟は、このようなこともあろうかと、二人の兄たちよりも時間をかけ、レンガで家を作っていたのです。『三匹とも、俺様が食べてやるぜ！』。狼は、レンガでできた家を破壊しようと突進しましたが、その堅さは藁や木の比ではありません。『痛《いて》ぇ――――！』。レンガの家はビクともしないので、体当たりをした狼は痛みのあまり悲鳴をあげてしまいました。『こうなったら……』。どうしても三匹の子ブタを食べたい狼は、レンガの小屋の煙突を見つけ、そこからレンガの小屋の中に入ろうとします。ところがその前に、末の弟子ブタが竈《かまど》で大鍋に大量のお湯を沸かしており、そこに飛び込んだ狼はあまりの熱さでお尻を大火傷《やけど》してしまい、そのまま山に逃げ帰ってしまいました。狼に食べられずに済んだ兄子ブタたちは弟を見習ってレンガの家を作り、それ以降は狼から襲撃されることもなく、仲良く平和に暮らしましたとさ」

「こぶたさん、たべられないでよかったぁ」

「おおかみ、わるいこ」

「つぎのおはなし、よんで」

「次はねぇ……」

こういうこともあろうかと、この世界の童話、おとぎ話だけでなく、思い出せる限りの前世のお話の絵本を作らせており、これから順次完成するので、フリードリヒたちには毎日違うお話の絵本を読むことができる。

同時にこれらの絵本を量産して、バウルブルクとブライヒブルクの書店でも販売する予定だ。

「(前世で知ったお話を絵本にしても、著作権を気にしなくてすむのがいいな) もうそろそろお昼の時間だ」

お昼は、すでにアマーリエ義姉《ねえ》さんが用意しておいてくれたので、それをみんなで食べる。

外にお散歩に出たのがよかったのか、みんな残さずに食べてくれてよかった。

『寝る子はよく育つ』ので、子供は寝るのも大切な仕事だ。

お昼を終えたあと、積み木やパズルで遊んでいたフリードリヒたちであったが、徐々に眠たそうになってきたので、寝室に連れていってお昼寝をさせた。

「眠いです……」

「ルル、俺たちは大人だから、昼に寝てはいけないぞ」

「そんなこともないんじゃないかな？」

フリードリヒたちと一緒に寝ようとしたルルに藤子が釘《くぎ》を刺すが、大人でも昼寝をする人がいるので問題ないと言うと、ルルと藤子も昼寝を始めた。

この二人もまだ子供だから、ベッドに入るとすぐに寝入ってしまう。

「お姉ちゃんたちも疲れたみたいね」

「そうですね」

最後に、全員が寝入ったのを確認してアマーリエ義姉さんと寝室を出る。

ルルと藤子は着ぐるみを着ながら、フリードリヒたちの面倒をよく見てくれたからな。

昼寝が終わったら庭を散歩して、そのあとは夕食。

しばらく室内で遊んでから就寝だ。

「お時間があきましたけど、魔法の特訓でもなさいますか？」

「まさか」

それは朝起きてからやっているので、フリードリヒたちが寝ている間にやることといえば……。

「いえばなんでしょう？」

「フリードリヒたちのために、小さな子供が食べられるオヤツを作るのさ」

明日も子供たちが健やかに育つよう、それに必要なものを準備しなければ。

「事前に作っておいて、魔法の袋に入れておけば悪くならないから。明日のオヤツはマンゴーのババロアにしよう。マーガレット、手伝ってくれ」

「わかりました」

マーガレットと二人で、フリードリヒたちの明日の分のオヤツを作り、今夜は早く寝ることにしよう。

朝はいつもどおり魔法の訓練をするし、一ヵ月間は育児に合わせた生活スタイルにしていかなければ。

「マーガレットも早く寝た方がいいよ」

「おやすみなさいませ、お館様」

「おやすみ」

とは言いつつ、俺の妻は多い。

ちゃんと順番どおり、エリーゼと夫婦の時間を過ごしてから就寝するのであった。

明日はどんな絵本を読んであげようかな？

第五話　黒硬石問題

「バウマイスター辺境伯、噂《うわさ》には聞いていたが、もの凄《すご》い服装だな」

「そうですか？　この服装にしたところで魔法を使えなくなったわけでもないですから。動きやすいから子供の世話に適しているし、汚れても洗濯しやすいので、各所から引き合いも多いんですよ。だから、キャンディーさんに本格的に量産してもらおうと思いまして」

「相変わらず、バウマイスター辺境伯は色々と思いつくではないか。実は今日ここに来たのは、ワシが研究、試作しているものが成果を出せそうなので、それに使うとある資源を融通してほしいからなのだ」

「とある資源ですか？　商人に頼まないのですか？」

「今のところ、それはどの商人に頼んでも手に入れられず。今、飛ぶ鳥落とす勢いのアルテリオ殿に頼んでも駄目だろうな。なぜなら、それはバウマイスター辺境伯の許可がなければ採掘できない資源なのだから」

「採掘？　それは、バウマイスター辺境伯領内で産出する鉱物なのですか？」

「今のところ鉱物とは思われておらぬが、ワシの研究の成果が世間に公表されれば、貴重な鉱物になるだろう。とにかく、バウマイスター辺境伯の許可がなければ掘り出せんのだ。ワシら魔導ギルドが所持している量では少なすぎて研究に支障をきたしておるのだ」

俺の育休は続いていたが、時おりこうして俺自身が対応しないといけない仕事も発生する。

俺の保育士スタイルに驚いているベッケンバウアー氏だが、彼は今、絶好調だと聞いている。

以前から険悪な関係にあった魔道具ギルドが、クーデター騒動の余波で魔導ギルドに吸収合併されてしまい、魔導技術の開発環境が大幅に改善されたからだ。

これまでは、王国政府から与えられた予算を魔道具ギルドと分け合っており、それなのに双方の仲が悪いから情報交換をしないので、研究課題が重複していたことも多かった。

こんな研究体制では、魔導技術でははるか先を行く魔族に勝てるどころか置いていかれる一方なので、魔道具ギルドのやらかしは、ある意味好都合だった。

ベッケンバウアー氏は、今回のクーデター騒動では裏方としても活躍し、また巨大ゴーレムとの戦闘にも参加して功績大とされ、魔導ギルドの有力幹部にして、研究部門のトップに就任した。

とはいえ、あのシャーシェウド会長のように組織の中で出世を強く願う性格でもない。

生来の研究者気質をさらに強く発揮させており、彼にとっての地位と権限とは、自分が自由に研究するための便利なツールでしかなかった。

彼の後ろにいる若い研究者たちの中には、吸収合併した元魔道具ギルドの人間も多い。

彼は魔道具ギルドの上層部にいたシャーシェウド会長のような頑《かたく》なに古い慣習を守り続け、出世競争にしか興味がない連中が嫌いなのであって、自分と同類の研究バカなら、たとえ元魔道具ギルドの人間でも躊躇《ちゅうちょ》せず引き入れ、自由に研究させている。

そのことに不満を持つ狭量な魔導ギルドの人たちも一定数おり――吸収合併された側の社員が冷《ひや》飯《めし》食いなのはよくある話だし、そうならないとおかしいと考える人は多いからなぁ――彼らはベッケンバウアー氏を大いに批判しているそうだが、彼はそんなことを気にしないし、それを抑えるだけの地位と権限もあった。

なにより、ベッケンバウアー氏には実績がある。

自分は魔導ギルドの人間だから、旧魔道具ギルドの人間の上に立って当然と考えているような連中では、実力主義で成果を出しているベッケンバウアー氏を追い落とすことなんてできなかった。

こう説明すると、『ベッケンバウアー氏って立派じゃん！』って、世間の人たちは思うはず。

実際立派なんだけど、彼の普段の言動を思い出すと、素直に褒められない俺がいる。

口が悪いし、俺は何度か、彼が試作したものの被害に遭っているからだろうけど。

「そんな鉱物が、バウマイスター辺境伯領内にあったかな？」

幼少の頃から領内の鉱物採掘を日課としていたおかげで、バウマイスター辺境伯領では今も鉱物採掘が盛んであった。

なので、『まだ誰も手をつけていない鉱山なんてあったかな？』と思ってしまうのだ。

「バウマイスター辺境伯が新しく領地にしたアキツシマ島《トウ》。あの島にある鉱物だよ」

「アキツシマ島ですか？」

あの島に鉱物がないとは言わないけど、バウマイスター辺境伯領に比べると大した産出量ではないし、なにか珍しい鉱物が出るという報告は聞いてないな。

「『黒硬石』が採れるではないか。ワシは、あれが欲しいのだよ」

「黒硬石ですか？」

アキツシマ島で新しい井戸が掘れなくなってしまった原因である、あの黒くて硬い石か……。

「でもあの石って、硬い以外に使い道があったんですね」

「使い道があったどころか、ワシの仮説が正しければ、あれは戦略物資となる可能性があるぞ」

「あの黒い石がですか？」

確かに上級魔法使いが全力で攻撃しないと砕けないほどの硬さなので、それを利用した使い道があればいいなと思っていたけど、あの黒い石にそこまでの価値があるとは思えないのも事実だ。

「黒硬石が、魔族に大きく離されてしまった魔導技術を発展させる重要な物質となるのだよ」

「詳しく説明してもらえますか？」

「バウマイスター辺境伯に許可を貰《もら》わなければ黒硬石を入手できないのだから、当然説明させてもらうさ。あれは、バウマイスター辺境伯がアキツシマ島で手に入れた黒硬石を魔導ギルドと魔道具ギルドに提供してくれたあとのことだ」

「ああ、そんなこともありましたね」

黒硬石は珍しい石ではあったので、双方にサンプルとして提供したのを思い出した。

なんの役にも立たないかもしれないが、それでも気を使っておく。

貴族らしい処世術だったんだけど、残念ながら魔道具ギルドには理解してもらえなかったな。

「魔道具ギルドは、バウマイスター辺境伯から貰った黒硬石の分析すらしなかったらしいが、魔導ギルドはちゃんと黒硬石の成分分析をして、その特徴を知ることに成功した。そして、その使い道もだ」

「魔道具に使えるのですか？」

「鋭いな、バウマイスター辺境伯は。黒硬石は魔力をよく通し、溜《た》め込む性質を持ち、この上に魔法陣を刻むと、微小な魔法陣でも巨大な魔法陣と同等かそれ以上の魔法が発動する。この意味がわかるかね？」

「魔道具を動かすのに必要な魔法陣を刻む部品が大幅に小さくできるので、魔道具を小型化できます。黒硬石が魔力を溜め込みやすいということは、魔力使用量も減らせるのかな？　魔族の魔道具のように」

「正解だ！　さすがはバウマイスター辺境伯、すぐに理解してくれたか！」

「黒硬石にそんな性質があったんですね。でも、黒硬石に魔法陣なんて刻めるんですか？」

黒硬石はとにかく硬いので、そこに魔法陣を刻むなんてできるのだろうか？

その前に、黒硬石を魔法陣が刻みやすい形状——板状が最適だと思うが——に加工するのも難しいと思う。

「我々がバウマイスター辺境伯から提供してもらった黒硬石は、井戸を掘るため、魔法の全力攻撃を受けて砕かれたものが多く、ここに魔法陣を刻むのは非常に難しい。いくら魔法陣を微小にできるとはいえ、小さな礫《つぶて》に魔法陣を刻むのは不可能だよ。そこで、オリハルコン製の工具で黒硬石を粉々にしてから板状の型に入れて大量の魔力を流し込むと、なんと黒硬石が板状に成型されるのだよ」

「黒硬石の板ですか……（なんか、半導体みたい。となると、戦略物資扱いになるって話もあながち大げさではないのか……）」

人間と魔族の交流が始まってしまった以上、双方の技術力の差は速やかに埋められなければならない。

それを怠ると、人間が魔族に支配されてしまう未来もあり得るからだ。

技術力とはほぼ魔導技術を差すわけで、現在、人間と魔族との技術格差が大きいのは魔導カメラ一つ見てもあきらかだ。

その差をなくすことができる可能性が高い『黒硬石板』の重要性は、現代地球で半導体の輸出入に大きな制限があることでもわかるというもの。

そしてその原料である黒硬石は、現在バウマイスター辺境伯領であるアキツシマ島でしか採掘できないのだ。

「(これは、アキツシマ島の警備を厳重にしないと駄目かもしれないな。それと……)」

黒硬石は、アキツシマ島の土壌の下を覆っている。

今後採掘量を増やすため、島で生活している人たちに立ち退きをお願いしなければならない未来もあり得た。

「(涼子《リョウコ》、雪《ユキ》、唯《ユイ》に相談しないと……)今のところは研究、試作で使う少量でいいんですよね？」

「それで問題ない。その前に、あんなに硬いものをバンバン掘り出せないという事情もあるのだ」

俺たちがやったように、上級魔法使いが全魔力を用いた渾身《こんしん》の一撃で砕くか、オリハルコン製の掘削工具で削り取るしかないそうだ。

「オリハルコン製の工具などそんなになく、それを用いても少しずつ削り取っていくしかない。本格的な採掘が始まるのはとてつもない時間がかかるだろう。それに、黒硬石板は再生利用が可能なのでな。魔力があれば成型し直せるのだ」

「そこはいい点ですね」

「とはいえ、もし黒硬石板を用いた魔道具が世間に普及するようになれば、再生利用したところで膨大な需要を満たせまい。なにより黒硬石板の再生利用には、新しく黒硬石板を作る以上の魔力が必要となるのだ。将来を見据えた、黒硬石の採掘計画は必要だな」

「わかりました。準備を進めます」

「お館《やかた》様、今は育休なのでは？」

旦那であるエルの代わりに俺の護衛を務めているハルカが驚きの表情を浮かべていた。

まさか、休暇中の俺が貴族としての仕事をするとは思わなかったのであろう。

「この件に関しては、俺が自分で決めないといけないからさ」

ローデリヒに任せてもいいのだけど、そうすると周囲の人たちから、バウマイスター辺境伯家の実権はローデリヒが握っていると思われかねない。

別にそれでもいいような気もするが、そう思われたら思われたで、余計なことを企《たくら》むのが貴族という生き物だ。

涼子たちに直接説明しないといけないし、俺が自分でやらないと。

「では、育休は中止ですか？」

「まさか」

俺は、ハルカの疑問を即座に否定した。

せっかく手に入れた育休を中止するなんてあり得ない。

アキツシマ島にいる涼子たちに黒硬石の採掘に関する話をして、そのあとはアキツシマ島でフリードリヒたちの面倒を見るだけだ。

昨晩、涼子たちが妊娠したという報告を受けていたから、タイミング的にもちょうどいい。

「そして俺は思うんだ」

「なにをですか？」

「育休の間、フリードリヒたちとアキツシマ島で過ごそうかなって」

そうすれば、俺の大切な育休期間中、おかしな連中の相手をしないで済む。

実はローデリヒが全部遮断しているのだが、このところ俺に直接会いたいと言ってくる元貴族やその家族が急増していると聞いている。

彼らが元なのは、例の騒動でブレンメルタール元内務卿の口車に乗ってクーデターに参加し、爵位を取り上げられてしまったからだ。

そんな彼らは、縁のある貴族やクーデター鎮圧に功績があった貴族に陳情を繰り返しているらしい。

自分たちはブレンメルタール元内務卿やプラッテ伯爵に騙《だま》されただけで、王国に逆らうつもりなど微塵《みじん》もなかった。

そもそも、二人が擁立したヘルター元公爵は王族だから逆らえなかった。

不可抗力だったのだから、爵位を取り戻す口利きをしてほしい。

とまあ、こんな感じの陳情を繰り返しているそうな。

大半の貴族たちは彼らの陳情を却下、無視していたが、中には断りきれずに陛下に上申した人もいて、その貴族は陛下の不興を買うこととなった。

王国に対する反乱に参加したくせに、貴族に戻してほしいなんてムシがよすぎる。

昔なら一族全員が処刑されても不思議ではないのに、爵位の没収だけで済ませている分かなりの温情だと思うが、彼らにはわからないんだろうな。

それに結局、ブレンメルタール侯爵家、プラッテ伯爵家、シャーシェウド会長の一族以外は財産の没収もなかったので、しばらく生活に困ることはないはず……でもないか。

財産の没収がなかったということは、没収するものがなかったともいえるのだから。

役職がない元零細法衣貴族には金銭的な余裕などなく、恥も外聞もなく、取り上げられた爵位を取り戻そうとしていることが容易に想像できた。

俺はそんな人たちの言い訳を長々と聞くつもりはないし、彼らが次に打ってくる手も、これまた容易に想像できる。

面倒なので、育休の間はアキツシマ島で過ごした方が物理的な接触もなくて快適だろう。

「爵位を奪われた元貴族たちが、次に打つ手……ああ、そういうことですか……」

ハルカは、彼らが次になにをするのかわかったようだ。

「自分の娘を、お館様の妻に押し込もうとする、ですか……」

「いい加減、やめてほしいよなぁ……」

そうでなくてもこの前の騒動で功績をあげてしまったせいか、『新しく妻《めと》を娶りませんか？』と言ってくる王族、貴族、商人たちが増えて大変なのに……。

王族や貴族は、俺がヴァルド殿下のお気に入りで、次の王宮筆頭魔導師に任命されることがほぼ確定したことでさらに拍車がかかった。

商人たちは、俺が早くから魔族と中古魔道具や中古魔導飛行船の取引をして利益を得ていたこと、魔法に長《た》けた魔族を派遣する会社を、ブライヒレーダー辺境伯と一緒に経営していること、魔族に知己が多く、特にゾヌターク共和国で次期政権を担うであろう国権党の重鎮や、クーデター騒動でその実力の片鱗《へんりん》を見せつけた魔族の王——エリーのことだけど——と会うことができることなど、俺を王国の重要人物と見ているそうだ。

……大げさなんじゃないかな？

「もし俺が新しい妻を受け入れるとしてだ。やらかして爵位を奪われた元零細貴族の娘はない」

貴族の結婚は、基本的に政略結婚である。

だからこそ、クーデターに参加して爵位を奪われた元貴族の娘を妻にするなんてあり得なかった。

「俺はその手の連中と一度も直接会ってないからなぁ。ローデリヒは、そんな価値はないと思ったんだろう」

俺と、爵位を奪われた元貴族が直接顔を合わせたところで、なにか意味があるとは思えないのだから。

「ローデリヒ様が断ったくらいでは、諦めない人たちが多いのでしょう。そう考えますと、お館様はしばらくバウルブルクにいない方がいいかもしれません」

「厄介避《よ》けか……」

ちょうど涼子たちに会いに行きたかったたし黒硬石の件もあるしで、育休の続きはアキツシマ島で決まりだな。

邪魔者がいないアキツシマ島で、フリードリヒたちを育てた方がいい。

まさか彼らも、アキツシマ島までは来ないだろう。

いまだ魔導飛行船の定期便も少なく、黒硬石の件もあるので、すでにバウマイスター辺境伯領の領民か、バウマイスター辺境伯家が許可を出した人しか島内に入れなかった。

バウルブルクからアキツシマ島への便に乗り込もうとしても、ローデリヒの命《めい》を受けた船員たちに阻止されて終わりだろう。

「バウルブルクに居続けると、外に散歩に出ることも難しくなるでしょうから」

「育休が終わる頃には彼らも諦めているだろうから、そうなったらバウルブルクに戻ればいい」

それだけ失ったものが大きかったのだろうけど、付きまとわれるのは迷惑でしかない。

俺たちがバウルブルクを離れている間に、ローデリヒが完全に彼らを追い払ってくれていることに期待しよう。

「これはもう、エリーゼたちもアキツシマ島に移動だな」

「そういえば、お館様に直接会えないので、エリーゼ様を介してお館様に会おうとする方々がいらっしゃるようで……。先日も、ある元貴族の娘さんが、『一緒に教会で奉仕活動をしていたエトナです。久々にお会いしましょう』という名目でエリーゼ様を呼び出し、その席でお館様と父親を会わせようとする算段だったとか……」

「利用できるものは、なんでも利用するのか……」

「そのようです」

爵位を失った元貴族たちはとにかく必死なので、どんな縁でも利用する。

エリーゼはその娘が心配だから相談に乗るつもりで会おうとしたのに、その親が彼女の優しさを利用しようとするのが気に入らない。

それにいくら優しくてもエリーゼは貴族の娘なので、陛下が改易した貴族の復活を俺に頼むわけがない。

要求を突っぱねる度に罪悪感を覚えるだろうから、エリーゼも移動だな。

「エリーゼだけでなく、ちょうどいいから家族全員でアキツシマ島へ移動だ」

「私も準備を手伝います」


ハルカと出かける準備――ほぼフリードリヒたちの着替えや必要なものを纏《まと》めてるだけだけど――をしていると、そこにエリーゼたちがやってきた。

「あなた、準備が終わりました」

「じゃあ、アキツシマ島に移動しよう。それにしても魔族や反乱者は倒せたのに、陳情者たちには勝てなかったとは……」

「お気持ちはわかるのですが……。お爺《じい》様やケンプフェルト総司教様は、貴族には戻せなくても食べていける仕事などの紹介はしているのです。ですが……」

エリーゼによると、爵位を取り上げられた貴族たちをそのまま世間に放つと社会不安の要因となるので、大貴族たちや教会が新しい仕事を斡旋《あっせん》しているそうだ。

魔力回復量の減少がなくなったのでヘルムート王国の景気は回復しており、選ばなければ仕事にあぶれることもない。

「ですが、それを受け入れない人もいるのです」

なにがなんでも貴族に戻りたい人たちが一定数おり、彼らが大貴族たちの邸宅やうちに押しかけているわけか。

「そんな話が通用しない連中に時間を使うのは勿体《もったい》ないな。とっととアキツシマ島へゴーだ」

「ローデリヒさんも、致し方ないと」

「こうなると予想して、だから一ヵ月間の育休を許可してくれたのか……」

「ですが、カタリーナさん、テレーゼさん、アグネスさんたちは、バウルブルクから離れた現場に、毎朝『瞬間移動』で送り迎えしてほしいそうです」

「……あいつ、やっぱり鬼だな」

やはりローデリヒは、そこまで甘くないか。

とにかくも、すぐにエリーゼたちと子供たちを連れてアキツシマ島へと向かおう。

一応これは、別荘に休暇に向かうみたいな扱いになるのか？

＊＊＊

「ヴェンデリンよ、意外と遅かったな」

「あれ？　どうしてエリーがここに？」

「よくぞ聞いてくれた！　なんと余は、魔族の間では幻の魔法とされている、『瞬間移動』を会得することに成功したのだ！」

「どうして急に、陛下が『瞬間移動』を会得できたのかは謎だけどね」

アキツシマ島の大津《オオツ》にある、バウマイスター辺境伯家別邸。

元々はこの島の中央で権勢を誇っていた三好《ミヨシ》家の屋敷だが、バウマイスター辺境伯家が買い取り、改修したものだ。

和風な造りの豪華なお屋敷を別邸として持つ。

前世のしがないサラリーマンならあり得ないことだ。

当然、維持費もなかなかの金額だが、大貴族ともなればそのくらい出せて当然、というのが世間の考えだし、大貴族としても別邸くらい持っていないと格好がつかないというのもあった。

思考が現代人寄りの俺は、別邸なんてなくても困らないけどなぁ……と思いつつも、実際に別邸を目にすると感慨深いものがあったりと。

人間というのは現金というか、いい加減なものなのだと改めて思う次第だ。

別邸の改修に関しては急ぎ執り行う必要はなかったのだけど、つい先日まで戦があったので、アキツシマ島の大工たちに仕事を与えるために実行した。

貴族とは、ただ節約して倉に金貨を入れておけばいいわけではなく、適度にお金を使って領内の景気にも配慮しないといけない。

かといって極度な浪費の挙句《あげく》、家が借金まみれになるのも駄目なので、その加減が難しい。

そんな改修が終わったばかりの別邸の前に、なぜか先に到着していたエリーと……。

ライラさんではなく、ゾヌタータ共和国で仕事をしているはずのサイラスがいた。

「エリーが『瞬間移動』を覚えた？　どうやって？」

「わからぬ。『瞬間移動』は非常に便利な魔法ゆえ、余は定期的に練習をしていたのだ。これまでその成果はゼロだったのだが、突然使えるようになってな。この別邸はオオツの政庁に近い。余は、政庁には来たことがあるのでな。ライラは大切な仕事があるのでゾヌターク共和国まで送り、代わりにサイラスを連れてここまで来たのだ」

「すげぇ。『瞬間移動』が使えるなんて」

エルは、『瞬間移動』が使えるようになったエリーに感心していた。

広範囲に壊滅的なダメージを与える広域上級魔法、圧倒的な防御力を誇る『黒い魔法障壁』、そして自由自在に行ったことがある場所に移動できる『瞬間移動』。

その力が魔王そのものになりつつあるエリーには逆らわないようにしておこうと思う、小心者な俺であった。

「急に『瞬間移動』のような特殊な魔法が使えるようになるものかの？」

テレーゼが首を傾《かし》げているが、魔法にはわからないことが多いので、そんなことがあっても不思議ではないと思っていた。

「それなんだが、一つだけ心当たりがあるぞ」

「心当たりとな？」

「そうよ。余とヴェンデリンは『器合わせ』をしたのでな、その影響である可能性が高い」

「「「「「「「「ええっ――――！」」」」」」」」

突然の暴露に衝撃を受けるエリーゼたち。

そして俺は、エリーから別次元で器合わせをしたことを暴露されてしまい、一気に窮地に陥った。

「（それを言ったら、エリーゼたちが大騒ぎするに決まってるじゃないか）」

「ヴェンデリンさん、先日謎の空間に閉じ込められた時、陛下と器合わせをしたのでしょうか？」

「うっ！　カタリーナ！　近い！　近い！」

特に真面目で、男女の関係について細かくうるさいカタリーナが、俺に食ってかかるように聞いてきた。

リンガイア大陸では、異性同士が器合わせできるのは、親族か夫婦のみ。

それなのに、俺がまだ少女であるエリーと器合わせをした事実を知ってしまったのだから。

「そのようなハレンチな行為、許されるものではありません！」

見た目に反してクソ真面目なカタリーナの心からの叫びは、エリーゼたちの心の声を代弁しているようだ。

「人間の常識ではそうかもしれぬが、今の魔族に、異性同士で器合わせをできるのは家族と夫婦のみ、などという考えはないぞ」

「……魔族はそうかもしれませんが……」

エリーから、その考え方は古いとばかりに反論されたカタリーナだったが、どこか納得いっていないようだ。

それもそのはず。

先日エリーは導師との器合わせを、カタリーナと同じ理由で断固拒否したのだから。

その場に俺はいなかったけど、あとでエリーゼからその話は聞いていた。

「もし導師がこの場にいたら涙目だな。ヴェルがよくて、導師が駄目って……」

エルが切なそうに言う。

自分はエリーから器合わせを断られたというのに、俺は器合わせをしてもらえた。

女性と子供のウケはいい、と自称している導師からすればショックが大きいはずだ。

「あの時は緊急事態だったのでな、ヴェンデリンを責めるのは酷というものだぞ。おっと、余も将来に備えて服を着替えるとしよう。ヴェンデリン、出してくれ」

「着替える？　この服装にですか？」

育休中、俺がずっと着ることを決めた保育士ルックにエリーも着替えたいと言った途端、またもカタリーナが驚きの声をあげた。

俺は前にエリーの希望を聞いていたから、ちゃんと保育士セットを用意していたけど。

「魔族の王ともあろうお方が、エプロンなんて着けてよろしいのですか？」

王族と貴族の形に拘《こだわ》りがあるカタリーナからしたら、保育士の服装をした魔王様なんてあり得ないのだろう。

改めてエリーに問い質《ただ》していた。

「ゾヌターク共和国には、親族たちとの騒動が終わるまで戻れぬそうだ。ならば黒で統一された魔王の服装にする必要もないのでな。それに、その服装の方がフリードリヒたちの面倒を見やすい」

「陛下も、育児に参加されるのですか？」

「然《しか》り。余は新しい、皆に愛される魔王を目指しておるのでな。ゾヌターク共和国でも、育児をする女性芸能人が人気だったりする。余も自ら育児をする予定なので、今のうちに練習をしておこうと思うのだ」

イーナの問いに、自信満々に胸を張りながら答えるエリー。

結局、いつものみんなとアキツシマ島でフリードリヒたちの面倒を見ながら過ごすことになるだけだが、楽しそうだからいいか。

しかし、今から育児を覚えたいとは、エリーは将来いいお母さんになれるかも。

＊＊＊

「……ベッケンバウアーさん、俺はフリードリヒたちのオヤツの時間までに戻るから」

「それは自由にしてくれ。まずはこの区画の地面を掘り起こし、地層をなしている黒硬石を削り取っていく予定なので、バウマイスター辺境伯に確認してもらいたかっただけだ」


アキツシマ島の北方にある荒れ地の一区画の土がすべてベッケンバウアー氏の魔法で取り除かれ、黒硬石の層が剝《む》き出しの状態になっていた。

そこに、彼が手配した魔導ギルドの職員たちが取りつき、オリハルコン製の特殊な工具を使って黒硬石を少しずつ削り取っている。

やはり黒硬石は硬いので、豪快に砕くのは難しいようだ。

上級魔法使いによる全魔力を込めた一撃で砕けるが、その方法を用いるとその日一日、その魔法使いは使い物にならなくなってしまう。

魔力を補充する手もあるけど、魔力の手配が大変だし、はるか上空から黒硬石の層に向けて全速力で落下するので、魔力量以外にもハードルが高い。

導師、ルイーゼは余裕でできるけど、アグネスたち、テレーゼ、カタリーナですら、最初はおっかなビックリ、慎重にやっていたほどなのだから。

もしもしくじると、強固な黒硬石の層に叩《たた》きつけられて即死するから当然だ。

そこで、ベッケンバウアー氏がオリハルコンの刃を魔力で高速振動させる工具を試作した。

それって、某人型決戦兵器が使うナイフ……これ以上はいけない！

これで、黒硬石を少しずつ削り取るわけだ。

「オリハルコンの刃に、刃を高速振動させる魔道具と魔晶石を取りつけてあるのか……。よく思いつきましたね」

「バウマイスター辺境伯、これは元々試作用の武器なのだよ。試作はしたが、オリハルコンの刃を使うのでコストが嵩《かさ》むばかりでなく、オリハルコン自体が手に入らぬのでな」

「ミスリルの刃では駄目なんですか？　鋼《はがね》系の合金は？」

「金属製の刃物を魔力で高速振動させ、切れ味を高める。可能なことは証明されたのだが、一つだけ欠点があるのだ」

「欠点ですか？」

「ふむ。刃物以上の切れ味を実現するために高速振動させると、ミスリルでも刃物が壊れてしまうのだ。オリハルコンの硬さがあっての武器なので、量産は事実上不可能というわけだ」

「オリハルコンくらい頑丈な金属じゃないと、高速振動させられない。刃物が壊れないレベルの振動速度だと切れ味が増さず、ただの魔力の無駄遣いになってしまうと？」

「そういうことだ。というわけで、この採掘現場にはヘルムート王国が所有しているオリハルコンのうち、かなりの量が集まっている。だから採掘作業にあたっているのは素性がしっかりしている魔導ギルドの職員のみなのだよ」

「このオリハルコンの刃物って、王国の所有物なのですね」

「そうでなければ、これだけのオリハルコン製の刃物を揃《そろ》えられぬよ。ヴァルド殿下が便宜を図ってくれてな」

「それだけ王国は、黒硬石で作る魔法陣板に期待しているんですね」

「魔法陣板は、魔道具の小型化、高性能化の切り札だからな。ヴァルド殿下はそれを理解してくださったのだ」

ヴァルド殿下は、優れた王様になりそうだな。

普段のボッチぶりからは想像できないけど……。

「一枚の魔法陣板に使う黒硬石の量は少ないが、量産するとなると大量に必要になる。今のうちに、効率的な採掘方法を探っておるのだ」

「ああ……でも……」

ベッケンバウアー氏が試作したオリハルコン製の工具でも、黒硬石は少しずつしか削り取れなかった。

今は魔法陣板も試作段階だから黒硬石が不足することはないけど、将来は黒硬石の採掘待ち、なんてことになってしまうかも。

「オリハルコンなんて、そんなに採れないですからね」

工具が不足して採掘できない資源って、ある意味斬新だな。

「そこが困ったところだが、手がないわけでもない。極限鋼だよ」

「極限鋼で刃物を作るのですか？」

「それだけだと硬度と耐久性に問題があるが、多少の工夫を施せば実用に耐えられるはずだ」

「極限鋼製の工具が普及すれば、黒硬石の採掘量を増やせるんですね」

「それは保証する。だが、もしそうなると、一つ問題が発生するぞ」

「問題？　あぁっ！」

魔法陣板を用いた魔道具が世間に普及すると、当然黒硬石の需要が増す。

そして黒硬石は、今のところアキツシマ島でしか見つかっていない。

さらに黒硬石は、アキツシマ島の地表を剥《は》いで採掘するしかないのだ。

「黒硬石の採掘量を増やすと、住民たちの立ち退きが必要ですね」

「黒硬石を採掘した土地に再び土をのせて現状回復するにしても、どうしてもタイムラグが発生する。他にも問題があるのだよ」

「まだあるんですか？」

「黒硬石の層がこの一箇所だけという確証はないのだぞ。今のところ、黒硬石はこの島以外から見つかっていない。ヴァルド殿下が探させているが、まだ他の場所からは見つかっていないそうだ。ゆえに、この土地の層となっている黒硬石を採掘しつつ、さらに掘り進めて、まだ黒硬石の層がないか調べる予定だ。当然見つかれば、ここでの採掘は続行だ」

「確かに、黒硬石の層が一箇所だなんて確証はありませんね」

もし、さらに深い地層から黒硬石の層が見つかったら、アキツシマ島の地面をどんどん掘り進めなければならなくなる。

当然、アキツシマ島の住民はこれまでと同じ生活を送るのは難しくなるだろう。

「黒硬石の採掘が本格化すれば、他の土地の地面も掘らなければならない。代々その土地を耕している農民に立ち退きを命じるのは大変だぞ」

確かにそれは困った。

これから黒硬石の採掘が本格化すると、アキツシマ島の住民たちの生活に大きな影響が出てしまうのだから。

「黒硬石の層を覆っている土を取り除かないと、採掘できませんからね」

土をどかすだけなら問題ないのだが、田畑や家屋の下に黒硬石の層があった場合、その持ち主に立ち退きを命じないといけない。

まだこの島の支配者が変わったばかりなので、領民たちが素直に立ち退きに応じてくれるものなのか。

かといって、黒硬石を採掘しないわけにはいかないのだから。

「素直に立ち退くかどうかだな。中には抵抗する領民もいるかもしれない。ワシも過去に経験があってな。古代魔法文明時代の魔道具が埋蔵されているかもしれない地下遺跡がちょうど畑の真ん中にあって持ち主に大金を出して立ち退きをお願いしたのだが、最初は拒絶され、抵抗されて大変だったのを思い出すよ」

「ベッケンバウアーさんも色々と経験しているんですね」

元の住民をその土地から立ち退かせるのはとても大変だと聞く。

ただ大金を積めばいいって話でもなく、中には『先祖代々懸命に耕してきた土地から離れたくない！』と思う人だっているはずだ。

それにこの島は、長年続いた戦乱が終わってようやく落ち着いたばかりだ。

強硬手段を取った結果、領民たちの支持を失うのも怖いわけで、難しい問題になりそうだ。

「とはいえ、これからヘルムート王国で必要とされる黒硬石は、すべてアキツシマ島から採掘しなければならないんですよね。島民たちの大規模移住も考えないとなぁ」

「それがいいだろう。ヘルムート王国ばかりでない。アーカート神聖帝国もすでに黒硬石の存在に気がついておる。今は他の素材を使っているらしいが、魔法陣板の研究が大分進んでいると聞く。となると、両国の平和のために黒硬石の輸出をする必要だって出てくるのだから」

「魔法陣板って、アーカート神聖帝国でも研究していたんだ」

「ようは、魔法陣の改良なのでな」

てっきり、ベッケンバウアー氏独自の研究だと思っていた。

「ワシの研究が一番進んでいるのは確かだが、魔法陣の研究をしていて、これを魔道具に応用しようと考える研究者は多い。というか、優れた研究者なら必ず気がつく。実際、帝国のアカデミーではミスリル板を用いた試作品の実験に成功していると聞いた」

「知らなかった……」

ペーターは教えてくれなかったが、秘密の最新研究だから仕方がないか。

「当然、すでに黒硬石のことも知られておる。ヴァルド殿下は帝国が望むなら、適正価格での輸出も考えておるそうだ」

「王国で独占しないんですね」

「魔族のこともある。クーデター騒動が無事に解決し、魔族とは正式に外交関係を結ぶにしても、技術力において我々人間は圧倒的に劣勢だ。協力し合えるところはしていかないといけないのだ」

「色々と詳しいんですね」

「嫌でもそういうことを知ってしまう立場になったのでな」

普段は空気が読めなかったり、おかしな試作品で俺たちに被害をもたらす人だけど、そういえば魔導ギルドのお偉いさんだったのを思い出した。

「貴重な戦略物資を、ヴェンデリンが握っておるとはな。これは驚きよ」

「えっ？　エリー？」

「どうだ？　ヴェンデリン。余の『姿消し』の魔法は」

「わからなかった……」

「ワシもわからなかったが、ワシは『探知』に長けているわけではないので仕方があるまい」

家庭の事情でアキツシマ島に滞在中のエリーは、魔法で姿を消して俺についてきたのか。

さっき保育士の服に着替えたいと言っていたから、てっきりフリードリヒたちの面倒を見ていると思ったのに、これは迂闊《うかつ》だった。

「さすがは魔族の王。魔法の腕前が恐ろしい勢いで成長しておるな」

『瞬間移動』に続き、至近にいても『探知』できない『姿消し』までも習得したのか……。

このままエリーの魔法の腕前が上達していくと、俺が彼女に勝てなくなる日も近いな。

「陛下、できれば秘密にしておいてほしいのだが」

「どうしたものかのぅ……」

考えてみたら、黒硬石の存在を知ったら魔族もこれを欲しがるはずだ。

もし黒硬石の魔法陣板を魔道具に用いれば、魔族の魔道具も劇的に進歩するはずなのだから。

「バウマイスター辺境伯、貴殿もお願いするのだ」

もしゾヌタークク共和国に黒硬石の存在が知られたら、この島を占領しようとするかもしれない。

ここはどうにかして、エリーに黒硬石のことを秘密にしてもらわないと。

じきにバレるだろうけど、それはアキツシマ島の守りを固めてからだ。

「エリー、しばらく黒硬石のことは黙っていてくれると助かる」

まさか、無理やりエリーの口を封じるわけにもいかない。

もしそんなことをしたらライラさんたちを敵に回してしまうし、尊い美少女であるエリーを口封じするのは人間としてどうかと思う。

一番の問題は俺とベッケンバウアー氏の実力では、今のエリーに勝てるかわからないということ。

俺は師匠との修行で強くなったとはいえ、この世の中、上には上がいる。

それがこの世界の現実だ。

「ヴェンデリンの頼みなら、余はライラにも黙っていよう」

「ありがとう、エリー」

さすがは、将来の魔族の王。

実に器が大きく、慈悲深いではないか。

「余たちも、黒硬石の情報がゾヌタークク共和国に漏れるのは、遅ければ遅いほどいいのでな」

「ええと……。それはつまり？」

「将来余たちは、ゾヌターク共和国からの完全独立を目論《もくろ》んでおる。ゆえに、ゾヌターク共和国に強くなられると困るのでな」

「分離独立……」

「人間とて一つの国にまとまってはおらぬが、それが原因で滅びそうには見えぬ。ならば魔族の国が割れても同じであろう？　むしろ割れていた方が一度に滅ぶ心配もないのでな」

エリーの言いたいことは理解できなくもない。

あれだけ発展しているゾヌターク共和国が少子高齢化で衰退している現実を目の当たりにすると、新ゾヌターク王国という新しい国ができた方が魔族の発展に繋《つな》がるかもしれないのだから。

「黒硬石の情報をゾヌターク共和国に黙っていることなど、さほど難しい約束ではないぞ。なんなら、誓約書でも書くか？」

「いや、そこまでしてもらわなくていいから」

誓約書って……。

やっぱりエリーは魔王様なんだな。

「誓約書がいらぬのなら、昨日、ヴェンデリンが教えてくれた、アレをしようではないか」

「アレですか？」

「約束を破ると、針を沢山飲まされるやつだ」

「ああっ！　アレね」

昨日の夜、ミズホの風習についての話題から、なんとなしに指切りゲンマンの話になったのを思い出した。

実はアレ、ミズホにもあるそうで、ハルカがやり方を教えてくれたのだけど、日本のとまったく同じだった。

「約束しよう、ヴェンデリン」

「はい」

「「指切りゲンマン、嘘《うそ》ついたら針千本の――――ます！　指切った！」」

「余は魔族の王になる者、約束は守ろう」

「ありがとう、エリー」

エリーは魔王様だけどいい子だから、必ず約束を守ってくれるだろう。

根拠はあるのかと問われたら、きっと俺はこう答える。

エリーが嘘をつくはずがないと。

「実は余たちも、ゾヌターク共和国の会社をクビになった魔導技術者たちを集めて、魔道具の製造会社を作る予定なのだ。その時には、黒硬石を売ってもらえるとありがたい」

「今すぐは無理だけど、必ず黒硬石をエリーに売るよ」

きっとその頃には、新ゾヌターク王国の独立が表面化しているだろう。

新ゾヌターク王国がゾヌターク共和国とある種の緊張状態になるのであれば、人間としては好都合というもの。

すでに人間の国に魔族たちを送り出し、開発に協力させているエリーの国なら、人間と仲良くできるだろうし。

「陛下の器の大きさに救われたな。だが、いつかはゾヌタータ共和国の連中にも知られるだろう。それまでに、アキツシマ島のことを解決しておかなければな」

「当然そうなりますよね」

黒硬石の採掘量を大幅に増やしても大丈夫なように、事前にアキツシマ島の住民を別のバウマイスター辺境伯領に移住させせないと駄目だな。

黒硬石の採掘が終わった土地を元どおりにして元の住民に返すという手もなくはないけど、いつその土地の黒硬石の採掘が終わるかわからない以上、島民たちには移住してもらった方が問題もなくなると思う。

重要戦略資源になるであろう黒硬石を産出するのは、今のところアキツシマ島のみ。

防衛戦力も必要で、こちらも急ぎ整えないと。

「俺が指示しないとなにもできない、重要なことばかりじゃないか」

せっかく育休を取ったのに、俺はなぜか貴族の仕事をしている。

しかしこれも、フリードリヒたちのためだ。

「だがおかしい……」

「この島に来る前、ローデリヒ殿に挨拶をしたのだが、アキツシマ島にはバウマイスター辺境伯がしばらく滞在する予定だから、好都合と言っていたぞ」

「……」

合点がいった。

どうしてローデリヒが、無条件に一ヵ月もの休みをくれたのか。

残念ながら、俺の頭脳ではローデリヒの掌《てのひら》で踊らされてしまうようだ。

育休を掴《つか》み取った時は、彼を完全に出し抜けたと思ったのに……。

＊＊＊
「お館様、ようこそおいでくださいました」

「アキツシマ島の統治は問題なく行われています」

「この島もすっかり平和になりましたからね。これもお館様のお力のおかげです」

「涼子、雪、唯が妊娠したって聞いたのに、駆けつけるのが遅れてすまない。ちょっと寄らなければならないところがあったから」

「お館様はお忙しいのですから、お気になさらずに。来てくださって嬉《うれ》しいです」

継続的な黒硬石採掘のため、涼子たちと重要な相談をしなければならない。

黒硬石の発掘現場から、『瞬間移動』で大津の政庁に向かうと涼子たちが出迎えてくれた。

三人とも妊娠しているとはいえ、まだ見た目だけではわからないな。

「おおっ、これはお館様ではありませんか」

雪と唯の補佐役ということになっているが、実はかなりの権限を持つ男、松永久秀《マツナガヒサヒデ》が俺に声をかけてきた。

他の男性家臣たちの姿は見えず。

それもそのはず、俺の妻たち三人がいる執務室に入れる男性が、唯の父親である久秀しかいないからだ。

他の男性家臣たちは、久秀と一緒でないとこの執務室に入れなかった。

気がつけば彼はそんな特別な存在になっていたが、はたして久秀がこれを狙っていたのかは不明だ。

だが、なにかやらかせば他の家臣たちから讒言《ざんげん》されるかもしれず、元社畜である俺に言わせると、よくそんな役回りを続けられるものだと感心する。

「お館様、例の黒硬石採掘場の件でしょうか？」

「……よくわかるな」

久秀がどこから情報を仕入れてくるのか不思議でならないが、権力者の側近を長年続けているだけのことはあるのか。

独自に忍者とか雇っているのかな？

「黒硬石ですか？　あの硬いだけの石になにかあるのですか？」

涼子は為政者にまったく向かない性格だから、どうしてこの島の北方で、ベッケンバウアー氏が中心となって黒硬石を採掘しているのか理解できないのだろう。

彼女からしたら、黒硬石は井戸を掘る際の邪魔物でしかないのだから。

「お涼様、多分我々には想像もできない利用方法があるのですよ」

「硬いから、削って刃物にでもするのですか？」

黒硬石で刃物を作るなんて、いかにも涼子らしい考え方だ。

できなくもないが、コストや手間を考えると実用的ではない。

「ヘルムート王国が黒硬石を採掘しているということは、現在はともかく、将来は重要な資源になるのかもしれません」

雪と唯は、黒硬石が重要資源になる可能性には気がついているのか。

「実は、黒硬石の採掘についてなんだが……」

本当は涼子たちが妊娠したことを純粋に喜びたかったのだけど、ちょうど久秀もいるので、仕事の話をせざるを得ないだろう。

将来、アキツシマ島の住民たちはほぼ全員が移住することになるので、事前にこの島のトップである四人に意見を聞いておかないと。

「うぅむ、長年我々を苦しめてきた黒硬石がそれほどまでに重要で貴重な資源だったとは……」

黒硬石のせいで新しい井戸が掘れず、長年アキツシマ島は水を巡って争いが絶えなかったのだ。

久秀からしたら、まさかその原因が重要資源になるとは予想すらできなかったのだろう。

「研究はこれからだが、実用化が進めば黒硬石の採掘量を増やさないといけない。そうなると、その上にある地面を剥がさないといけないのだが、問題は島民たちが素直に立ち退きに応じてくれるかどうかだ」

「先祖代々の住居や田畑から立ち退き、外に移住する。それを嫌がる者たちは多そうですな」

久秀が腕を組みながら考え込み始めた。

「ほとんど転居をしたことがないアキツシマ島の住民からしたら、同じ島内への移住でも抵抗があるのに、ましてや島外ですか……」

生まれ故郷だけあって、涼子は島民の気質を重々承知しているようだ。

一万年もの間、島の中だけで暮らしていれば、そうなっても不思議ではないのか。

「それでも、立ち退いてもらわないといけません。お館様、黒硬石は他の土地では見つかっていないんですよね？」

「探させているけど、今のところはね」

「そうですか……しばらくは見つからないでしょうね」

「地面を掘らないと探せないからなぁ」

雪は、今のところ黒硬石がアキツシマ島からしか採掘できない事実を知り、この島の重要度が一気に増した事実を理解したようだ。

アキツシマ島の黒硬石だって、どんなに浅いところでも数メートルは土を掘らないと出てこないのだから、調査は困難を極めるだろう。

「こうなったら、まずは北部の住民を全員移住させてしまいましょう。それも、島外にです」

島の北部の住民全員とは、久秀も大胆なことを言うな。

しかし、そんなことは可能なのか？

「任せてくだされば、なんとかやってみます」

「久秀には勝算があるのか」

「リンガイア大陸にある、バウマイスター辺境伯本領に移住できるのなら大丈夫です。さらに、全員が同じ土地に移住できるのなら」

「それなら大丈夫だ」

なにしろバウマイスター辺境伯領は、土地が余りに余っているからな。

「父上、みんなで固まって同じ土地に移住してしまえば、島民たちの不安も少なくなるということですね」

「そうだ。お館様、ようはアキツシマ島出身者で新しい村や町を作ってしまうのですよ。今よりも広い田畑を貰えるとなれば、喜んで移住する者たちも多いはずです。残念ながら、この島ではもう田畑を広げにくいですし、もし広げてもあとで立ち退きを迫られてしまうのなら新天地で広い田畑を耕せることは魅力的に見えるでしょう」

久秀は、今よりも広い田畑が貰えるという条件で移住者を募り、北部の住民が一斉に同じ土地に移住することで、移住への不安を和らげる作戦を提案した。

赤信号も、みんなで渡れば怖くないって言うからな。

「島の北部の地下にある黒硬石を掘り尽くすには相当の年月がかかるはずです。その間に、他の地域に住む住民の立ち退きを進めればいいのですから。アキツシマ島北部の海域には居住可能な島も多いですし、そちらへの移住を促進してもいいでしょう」

さすがは、アキツシマ島統治の中心にいた老人だな。

すぐに的確な意見が出てくるのだから。

「久秀の方針で進めるか」

「そういえば、前にローデリヒ殿から聞いたのですが、お館様はご実家であるバウマイスター騎士爵領でも畑の拡張や移住の経験がおありだとか。どうせ黒硬石を掘るためにどかすだけならば、畑の土も運んであげれば、喜んで移住してくれるはずです」

農業の基本は土作りだから、それを失うことを嫌がる農民は多いと聞く。

だから俺は、以前バウマイスター騎士爵領でも田畑の土も運ぶことで移住者の不満を抑えることに成功した。

今回も同じ手が使える……。

「あれ？　すげえ仕事量にならないか？」

俺、育休中なんだけどなぁ……。

「お館様の慈悲にお縋《すが》りしたく」

「「「お館様」」」

みんなからそう言われてしまったら俺の性格では断りにくく、久秀はそれを見越して……。

「わかった、その方策で北部の島民たちはすべて島外に移住させよう」

無事に方針が決まったので、俺は早速北部に住む住民たちの移住作業を進めることになった。


「というわけで、この島の地下に層をなしている黒硬石の採掘が本格的に始まるため、みんなには島の外に移住してほしいんだ」

まずは秋津洲《アキツシマ》御殿と、七条兼仲《シチジョウカネナカ》の領地だった土地に住む島民たちに対し、俺が直接説明を始めた。

地下に埋まっている黒硬石を採掘する必要があるので、島外に移住してほしいと。

「知らない土地への移住には不安があると思うが、今の数倍、いや耕せるのなら数十倍もの土地を与えよう。リンガイア大陸にある本領には無人の土地が沢山あるから、みんなで一緒に移住できるぞ」

「みんな一緒なら……」

「バラバラにされて、誰も知り合いがいない土地に移住するよりも、不安は少ないかな」

「さらに、我々が必要なのは地下の黒硬石だけなんだ。家屋や畑の土も運んであげよう」

「本当ですか？」

「ああ、俺も農業は土が基本だというのは理解しているさ」

田畑の土は俺が運ぶとして、家屋の移転はレンブラント男爵に頼む。

古い家が多いので、もしいらないのなら、エリーとライラさんに頼んで安い中古住宅を提供することも伝えた。

「魔族が使っている家なんですか」

「ちょっと造りは単純だけど、頑丈で使い勝手はいいぞ」

「それだったら、オラは魔族の家にしようかな」

こうして北部に住む住民たちの移住が始まった。

家の『移築』を担当するレンブラント男爵はこのところますます忙しいと聞くが、黒硬石は重要鉱物なので陛下に相談してみたら、こちらを優先してくれることになった。

「他にも、古代魔法文明時代の発掘品とゾヌターク共和国製農業機械の貸し出しや、魔法で作った肥料の無料配布、そして三年間の無税を約束しよう！」

「「「「「「「うぉ――――！」」」」」」」

「オラ、移住します！」

「これ以上農地を広げられないので、将来どうしようかと思っていたんです。新天地で頑張ります！」

好条件を出したら、みんな喜んで移住してくれるようで安心した。

そしてこういう時は、彼らの気が変わらないうちに移住を早く開始した方がいい。

早速ローデリヒとレンブラント男爵に魔導携帯通信機で連絡を取り、翌日から『瞬間移動』やチャーターした魔導飛行船で、北部の住民を次々とバウマイスター辺境伯本領へと移住させていく。

「まずは畑と用水路からだな」

無人の草原に立つ俺。

最近慣れてきた感があるが、早く終わらせて育休に戻るぞ。

「先生、お手伝いしますね」

「先生がこっちに戻ってきて嬉しいです」

「先生、私たち大分魔法が上達しましたよ」

アキツシマ島北部に住んでいた島民たちは、リンガイア大陸の最南端にある、広大な無人の草原に引っ越すことになった。

俺が魔法で作った道が通っているけど先住者はおらず、島民たちは以前と同じように纏まって暮らせるから、定着も早いと思う。

俺の育休中、休みの日以外は魔法で土木工事を続けていたアグネスたちだが、ローデリヒの計らいで手伝ってくれることに。

ローデリヒは、仕事が絡むととても気が利くんだよなぁ。

四人で町の建設予定地を整地して、周囲に用水路を掘って近くの河川から水を引いていく。

ミズホ人と同じく、アキツシマ人もお米に拘るので……むしろ、アキツシマ島は水利の関係でお米があまり作れない土地もあったから、ミズホ人よりもお米に拘っているかも。

アキツシマ島は戦国時代的な島だったから、お米が貨幣の代わりになっており、だからビワ湖がある中央で権勢を振るった三好長慶《ミヨシナガヨシ》が天下人などと呼ばれていたのだから。

水を制するものが天下を制する。

それが以前のアキツシマ島であり、水を巡っての争いは多かった。

久秀曰《いわ》く、以前は水利に関する裁定がとても多かったそうだ。

今はバウマイスター辺境伯家が水利を独占しているので、そんな争いは大幅に減ったけど。

「一人頭の田んぼは、最低でも以前の数倍にもなるから、頑張って米を作ってくれるはずだ」

あとは、元の田畑から土や泥を運んできた。

俺たちは黒硬石のみが目当てなので、農民たちが苦労して作った土や泥はいらない。

だからこれも魔法の袋に入れて運び、新しい田畑に移植していく。

「先祖代々作ってきた田畑の土や泥を捨てずに済んでよかった」

「これなら、無税の間に収穫量を大幅に増やせるぞ」

「魔力で動かす田畑を耕す機械、稲を植える機械、稲を刈り取る機械まで貸してくれるから、沢山の田畑を耕すことができる」

「移住してよかったなぁ」

「バウマイスター辺境伯様、万歳だ！」

「「「「「「「「お館様万歳――――！」」」」」」」」

「さすがは先生」

「こんなに短期間で、アキツシマ島の人たちから慕われるなんて」

「先生はヘルムート王国一の貴族です」

アグネスたちにも褒められたが、これは俺が統治者として特に優れているわけではなく、魔法のおかげだからなぁ。

とにかく育休を休止して、アキツシマ島北部に住む人たちの移住をアグネスたちと手伝った甲斐《かい》があったというものだ。

「これで、アキツシマ島北部で大々的に黒硬石の採掘が始められる」

「ところで先生、アキツシマ島の人たちが移住した地区ですが、誰が責任者となって統治するんですか？」

さすがというか、アグネスがこれからすぐに決めなければならない大切なことを尋ねてきた。

移住者の纏め役という重大な人事についてだ。

「町長や村長は、アキツシマ島で領主をしていた人たちや、その親族になるのかな」

「その人たちを纏める責任者は、やはり涼子様ですか？」

「いや、涼子はアキツシマ島に残ってもらわないと」

まだ多くの島民を抱えるアキツシマ島の安定のためには涼子の存在が必要だからだ。

「移住した旧アキツシマ島民たちを纏める責任者だけど、これからもずっと新規の移住者を受け入れ続け、同時に開発も進めないといけないから、かなりの能力が必要になる」

「じゃあ雪様ですか？」

「雪も、アキツシマ島に残って涼子の補佐をしてもらわないと」

涼子は優しくて島民たちに人気はあるけど、残念ながら統治者としてはまったく向いていない。

だから彼女の補佐役として、雪はどうしても必要であった。

「その人事については、すぐには決められないな」

村ごと移住しているケースが多いので、その村の村長に纏め役を頼みつつ、地区の責任者としての代官の人事を考えることにしたのだが……。

「つまり、俺様の出番だな」

大津の政庁に戻って考えていると、どこからその話を聞きつけたのか、ルルの故郷の島で冒険者をして大成功を収めているはずの宗義智《ソウヨシトシ》が顔を出し、代官職に立候補した。

「んなわけあるか。お前は頭が悪いから無理だろう」

「人のことが言えるのか？」

「俺は武官だし、身の程を弁《わきま》えているからいいんだよ！」

「ふん！　飼われた犬は哀れだな」

「バウマイスター辺境伯本領アキツシマ地区の代官職だぞ。昔のお前みたいに『独立しました！』なんて外部に向かって宣言されたら、それだけでお館様の評判に傷がつくんだ。お前は絶対にない！」

「うっ！」

七条兼仲からズバリ指摘され、義智は一言も反論できずに黙り込んでしまった。

こいつを代官にしたら、間違いなくすぐに独立宣言をしてバウマイスター辺境伯家に反抗するだろうからな。

「そもそも、義智は候補にすら入ってないから安心していいよ」

兼仲以上の脳筋に、移住した領民たちの纏め役と無人の土地の開拓の指揮なんて任せられるわけがないのだから。

「クソッ！　久々に顔を出してみたが、チョー優れた俺様の復帰はないのか……」

「義智は、冒険者として成功しているからいいじゃないか」

義智レベルの力があれば、バウマイスター辺境伯家の家臣よりも、冒険者をやった方がはるかに稼げるのだから。

「そういえば、あの三人はどうしたんだ？」

義智と共にやらかしてアキツシマ島を追い出され、ルルの故郷の島で一緒にパーティを組んでいる、織田信長《オダノブナガ》、武田信玄《タケダシンゲン》、上杉謙信《ウエスギケンシン》のＤＱＮ三人娘。

もし彼女たちが代官職に立候補するなんて言い出したら、余計に話がややこしくなる……そういえばここにいないな？

「あの島に残って魔物でも狩っているのか？」

「いや、あの三人は産休を取っているぞ」

「はい？」

俺は最初、義智が言っていることが理解できなかった。

あの三人が妊娠して産休って……父親はもしや？

「義智は、あの三人と結婚したのか？」

彼女たちと義智は冒険者として一緒に行動していたが、結婚して妊娠までしていたなんて話、今初めて聞いた。

「ははははっ！　驚いたか、バウマイスター辺境伯！　俺様たちはあの島で冒険者をしながら富を蓄え、子孫を増やし、必ずやアキツシマ島を奪還してやるからな！」

「そうか……頑張ってくれよ……」

そのアキツシマ島だが、黒硬石の採掘が本格的に始まったら、もう部外者は入れないようにする予定だけど。

だがそれを、義智やあの三人に教える義務はない。

勝手に夢見ていてくれとしか……。

「そうか、お前に子供が生まれるのか。これはお祝いだ」

俺は、魔法の袋から取り出した金貨の入った革袋を義智に渡した。

こんな奴だけど、このところは真面目に働いているようだし、お祝いぐらいあげておこう。

「甘い！　甘いぞ！　バウマイスター辺境伯！　敵に塩を送るなんてな！　じゃあ俺様は、実家に結婚と妻たちの妊娠を報告しに行くから！　サラバだ！」

義智は、俺たちの前から風のように立ち去った。

「相変わらず口は悪いですし、いつ騒ぎを起こすか不安はありますけど、なんだかんだ言って新しい生活に適応していますよね……」

「そうだよなぁ……あいつ、今の生活を続けている方が幸せなんじゃないの？」

「私もそう思います」

俺と雪は遠ざかる義智の後ろ姿を見送ってから、執務室に入って代官の人事について相談を始めた。

勿論《もちろん》、涼子、久秀、唯も参加している。

「で、代官の人事だけどどうしようか？」

最終的には俺が決めないといけないが、なにしろアキツシマ島の島民、それも元領主やその一族に詳しくない。

バウマイスター辺境伯家の家臣にやらせると、旧島民たちの反発が大きいだろうから、代官はアキツシマ島の人間にやらせたいのだ。

「雪、どなたか適した方はいらっしゃらないのですか？」

「そうですねぇ……。唯さん、どう思いますか？」

「アキツシマ島で長年領主をやってこられた方たちなので、島を出ることに抵抗がある人が多く、人選には時間がかかるかもしれません。それに彼らは、大津の政庁に近ければ近いほど出世を果たしたと思いますし、島を出るとなれば左遷されたと受け取るかもしれません」

長年アキツシマ島に住んでいたからこそ、旧領主たちはそういう風に感じてしまうのか。

「となると、最悪バウマイスター辺境伯家の家臣から代官を選ぶか？」

「お館様、よろしいでしょうか？」

「久秀、なにかいい考えでもあるのか？」

それまで黙っていた久秀が話に入ってきたので、俺は彼の話を聞くことにした。

「新天地の代官職でしたら、この私が引き受けましょう。移住者たちの取りまとめはお任せください」

「久秀がか？　しかし久秀は……」

「下手な者には任せられませんから、これは最後のご奉公と思っていただければ。私も年を取りましたので」

ここで予想外の人物が、移住者たちの取りまとめ役に立候補した。

俺の妻となった唯の父親にして、現在アキツシマ島で大きな権限を持つ松永久秀が、それを捨ててバウマイスター辺境伯本領に移住するというのだ。

「久秀、本当にいいのか？」

「これより、黒硬石の採掘が始まるアキツシマ島の統治は、秋津洲家と細川《ホソカワ》家に集中させた方が将来混乱が起こる可能性も少ないでしょうから。私もいい年なので、島を出たアキツシマ島の民たちの発展を見守りながら余生を過ごすのも悪くないと思いまして。私は長年子供に恵まれませんで、娘の唯しかおりません。やっと孫も生まれるので、余生は新しい土地で過ごそうと思うのです」

「そうか、それはありがたい」

移住地にはまだなにもなく、俺も手伝いはするが開発には時間がかかる。

多分、移住地がある程度発展する前に久秀は寿命が尽きてしまうと思うのに、よく立候補してくれたものだ。

アキツシマ島の政権中枢から、なにもない開拓地へ。

どう考えても、都落ち……左遷とも取られかねない人事だというのに……。

「久秀の能力なら、安心して任せられる。その恩賞として、移住地の代官職は松永家の世襲とし、唯が生む子をその跡取りとしよう」

「ありがたき幸せ。お館様のために励ませていただきます」

久秀がバウマイスター辺境伯本領に移住する、主に島北部の住民たちの取りまとめ役となり、移住地の代官となった。

＊＊＊

「しかし、よくあの久秀が……なにか企んでいるのか？」

「一人娘をお館様の妻とすることに成功し、細川家と共にアキツシマ島統治の中枢にいたというのに、それを呆気《あっけ》なく手放すなんて……」

「広大な土地の代官職を世襲可能とはいえ、まだなにもないからな。一方、アキツシマ島は黒硬石の採掘も盛んになってもっと豊かになるはずなのに、自らそれを捨てる理由がわからない」

「天下人であった三好長慶様の懐刀だったというのに、久秀も年を取って丸くなったのか？」

「そんなタマか？　きっとなにか企んでいるんだ」


翌日、久秀は大津を去ることになった。

色々と引き継ぎがあるから、もう少し時間が経《た》ってからバウマイスター辺境伯本領に向かうと思っていたのに、雪によると彼はいつ大津を去ることになっても問題ないよう、事前に準備を進めていたそうだ。

つまり久秀は、アキツシマ島の黒硬石採掘に関係なく、この島から出るつもりだった？

普通に考えたら、黒硬石のような戦略物資が産出することがわかった島から出たくないと思うはずで、だが彼は、最初の発言どおり島を出ると宣言した。

『瞬間移動』で久秀を運ぶために大津の政庁に迎えに行くと、自分こそが彼の後釜に座ろうと意《い》気軒昂《けんこう》な元領主たちを尻目に、久秀は語る。

「ほほほっ、私が大津から去ると聞き、その後釜に座ろうとみんな張り切っておりますな。ですが、雪殿は私がやっていた仕事を分割して、決してナンバー2は作りますまい。せっかくお館様がこの島を統一してくださったのに、外の世界に目を向けぬとは。長年島の中のみで生活してきた弊害でしょうか？」

「久秀は、外の世界に出たかったのか？」

「私もそうですが、今は亡き三好長慶様もそうでした。彼はこの島でも有数の名門家当主にして、天下人と呼ばれるまでの立場になりましたが、現状に満足していませんでした。いつか、このアキツシマ島を完全に統一して外の世界を目指そうとしていました。その夢は、私にしか話しませんでしたが……」

「それが他の領主たちに漏れると、中央が混乱するかもしれないからか？」

「ええ。長慶様がもたらした中央の安定は、かなり危うい均衡の上に成り立っていましたからな。地方の領主たちも、長慶様がいなければなにを目論むかわかりませんでしたから。この島の名門領主たちの大半が外の世界になど目を向けませんでした。長慶様は数少ない例外であり、彼はそのために私のような農民の子を引き立ててくださったのです。私は先祖返りで魔力を持って生まれ、長慶様に引き立ててもらった身です。長慶様亡きあと、この島が安定に向かうのであれば、もうこの島に未練はありません」

アキツシマ島の戦乱は、バウマイスター辺境伯家の力で終息した。

久秀は、もう自分の仕事はなくなったと思っているのか。

「私があとどのくらい動けるのかわかりませんが、島の外でアキツシマ島の民たちの発展を見届けて死んでいく。悪くない生活です」

名前で勝手に疑っていたけど、この人って別に俺を裏切ったりしないし、有能なんだよなぁ。

前の主君の夢を自分が果たそうとしているし、実はかなり義理堅いのかも。

「それに、どうやら涼子様も雪殿も気がついておられぬ様子」

「はい？」

なんか、急に悪い顔になってきたなぁ、この爺さん。

「外の世界に自由に出られるようになった今、アキツシマ島に籠《こも》っていてもこれ以上の躍進は望めません。黒硬石のおかげでアキツシマ島の島民たちは悪くない生活を送れるでしょうが、黒硬石の採掘が進めば必ず自分の土地から立ち退かなければなりません。採掘が終わった土地を再開発したとて、アキツシマ島はこの世界から見たら辺境もいいところ。バウマイスター辺境伯本領の開拓地の方が発展の余地が大きく、五代先には秋津洲家、細川家よりも、松永家の方がバウマイスター辺境伯家中における力は上となるでしょう」

「……だろうな」

この爺さん、そこまで読んで開拓地の代官を買って出たのか。

しかもこの人事、アキツシマ島の人たちは、久秀は潔い引き際だと褒めるはず……不気味に思っている人たちもいたけど。

「しかし、それを俺に話すか？　俺が涼子と雪に話すかもしれないのに……」

「話してもらって構いませんよ。その方が涼子様も雪殿も安心するのでは？　それに、開拓地に涼子様と雪殿を送り出すのは不可能です」

「確かにな」

アキツシマ島は、バウマイスター辺境伯家の家臣となった秋津洲家と細川家が統治してこそ安定化する。

黒硬石の採掘もしないといけないから涼子と雪がアキツシマ島を離れるわけにいかず、開拓地の代官は久秀に任せるしかないのだ。

「それに、将来松永家が秋津洲家と細川家を凌駕《りょうが》すると声を大にして言ったところで、アキツシマ島に籠っている人たちは荒唐無稽な話だと思いますよ。お館様、人は信じたいことしか信じないですし、信じたくないことはどんなおかしな理由をつけてでも信じないものなのですから」

「……どっちにしても、俺だって死んだあとの話だからな」

「もしかしたら、私の言っていることは実現しないかもしれません。では、新しい土地へ参りましょうか。唯はこの島に残しますので、涼子様や雪殿と同じく末永く可愛《かわい》がってくださいませ」

俺は彼を、バウマイスター辺境伯本領にある開拓地まで送った。

バウマイスター辺境伯本領に移住し、その地の代官になった久秀は精力的に働き、開拓地はもの凄いスピードで発展していく。

その発展ぶりから、アキツシマ島からの移住者も増えていき、久秀も俺も死んでからさらに二百年後、開拓地『マツナガブルク』はバウマイスター辺境伯領でも有数の都市、穀倉地帯へと発展しており、その代官である松永家はバウマイスター辺境伯家の重臣へと成り上がった。

なおアキツシマ島も、黒硬石の採掘地および、王国が大々的に開発を進めていくことになる南の大陸へと向かう中継地として発展していくことになる。

松永家は、平和裏に下剋上《げこくじょう》に成功したのだ。

＊＊＊

「お館様、父がお礼として『雛《ひな》人形』を贈ってきましたので、飾りますね」

「うちは女の子が多いからありがたいな」

「お館様は、雛祭りをご存じなのですか？」

「あっ、うん。ほらミズホにもあるからさ。飾るのを手伝うよ」

「見事な雛人形ですね。ミズホでも、なかなか手に入らないでしょう」

「ふむふむ、実に雅《みやび》で素晴らしい人形よ。サイラスたちが『限定品は開店前に並ばないと買えないんです！　有給を下さい！』と言って買いに行く人形は、余やライラには合わぬからのぅ」

「陛下、その人形って……（わかってしまう悲しさ）」

「いくら陛下でも、家臣の趣味、嗜好《しこう》に踏み入るのはよくないと思います！　やっと、そういうものが買える境遇になれた俺を祝ってください！」

「しかし、奥さんに叱《しか》られたのではないのか？　子供が生まれたばかりなのに、無駄遣いをするなと」

「……限定フィギュアは、心の栄養だから……」

「……私も手伝いますね」

「こういうのって、雅な感じがしていいわね」

「エリーゼさんもイーナさんも、スルーしてくれたのはいいけど、なんかそれが余計に心に刺さるから！」


開拓地に代官として赴任して秋津洲家から独立し、バウマイスター辺境伯家中における地位や財力で秋津洲家と細川家を抜く――。

そんな微妙な久秀の野心だがバウマイスター辺境伯家にとって損はなく、むしろ人手不足なので、彼が余りまくっている土地を開発してくれるのならありがたい。

涼子や雪からしても、優秀だが曲者《くせもの》と思われている久秀が自分から島を出ていってくれたのは、ありがたいとは思っても恨む筋合いではない。

ただ、彼は唯を連れていかなかった。

涼子と雪と一緒にいた方が、俺がやってくる機会が多い……久秀曰く、唯が俺の子供を何人生んでも構わないそうだ。

そんなわけで大津に残った唯が、育休中でフリードリヒたちと過ごしている俺のところに、久秀からの贈り物を持ってきた。

アキツシマ島でも、現代日本と同じく雛祭りをするらしいが、ミズホでも雛祭りはあるから当たり前と言われるとそれまでか。

ただ俺もエルも、ミズホから端午の節句用の鎧兜《よろいかぶと》は贈られたけど、雛人形は今回初めて貰ったな。

この世界では、まだ家を継ぐ男子優先の傾向が強いからかもしれないけど。

久秀は腕のいい職人に大金を払って雛人形を作らせたようで、エリーゼたち女性陣は感心しながら雛人形を並べている。

こういうセンスの良さも、久秀が異例の出世を遂げた原因なんだろうな。

しかし、ゾヌターク共和国に限定フィギュアがあるとは思わなかった。

……今度、サイラスにお店に連れていってもらおうかな？

バウマイスター辺境伯家で養っている芸術家たちに量産させるか？

「あっ、でもでも。このヒナ人形は、貴族を表しているように見えるけど、ヴェルとは少し違うね」

「具体的にどこが違うんだ？」

「だって、このヒナ人形は、奥さんが一人しかいないよ」

「ルイーゼよ。その奥方は正妻で、下の段の女官たちが側室なのではないか？」

「そうかもしれないね」

「二人とも、雛人形に生々しい設定を勝手につけないように！」

ルイーゼも、テレーゼも、アンナを始めとする俺の可愛い娘たちが楽しむための雛人形に、そんな裏設定いらないから！

「しかし、それが現実とも言うがの。このような人形を作れて、毎年飾れる家には複数の妻がいるものよ」

「だとしてもさぁ……」

「ヴェンデリンさん、とても煌《きら》びやかで綺麗《きれい》ですわね。まさに貴族の娘たちに相応《ふさわ》しい人形ですわ」

真面目に雛人形を飾りつけていたカタリーナは、五段飾りの雛人形の華やかさにうっとりとしていた。

アキツシマ人も日本人に気質が似ているから、職人の拘りが凄い。

「おにんぎょう、きれい」

「きれい」

「しまった。俺も伊達《ダテ》家の雛人形を持参すればよかった。伊達家に代々伝わる雛人形もそれは美しいぞ」

「フジコちゃん、それは伊達家のものだから持ってこれないんじゃぁ……」

「じゃあ父上に頼んで、新しい雛人形を作ってもらおうかな？」

藤子《フジコ》としては、松永家に負けられないってことなのかな？

別邸の部屋は広いから複数の雛人形を飾れるし、これからも娘が生まれそうだから、俺もアキツシマ島の職人に雛人形を作ってもらおう。

そういうことで経済を回さないといけない立場でもあるから。

「雛人形に直接手で触ると汚れてしまうから、見るだけですよ。雛あられ、菱餅《ひしもち》も持ってきたのでみんなで食べましょう」

「甘酒も持ってきました。甘さ控えめで美味《おい》しいですよ」

「「「「「「「「「わぁ―――い」」」」」」」」」

子供たちはまだ、お人形よりもお菓子かな。

ミズホとアキツシマ島の雛祭りも、女の子というか、女性のお祭りのようだ。

唯が持参した雛人形を飾り、涼子と雪が持ってきたお菓子をみんなで楽しむ。

だが、やはりこの雛祭りは古い形の雛祭りだな。

甘酒、雛あられ、菱餅だけだと少しばかり質素なので、ここは娘たちのために、お父さんが追加で食べるものを用意しよう。

「エル、手伝うんだ！」

「なんで俺よ？」

「エル、あの光景を見てわからないか？」

雛人形の前で、楽しく飲み食いしながら歓談する女性陣。

あれを見たら、雛祭りにおける男性の地位など大したものではないことに。

「ゆえに、今日は俺たちが頑張らないと」

「フリードリヒとカイエンは？　あと、俺の息子のレオンも」

「小さいからノーカンで！」

「わかったよ」

とはいえ、それほど大したことをするわけではない。

現代日本において、雛祭りで食されるものは増えた。

それを食品メーカーの陰謀と捉えるのも間違った見方ではないが、ここはそれに乗って楽しむのも悪くない。

「マシュマロを用意しました。これを軽く焼きます！」

なぜか雛祭りの時に売られるようになったマシュマロ。

これを魔法の袋から取り出して、ミズホから安定して仕入れられるようになった竹串に差し、火魔法で軽く炙《あぶ》る。

表面がキツネ色になったら、焼きマシュマロの完成だ。

「火傷《やけど》しないように食べるんだよ」

「おいしい」

「ふわふわ」

初めて食べるマシュマロの食感に、フリードリヒたちは大喜びだ。

焼きマシュマロだけだとレパートリーが貧弱なので、焼きマシュマロとチョコをクラッカーで挟んだスモアも作った。

「どのお菓子も美味しいのぅ。魔族にはヒナ祭りという行事はないから、来年も開かれるなら是非参加させてもらおう」

エリーも、雛祭りパーティーに楽しそうに参加していた。

「続けて、『チョコフォンデュ、雛祭りバージョン』です！」

チョコフォンデュマシンは、すでにバウマイスター辺境伯領の有名な輸出品となり、富裕層の間で大ヒット商品となっていた。

これを用いて、苦労して製造に成功したピンク色の『ストロベリー』チョコでチョコフォンデュを始める。

本当は桜味バージョンにしたかったんだけど、桜味は難しいので断念した。

「ぴんくできれい」

「ちちうえ、たべたい」

「よーし、順番に作るからな」

マシュマロ、カットフルーツ、クッキーなどをピンク色のチョコでコーティングし、そこにチョコスプレー、砕いたナッツ、粉砂糖などで飾りつける。

チョコスプレーもようやく試作に成功したから、これでこの世界のスイーツも大分華やかになるはずだ。

「うわぁ」

「すごい」

子供たちは、ピンク色のチョコレートとカラースプレーなどで飾られたお菓子に大喜びだ。

なお、お菓子の色付けは、子供たちの健康を考えて人工着色料は用いていない。

実はこの世界では逆に人工着色料を作る方が難しく、苦労して天然着色料を作ったのを思い出す。

「お前、ローデリヒさんに働かされっ放しだって言ってる割には、色々やってるよな？」

「だから、休みが増えたらもっと色々やれるんだけどなぁ」

とはいえ、育休だって取るのに苦労したんだから難しいかな。

「次は、チラシ寿司《ずし》を作ります！」

このチラシ寿司、俺たち大人が喜ぶ新鮮な海鮮タップリな海鮮丼寄りのものではなく、錦糸玉子、桜でんぶ、茹《ゆ》でエビ、サヤインゲン、海苔《のり》、白ゴマ、油揚げ、生の魚はマグロのみを使い、色鮮やかなケーキのように仕上げる。

酢飯も極力酢を少なくして、酸っぱいのが嫌いな子供でも食べられるように工夫した。

「さあ、切り分けるよ」

「うわぁ、きれい」

フリードリヒたちも、子供用に作ったチラシ寿司に満足そうだ。

まだ子供であるフリードリヒたちに、豪華海鮮を大量に使ったチラシ寿司を出してもあまり喜ばれないはず。

子供には子供が好む味があるのだから。

「というわけさ」

「そこまで配慮できるなんて、さすがはお館様です」

雪が俺のことを褒めてくれたが、悪くない気分だ。

「そういえば、唯さんが持ってきた雛人形で思い出しました。大津ではその昔、人が雛人形に扮《ふん》してお祭りを行ったそうです」

雪によると、まだ秋津洲家が大きな力を持っていた頃のこと。

当主や奥方たちが雛人形の格好をして、それを大勢の島民たちが見学しに来たとか……。

そんなお祭り、日本でもやっているところがあったと思うけど、この世界にもあったのか。

「お館様のおかげで、この島は平和になりました。それを多くの島民たちに知らしめるためにも、この行事を復活させるのはいかがでしょうか？」

雪から、予想だにしなかった提案が出された。

俺たちが雛人形に扮して、島民たちの前で披露するのか。

「なんか恥ずかしいし、一度始めたら毎年やることにならないかな。それは面倒だな」

「さすがに毎年はしませんよ。普段の年は、領主一族や家臣の中から扮装《ふんそう》する者たちを選んだと、古い書物にあります。平和だからこそできるお祭りを再開することが大切であり、一度だけでも、この島を統治するバウマイスター家のご当主様とその奥方様たちが雛人形に扮する、それが大切なのですから」

「一度だけでも、なんか恥ずかしいけど」

島民たちの見世物にされてしまうのがなぁ……。

それに俺はイケメンじゃないから。

「あなた、とても楽しそうですね。せっかくのお休みなので、やってみましょうよ」

「（エリーゼ、えらく積極的だなぁ……もしかして、娯楽に飢えているとか？）面白そうではあるね」

「とても楽しそうですし、この島が平和になったことを証明できるいい機会です。私も参加します」

まさか、エリーゼがいの一番に参加を表明するとは思わなかった。

「ボクも楽しそうだから参加するよ。ヒナ人形が着ている服、重そうだけど着てみたいから」

「私も、たまにはこんなお祭りも悪くないわ」

「ヒナ人形と同じ衣装……これぞまさに、貴族に相応しい服装ですわ」

「私も賛成」

「旦那、たまにはいいんじゃないの？　あたいも参加するからさぁ」

「妾《わらわ》も参加するぞ。どうせ、リンガイア大陸の連中にはわからぬからよかろうて」

「バウルブルクでやれと言われると困りますが、この島の中なら……」

「わっ、私？　私もいいのかしら？」

「アマーリエ、そなたも参加を表明すれば、ヴェンデリンも断るまいて」

「だそうよ、ヴェル」

「まあ、こういうのは半分お遊びみたいなものだからな。楽しそうだからやってみよう」

イーナに最後の一押しをされ、俺たちは雛人形に扮するお祭りに参加することに。


早速翌日から、大津の政庁前の広場で大きな雛壇を作っているのは、なんと武官になった七条兼仲であった。

「人間が座れる五段の雛壇とは、随分と大がかりなんだな」

「平和な時代に行われていた古き時代のお祭りが復活するってんで、気合を入れて作ってますからね。お館様たちの雛人形姿、実に楽しみですね」

兼仲は武官として経験を積んだようで、部下たちを使って大きな雛壇の作製作業をテキパキとこなしていた。

「お館様たちのあとは、島内で選ばれた美男美女が雛人形に扮するそうです。当日は出店《でみせ》と屋台も出ますし、楽しいお祭りになると思いますよ」


そして三日後。

大津において数百年ぶりに再開されるという、『人間雛人形祭り』が開催された。

大津の大通りに植えてある桜——日本の桜とまったく違わないものが植わっていた——が咲き乱れ、多数の出店や屋台が並び、政庁の前にある広場に設置された雛壇の上で、雛人形に扮した俺たちが座る。

なぜか俺は一番上の真ん中に座っており、これは俺がアキツシマ島の支配者だからか？

その両脇にエリーゼと涼子が座る。

エリーゼは俺の正妻だから左隣で、これは確か日本でも『左上位』なんて言うから、それと同じなんだと思う。

涼子は妻としての序列は低いが、俺の代理でアキツシマ島のすべてを取り仕切っている立場なのでアキツシマ島の住民に配慮して、俺の右隣。

最上段が三人で日本の雛人形の配置とは大分違うけど、ここは日本じゃないから問題ないか。

二段目は五人で真ん中にヴィルマ、左隣がルイーゼ、イーナ、右隣が、雪、唯。

三段目は、真ん中にカタリーナで、左隣がフィリーネ、テレーゼ、右隣がカチヤ、リサ。

四段目は、真ん中にアマーリエ義姉《ねえ》さん、左隣がこの日のために土木工事を休んで来てもらったアグネス、シンディ、ベッティ、右隣がルルと藤子であった。

全員、色違いの華やかな十二単《じゅうにひとえ》風のアキツシマ服で着飾り、ルルと藤子は小さいので大変そうだが、みんな楽しそうなのがわかる。

そして五段目には、やはりアキツシマ服——ほぼ着物だけど——で着飾ったフリードリヒたち、その両脇には、武官の正装姿のエルと兼仲が。

さらに子供たちの面倒を見る役割として、女官服姿のハルカとマーガレット、そしてエリーもいた。

「こんなに女雛《めびな》が多い『人間雛人形祭り』は、過去の文献にも記されておりませんな」

「ですが、それだけお館様の力が強い証拠。これで、アキツシマ島の民たちも安心するでしょう」

お雛様が随分と沢山いる人間雛人形になってしまったけど、だから逆に俺の力が強いから安心だと考える島民や元領主たち。

現代日本の価値観ではあり得ない話だな。

「とはいえ、お館様は北にとてつもなく広大な領地を持つとか……」

「もっと多くの妻がいても問題はあるまい」

「となると、次の人間雛人形に扮する者たちには頑張ってもらわないと」

「(……どういう意味だ?)」

好評だった俺たちの人間雛人形が終わり、元の服装に着替えてから次に雛人形に扮する人たちを見てみると、なんと雛壇には着飾った女雛しか座っていなかった。

しかも全員が若く、選《え》りすぐりの美人を集めたって感じだ。

「あのさぁ、雪。俺が言うのもなんだけど、どうして女雛ばかりなんだ？」

「この組は、適齢期で美しいと評判の娘ばかりです。全員の父兄が、お館様の妻としてどうですかと」

「……マーガレット、フリードリヒたちの写真は大丈夫だよね？」

俺は、雪の答えを聞かなかったことにした。

いやいやいや、これ以上奥さんはいらんて！

「念のため、沢山撮っているから大丈夫です」

「すぐに現像に行かないとなぁ。あっ、出店と屋台だよ！　大通りでの花見もしないと！　マーガレット、お祭りを楽しむフリードリヒたちの撮影を頼む」

「わかりました」

俺は育休のためにこの島にいるのであって、決して新しい奥さんを迎えるためじゃない。

あの雛壇にいる美しい女雛たちが俺の妻候補だなんて現実は忘れて、みんなで大通りの出店と屋台を楽しむことにしよう。

第六話　逆襲のブレンメルタール侯爵

「バウマイスター辺境伯めぇ――――！　必ず殺してやるぞ！　必ずだぁ――――！」

「ほほう、ふむふむ、なるほどね。この結果は非常に興味深いね」

人間の恨みの感情というものは、とてつもないエネルギーを発するものなんだね。

これを魔力のようなエネルギーに転換する研究はなかなか進まないけど、この前捕獲した実験体、ブレンメルタール侯爵とかいう男からは、恨み、怒りの感情から発する負のエネルギーがふんだんに取れる。

この実験体のおかげでユウの研究は大分進んで、これはラッキーだったかも。

「エリーゼちゃ――――ん！」

こっちの性欲の塊のような豚男も実に興味深い。

女性に対する欲情が、これほどまでに膨大なエネルギー源となるなんて。

「思っていた以上にお得な拾い物だったかも。でも、それしか使い道がないともいえるね」

改造した実験体たちを大型の試験管に入れ、適切な栄養と睡眠を与えながら、負の感情を出しやすい夢を見させているけど、そんなにバウマイスター辺境伯が憎いのかね？

ユウも自分なりに調べてみたけど、この二人がこうなったのは自分たちのせいで、バウマイスター辺境伯を恨むのは完全に筋違いだと思うな。

「貴族なのに能力に問題があると下の者たちが大変なのに、本当に困った人たちだ……あのバカたちを思い出す」

とはいえ、ユウがまだ親から貰《もら》った体を有していた頃にも、そんな貴族たちは珍しくなかったけど。

だからユウの国は滅んだ。

ユウの研究成果で調子に乗って、別の世界を征服したいだなんて愚かな野心を持つから……。

「おっと、過去の話なんてどうでもいいよね。負のエネルギーはもう十分に手に入れたから、これ、どうしようかな？」

一体はあの実験体の材料に使うけど、こっちはどうしようかな？

もう使い道がないんだよねぇ……。

「あっ、そうだ！」

いいこと考えついちゃった。

彼が持つ恨みと怒りの負のエネルギーを魔法のように使えたら――それができるように改造したつもりだけどね――どれだけのことができるか試してみたくなっちゃった。

「ちょっとあの世界を騒がせるだろうし、バウマイスター辺境伯はまた大変かもしれないけど、ブレンメルタール侯爵が行方不明のままだと色々と気になって大変だろうから、ここで決着をつけた方がいいよね。ユウって優しいなぁ」

しかもこいつ、無駄に政治力はあるから、クーデター騒ぎで没落した連中を集めて面白いことをするかも。

あっ、勿論《もちろん》ユウはいい子だから、世のため人のためにやってるんだよ。

ブレンメルタール侯爵の元にそういう連中が集まったところを、バウマイスター辺境伯が一網打尽にするお手伝いをね。

「ただ、ブレンメルタール侯爵の恨みと怒りのパワーが想像以上に強いから、バウマイスター辺境伯でも苦戦するかもね。でも、やられはしないはずだよ」

だって彼は、ユウが見つけた最高の観察対象なんだから。

さあ、ブレンメルタール侯爵。

せっかくチャンスを与えたんだから、ユウの想定を裏切るような結果を出してくれると嬉《うれ》しいかな。

＊＊＊

「うぃっく！　こんなことは決して許されないんだ！　我がホーツ男爵家には何年の歴史があると思ってるんだ！」

「旦那様、これ以上お酒は……」

「うるさい！　これが飲まずにやってられるか！」

ちくしょう！

私は八百年の歴史がある、ホーツ男爵家の当主だったんだぞ！

三百年前の当主がやらかして役職ナシの状態が続いていたが、私は男爵で本物の貴族なんだ！

準男爵や騎士爵のような半貴族じゃない！

それなのに、呆気《あっけ》なく改易しやがって！

確かに役職に釣られて、魔族とブレンメルタール侯爵たちが起こしたクーデターに参加してしまったのは事実だ。

だがそれは、ホーツ男爵である私に役職を与えなかった王国と陛下が悪い！

それなのに、歴史あるホーツ男爵を改易しやがって！

「クソッ……必ず爵位を取り戻してやる！」

「父上、もういい加減諦めてください。どこの世界に、仕えていた国に反逆したのに爵位を保てる貴族がいるのです。アーカート神聖帝国の内乱に参加した貴族たちの末路を見れば一目瞭然でしょう。処刑されなかっただけで十分に温情なのですから。それよりも、我々は爵位を失っても生きていかなければならないのです。せっかくルックナー財務卿から仕事を紹介してもらったのにそれをすべて断るなど……父上！　酒を飲むのはやめてください！」

「エレン！　お前は、ホーツ男爵家の当主である私に逆らおうってのか？」

「別に逆らってはいません。いい加減、現実を見ろと言っているのです。昼間からお酒を飲んで恨み言を重ねても、父上は貴族に戻れないのですから」

「エレン、貴様ぁ――――！　うぐっ……」

「旦那様！　大丈夫ですか？」

「母上、これ以上父上を甘やかすのはやめてください。そもそも、父上がブレンメルタール侯爵の甘言にのってクーデターに参加した結果がこの様《ざま》なのですから。それでも、貴族だった過去を忘れて新しい生活を始めればまだマシだったのに、やっていることは毎日酒を飲んで恨み言を言うだけ。しかも、酒を買うお金は誰が稼いでいると思ってるんですか？　仕事はあるんです！　変なプライドなど捨てて仕事をしてください！」

「そんな仕事、あのバウマイスター辺境伯と組んでいる大貴族たちが用意したものじゃないか！　ホーツ男爵家を潰《つぶ》したバウマイスター辺境伯から与えられた仕事など死んでも受けん！」

そんな仕事を受けたが最後。

ホーツ男爵家の復活は永遠に閉ざされてしまう。

それならば今は苦しくても、ホーツ男爵家復活のために耐え忍ぶ必要があるんだ！

「耐え忍ぶ？　ただ酒を飲んで現実逃避しているだけでしょう？　本当に耐え忍ぶ人は、お酒を買わずに、お金を貯《た》めておくものですよ」

「エレン、貴様ぁ――――！」

よくも実の父親にして、ホーツ男爵である私をバカにしてくれたな！

もう許せない！

たとえ実の息子でもだ！

私は先祖伝来の剣を抜き、この生意気な息子を斬り捨てようとしたのだが……。

「甘い！」

その前に剣を抜いた息子によって、私は構えていた剣を弾《はじ》き飛ばされてしまった。

地面に落ちた剣は、クルクルと回転しながら汚い部屋の端へと転がっていく。

「ろくに剣の稽古などしたことがないうえに、お酒に酔った父上が、ようやく王国軍の下士官として雇ってもらい、毎日厳しい訓練を続けている私に勝てるとでも？　いい加減、父上には愛想が尽きました。一緒に暮らしていたらお金をすべてお酒に使われてしまう。私たちは出ていくので、あとはご自由に。ただ、この家の家賃はちゃんと毎月支払ってくださいよ。払えなければ追い出されますからね」

「待て！　私は金なんて持ってないぞ！」

「あってもお酒を買ってしまうような人にお金なんてもう預けませんよ。では、頑張ってホーツ男爵家の復活を目指してください」

「エレン、待て！　メリー、お前まで出ていくのか？」

「……」

爵位を失って屋敷から追い出され、側室たちは実家に戻り、今、跡取り息子とその家族、正妻にまで出ていかれてしまった。

金はこの一ヵ月、酒を大量に飲むようになってしまったのでほとんど残っていない。

やはり、息子の給金に手を出したのが悪かった……いや、私はホーツ男爵家の当主なのだ！

当主が跡取り息子の金を使ってなにが悪い！

どうせ将来エレンが、ホーツ男爵家のすべてを受け継ぐのだから。

「だから私は悪くないんだ！　んぐっ、んぐっ……ふう、酒だけが私を慰めてくれるな」

こうなってしまったのも、すべてバウマイスター辺境伯が悪い！

ブレンメルタール侯爵がクーデターを成功させていたら、今頃私は王国の新しい重臣となっていたというのに、それを邪魔しやがって！

「バウマイスター辺境伯め、決して許さんぞ！」

「そうだな、バウマイスター辺境伯は許せない」

「ういっく……誰だ？　あっ、あなたは！」

ついに家族にまで見捨てられてしまった私に声をかける、奇特な奴が誰なのか気になり、不法侵入された事実も気にせずにその正体を確認する。

そして、その人の正体に驚きを隠せないでいた。

「ブレンメルタール侯爵？　あなたは行方不明だと聞いていましたが……」

「らしいな。だが私は、バウマイスター辺境伯に恨みを晴らすために戻ってきたのだ。しかし、陛下もヴァルド殿下も貴族をなんと心得ているのか……」

「そうなのです！　長年ヘルムート王国を支えていた藩屏《はんぺい》たる貴族たちを大量に切り捨て、一部の大貴族たちばかり肥え太ってしまったのです！」

こんなことが許されるわけがないのだ！

だから、ブレンメルタール侯爵になんとかしてもらわなければ。

「ホーツ男爵、貴殿らの気持ちはよく理解できた。この私が戻ってきたのは、今のヘルムート王国をより良くするためだ。先日のクーデターのように、ヘルターのアホを使ったばかりに敗れ去るようなバカなことはもう二度としないと誓おう」

確かにあんな奴、たとえ王族でも利用するべきではなかった。

事実、新王に即位させても王都の住民たちは冷ややかな目で見ていたのだから。

「それで、どうなさるのですか？」

「暴力は使わない。我々が作った集団で陛下に直接嘆願し、バウマイスター辺境伯たち王国の政治を危うくする者たちを解任してもらう。こうすれば、無血で我らの復権は可能だろう」

「そんな方法で上手《うま》くいくのですか？」

「当然難易度は高い。ろくな武器も持たぬ我々で王城に押しかけても、陛下に直訴できなければ失敗なのだ。成功率を上げるため、ホーッ男爵にも協力してほしい」

「私にできることであれば」

「大変ありがたい。ホーッ男爵には同じように爵位を失ってしまった貴族たちを集めてほしいのだ。それも一人でも多くだ」

「なるほど、我々貴族の力を結集させるのですね」

「そうだ。その数の多さを知れば、陛下もヴァルド殿下も、我らの話を聞いてくれるはずだ」

「そうですね。数は力だ」

「バウマイスター辺境伯たちは少数でも力を持っているので、陛下もヴァルド殿下も言いなりだった。ならば私たちは大人数の力で、陛下とヴァルド殿下を翻意させようではないか」

「わかりました。今回の騒動で改易された貴族たちを一人でも多く集めます」

「頼むぞ、ホーッ宰相」

「……っ！　おまかせください！」

この私が宰相か……。

運が向いてきたじゃないか。

これで私を捨てた家族の鼻をあかせる……いや、私を捨てた家族などもう必要ない。

宰相となった私には、新しい妻と子供が必要だからな。

「(改易されて落ち込んでいる貴族たちは多い。彼らを集めるなど容易《たやす》いものよ。バウマイスター辺境伯、今に見ているがいい！)」

「ブレンメルタール侯爵？」

「ああ、なんでもない。ホーツ宰相の手腕に期待する」

急ぎ、一人でも多くの貴族たちを集めないとな。

他にも、過去に様々な理由で改易されてしまった元貴族たちも使えるはずだ。

このまま酒に溺《おぼ》れるよりも百倍マシだ。

我ら虐《しいた》げられし真の貴族たちの力で、必ずや爵位と名誉を取り戻してやる！

＊＊＊

「一人でも多くの元貴族を集めて、数の多さで陛下を押しきる？　そんなこと、できるわけがなかろうに！　そんなこともわからぬ愚か者だから、また私に利用されるのだ。お前たちには、私の復《ふく》讐《しゅう》のための養分になってもらうぞ！」

へえ、さすがは元内務卿。実に上手な嘘《うそ》で人を騙《だま》すじゃないか。困窮して視野が狭くなっている元貴族たちをさらに騙す！

清々《すがすが》しいまでに、自分さえよければいいと考えているクズで最高だね。

騙された元貴族たちが可哀想《かわいそう》？

改易されたあと、自分のしでかしたことを反省して新しい生活を始めている貴族たちだって沢山いるんだから、ブレンメルタール侯爵なんかの口車に乗る方が悪いんだよ。

そんな美味《おい》しい話があるわけがない現実に気がつかない自称貴族なんて、いても国を滅ぼすだけ。

綺麗《きれい》さっぱりいなくなればいいんだ。

暴力を使わず、自分たちの要求を為政者に認めさせる……という名目で彼らを集め、自分のパワーアップに使う。

ユウが彼の脳にインプットした知識が役に立ってなにより。

ただ、それで本当にバウマイスター辺境伯に通用するかどうかは、ブレンメルタール侯爵の能力次第だけどね。

「通用するわけがないのは、普段の冷静なブレンメルタール侯爵なら重々承知なはずなんだけど、それがわからなくなるほど彼の恨みと怒りが強い証拠だね」

今、ヘルムート王国の王都にいないバウマイスター辺境伯を討つため、ホーツ男爵たちを利用……使い潰すことも躊躇《ためら》わないのだから。

ブレンメルタール侯爵がこれからやろうとしていることはおおよそ想像がつくのだけど、彼がなにをやらかすのかは、それを直接目にするまでのお楽しみってことで。

貴重なデータも取れるしね。

＊＊＊

「ホーツ男爵、ヘルムート王国の連中に気がつかれないよう、よくこれだけの人数を集めてくれた。見事だ」

「かなり苦労しましたが、これも正しきヘルムート王国のためです」

「そうだな、これも正しいヘルムート王国のためだな」


この酔っぱらい、意外と役に立ったじゃないか。

今の王国に不満のある元貴族たちをこんなにも集めてくるなんて。

ただ、ホーツ男爵本人はヘルムート王国に気がつかれていないと思っているようだが、さすがに彼らもそこまで甘くはない。

これだけの元貴族たちが集まって王国軍に気がつかれないわけがなく、ましてや今は、あのクーデター騒動の直後なのだから。

なので、そろそろ警備隊がやってくるはずだが、私の用事はすぐに済むから問題はない。

ホーツ男爵たちも……少なくとも、警備隊の連中の手は煩《わずら》わせないから安心してくれ。

「(早く終わらせるとするか……)王国の藩屏たる貴族諸君！　よくぞ集まってくれた！　これだけの人数が集まれば、きっと事は成就するだろう！　そして我々は再び貴族として敬われ、その身分に相応《ふさわ》しい生活に戻れるはずだ」

私の嘘演説を静かに、目を輝かせながら聞き入る元貴族たち。

こいつらの大半は無能だから、少しプライドをくすぐってやればイチコロだな。

おっと、もう時間がない。

こいつらへのリップサービスはもう終わりだ。

「これだけの人数が集まれば陛下も無視できず、大きな力を発揮できるだろう。そして僭越《せんえつ》ながら、諸君のリーダーは再び私が務めさせてもらおう。これに異議がある者はいるかな？」

「ブレンメルタール侯爵、あなたがリーダーになることに反対する者は一人もいません」

いつの間にかナンバー2格に収まっていたホーツ男爵が、私がリーダーになることに反対する元貴族は一人もいないと断言した。

ホーツ男爵、私の右腕になれたと思ってさぞや気分がいいだろうな。

これからすぐに、絶望の淵《ふち》に叩《たた》き落としてやる予定だが。

「(ふんっ、だからお前らは駄目なんだ)」

貴族というものはそれぞれに独自の考えを持ち、独自に動いて当たり前の存在で、つまりこいつらは、ただ私の下で甘い汁を吸いたいだけの寄生虫にしかすぎない。

「(こんな連中なら、『吸収』しても問題あるまい。自分がない、そのくらいしか役に立たぬゴミどもだからな)」

私がお前たちの代表となり、まずは宣戦布告の狼煙《のろし》としてバウマイスター辺境伯を惨《むご》たらしく殺してやろう！

そのあと、陛下とヴァルド殿下も殺して、私がこの世界を支配するのだ！

「ブレンメルタール侯爵？　どうかなされましたか？」

「ホーツ男爵、お役目ご苦労。私の体の中で栄華と富貴を味わうがいい」

「えっ？」

もうお前の仕事は終わったということだよ。

あとは、私の養分になってもらおうか。

私とヘルター公爵を捕らえた謎の女には腹が立つが、体を強く、頑丈にしてくれたのと、私の恨みと怒りのエネルギーを魔力のように使えるようにしてくれたことには感謝しておくか。

さて、こいつらを食べやすいように、人間の体から改造された体に戻すとするか。

「ひぃ――――！　化け物ぉ――――！」

「化け物？　私のことか？　ああ、これも憎きバウマイスター辺境伯を殺すためだ。ただ、この体はまだ完璧ではないし、燃費も悪い。お前らを糧として、パワーアップする必要があるのだよ。ホーツ男爵、私のために養分を集めてくれて感謝するぞ。そのお礼に、まずは貴殿から……。あ――――ん」

「ぎゃ――――！」

体を口から順に巨大化させ、まずは前菜としてホーツ男爵を食べてみるが、実に美味ではないか。

そしてホーツ男爵を食べる前に比べると、私の体には劇的な変化があった。

ホーツ男爵が食べられてしまったのを見て、他の元貴族たちが悲鳴をあげ、泣き喚《わめ》いているが、これで貴族だったとは情けない。

だからお前たちは爵位を失ってしまったというのに……。

あまりにうるさいので、段々と腹が立ってきた。

早く食べてしまおうと、私は恨みと怒りをエネルギーとする細い光を一度に数十も放ち、彼らの足を貫いていく。

逃げられると追いかけるのが面倒なので、先に足を潰させてもらった。

「これでもう逃げられない。諦めて私の糧となれ！」

「助けてくれ――――！」

「ひぃ――――！」

最後まで泣き喚いてうるさかったが、美味なので文句は言うまい。

もう少しで、この王都郊外に集まった不逞《ふてい》の輩《やから》を捕らえるために警備隊が到着するはずだが、残念ながら間に合わなかったようだな。

一人残らず、全員食らってやったわ。

「ふう、ご馳走《ちそう》さま」

ホーツ男爵たちを一人残らず食べてしまったので、もうお腹いっぱいだ。

無事大幅にパワーアップし、あとはバウマイスター辺境伯を殺すのみ。

「バウマイスター辺境伯は、王国最南端の島にいるとか。今の私なら、ここから飛んで行ける！　必ず食らってやるから、残り少ない人生を楽しむのだな！」

数百名の元貴族たちを食い尽くして巨大化した私が力を込めると、体がさらに巨大化し、筋肉が盛り上がり、背中から大きな羽が生えてきた。

大幅に強化された足で飛び上がってから、バウマイスター辺境伯がいる南へと飛んでいく。

私はこれまで飛んだことなどないというのに、なぜか恐ろしい速度で飛べてしまうのが不思議だ。

「バウマイスター辺境伯も魔法で飛べるが、私だって負けておらぬ！」

魔導飛行船など比べ物にならない速度で飛行できるとは、なんて便利な体なのだ。

前方から次々と、リンガイア大陸の雄大な自然が迫ってきては後方に去っていく。

「これならさほど時間もかからず、バウマイスター辺境伯がいる、はるか南方の島に辿《たど》り着ける。その前に……」

速度は十分だが、問題は攻撃力だ。

ホーツ男爵たちを難なく食らってやったが、あいつらは弱かったから、今の私の強さがよくわからん！

そこで一旦《いったん》速度を落とし、目についた小山に向けて先ほど使った光を放ってみた。

私が全力で放った光は標的とした小山を光の奔流で包み込み、それが晴れると小山は完全に消滅していた。

「威力はなかなかだが、恨みと怒りをエネルギー源とした光しか放てないのが難点だな」

バウマイスター辺境伯の魔法のようにはいかないのが残念なのと、どうも全力で光を放つと、バウマイスター辺境伯のことなどどうでもよく……。

「ええい！　しっかりするんだ！　私のすべてを奪ったバウマイスター辺境伯がどうでもいいわけがなかろう！　必ず惨たらしく殺してやるぞぉ――――！」

どうやら光を放つと一緒に負の感情も体外に放出してしまい、バウマイスター辺境伯に対する恨みと怒りが薄くなってしまうようだ。

「恨みと怒りが薄まると、私は弱くなるような……。これは気をつけなければ」

とはいえ、それがわかっていたら対策は簡単だ。

「バウマイスター辺境伯ぅ————！　この恨み、晴らさでおくべきかぁ————！」

常にバウマイスター辺境伯を恨み続ければ、私は最強でいられる。

バウマイスター辺境伯を殺したら、次は私を陥れた大貴族たち、ヴァルド殿下、陛下、そしてヘルムート王国そのものと、恨みの対象を変えていけばいいのだから。

そして、それらの怒りと恨みが消え去る頃には、私はすべてを手に入れているはずだ。

「私が望む素晴らしい世界の第一歩として、バウマイスター辺境伯、お前を最初に血祭りにあげてやる！　逃げずに待っているんだな！」

感じるぞ！

バウマイスター辺境伯への怒りを募らせれば募らせるほど、奴の居場所を強く感じることができる！

「そこから動くなよ！」

新しく生まれ変わった私の圧倒的な力を目の当たりにし、絶望するお前もその家族もすべて食らってやる！

そしてバウマイスター辺境伯、お前がいなくなった世界は、私を大いに祝福してくれるはずなのだから。

＊＊＊

「いやあ、育児って素晴らしいなぁ」


って、心から思う。

アキツシマ島《トウ》の別邸にある広大な庭で、フリードリヒたちがヨチヨチ歩きながら楽しそうに遊んでいる光景を見ていると、特にそう思う。

「ねーね」

「おう、ねーねはここにおるぞ」

いまだ親族たちとのトラブルが解決していないエリーだが、保育士さんスタイルで子供たちの面倒をよく見てくれた。

新しいゾヌタータ王国では、古《いにしえ》の魔王たちのように子育てを乳母や使用人任せにせず、魔王自らやるらしく、そのための練習だと言っているが、エリーは子供たちにとても好かれている。

本人も、フリードリヒたちに『ねーね』と呼ばれるのが嬉しいようで、一緒に砂場で砂山を作って遊んでいた。

「ぬぬぬっ……これ以上砂を取ると……」

「フジコちゃんの番だよ」

そんなエリーに触発されてか、藤子《フジコ》とルルもフリードリヒたちとよく遊んでくれているけど、まだ小さいのでどちらかというと自分たちの方が楽しんでいた。

俺が棒倒しを教えると、二人でずっとそれで遊んでいる。

棒倒しで勝つには微妙な駆け引きも必要なのだけど、どうやらその手の才能はアキツシマ島の名門伊達《ダテ》家のご令嬢である藤子よりも、ルルの方があるらしい。

棒倒しでの勝負では、ルルの方が多く勝利していた。

「ふじこ、よわい」

「違うぞ、エルザ。これは、俺がルルに勝ちを譲っているんだ」

母親であるルイーゼに似て鋭いツッコミを入れるエルザに対し、少し動揺しながらそう語る藤子。

だが、母親に似てとても鋭い我が娘に、信じてもらえたのかは謎であった。

「そうなの？」

「……そうだよ」

それでも藤子は、エルザに対し強くそう言い張っていたけど。

年が近い藤子とルルは普段から行動を共にすることが多く、その時は藤子の方がお姉さんを気取るのだけど、どう見てもルルの方がしっかりしているのは、みんなの知るところ。

ルルも含めて、それを口にしないのが大人の対応だったりする。

「マーガレット、子供たちの写真は撮れているかな？」

「はい、とても可愛《かわい》く撮れていますよ」

専属の撮影係に任じているマーガレットだが、ゾヌターク共和国製の魔導カメラの扱いにすっかり慣れてきたようでよかった。

「フリードリヒたちの成長の記録を、事細かに記録しておきたいからな」

「フィルム代がとんでもないことになっている気がします」

マーガレットからしたら、毎日のように多額のフィルム代を使って子供たちを撮影させる俺が、まさに大貴族に見えるのだろう。

だけど、魔族の国のカメラのフィルムってかなり安いんだよなぁ。

現像も、ゾヌターク共和国の写真店に頼むと安く、しかも早い。

俺は『瞬間移動』で行けるから、最近はよく利用していた。

そもそも、人間が作る魔導カメラは手で持って撮影できない……導師ならできるだろうけど、もはやそれは撮影ではなくて鍛練の類《たぐい》になってしまうからなぁ。

フィルムの代金も、今はなき魔道具ギルド製だと恐ろしく高価で、マーガレットはそちらの基準で俺が子供たちの撮影にお金を使っていると思っているのだろう。

「そこまで高価じゃないんだけどなぁ……」

俺がマーガレットに、魔族が作った魔導カメラの代金とフィルム代、現像代を教えてあげると、それなら安心……とは思わなかったようだ。

「ええっ――――！　高いですよぉ！」

「それは、俺が山ほど写真を撮らせているからだよ」

「それにしても高いですよ」

日々成長するフリードリヒたちの詳細な記録のためなら、そのくらいの出費なんて大したことではないのだから。

しかしながら、ビンス村との物価や所得水準の違いからか、マーガレットは撮影にかかる費用をとてつもなく高額だと思っていた。

「うちの村で写真を撮ったことがあるのは、四代前の村長さんだけなんです。今も村長さんの家で大切に飾ってありますから。なんでも、同じく四代前の代官様に大層褒められたお礼だそうで」

外部の人間がほとんど訪れない村では、写真撮影も人生の一大事なのか。

確かに魔道具ギルド製の魔導カメラで撮影すると、円にして一枚数十万〜百万円くらいかかるかなぁ。

「こっちの新型は、写真一枚に換算したら大した金額じゃないのさ。そうだ、マーガレットが元気で働いている証拠として写真を撮ってあげよう。故郷のご両親にその写真を送ってあげるといい。ご両親も安心するだろうから」

「よろしいのですか？」

「二、三枚撮ったところで大した金額じゃないから、遠慮しなくていいよ」

うちの写真代が高額になるのは、毎日マーガレットにこれでもかと撮らせているからだし。

ついでとばかりに、エリーゼたちの写真も撮影しているけど、このくらいの経費が出せないのなら、苦労して大貴族なんてやってないさ。

逃げ出して冒険者でもやっている方がいい。

「さあ、俺が撮影してあげよう」

元現代日本人である俺からすると、魔族のカメラは非常に扱いやすかった。

マーガレット並みに扱えるので、メイド服姿の彼女を撮影してあげることにした。

「いくよ」

「はい！」

「そんなに緊張しないで笑って。家族が心配するから」

上手く撮影できたと思うけど、念のためもう一枚。

なお、『はいチーズ』とは言わなかった。

この世界の人間からしたら意味不明だろうから。

「現像したら、ビンス村に送っておくから」

「お館《やかた》様、ありがとうございます」

「この前、マーガレットのお祖父《じい》さんから昔の師匠のお話をしてもらったお礼だから気にしないで」

あの魔晶石がなければ、俺は異次元で迷子になっていたのだから、このくらい安いものさ。

「みんな、安心すると思います」

その後、ゾヌターク共和国の写真店で現像された写真だが、笑顔のマーガレットがよく撮れていた。

この写真を見れば、きっとビンス村のご家族も安心してくれるだろう。

可愛い娘が外で働いているとご両親や祖父母も心配だろうし、これもバウマイスター辺境伯家独自の福利厚生ってわけだ。

俺はブラック労働を嫌う、新しい時代の貴族なのだから。

＊＊＊

「お義父《とう》さん、バウマイスター辺境伯様のところに働きに出ているマーガレットの写真が送られてきましたよ！」

「なんと！　写真なんて高価なもの、この村では四代前の村長さんしか撮ったことないってのに！　大変に名誉なことだ。すぐに飾らないと」

「写真を撮ってもらえるなんて、マーガレットはバウマイスター辺境伯様に大層気に入られたんですね」

「よかったな、フィーア。ワシとお前の孫娘はバウマイスター辺境伯様の側室に選ばれたぞ」

「大変名誉なことだ。マーガレットが村近くの川に流れ着いたバウマイスター辺境伯様の看病をしっかりやっていたから、気に入ってもらえたのだろう。さすがは俺の娘だ」

「あなた、次は花嫁衣装の写真を送ってくるのかしら？　楽しみね」

「楽しみだなぁ、孫はいつ生まれるのかな？　親父《おやじ》が生きている間だといいけど」

「ワシも婆《ばあ》さんも頑張って長生きしないとなぁ」


縁とはこういうことを差すのだろう。

あの時、まだ少年だったアルフレッド殿から魔晶石を預かってよかった。

彼の一番弟子とワシの孫娘が結婚するきっかけとなったのだから。

アルフレッド殿への感謝も込めて、今は亡き彼に野イチゴの果実酒をお供えしておこう。

第七話　だから俺は育休中なんだよ！　なんでバトルなんだ？

「ヴェンデリン！」

「なんなんだ？　この禍々《まがまが》しい気配は……」

「あなた、でも不思議です。魔力はいっさい感じないのに、殺気というか禍々しいものが接近してくるのがわかるのですから」

「まったく、オットーはもういなくなったっていうのに……」

「来ます！」


今日も別邸の庭で、家族水入らずの時間を過ごしていると、不意に恐ろしい殺気が接近してくるのを感じた。

魔王としての成長著しいエリーのみならず、エリーゼもほぼ同時にこの禍々しい気配の接近に気がついていた。

聖魔法の使い手として厄介なアンデッドの浄化をしているから、人間の負の感情に敏感なんだと思う。

だが困ったことがあって、それはここには子供たちもいるってことだ。

「……藤子《フジコ》、ルル！　大切な仕事だ！　やってくれるよな？」

「おっ、おう」

「任せてください」

「フリードリヒたちを連れてここから離れてくれ！　これは重要な仕事だ」

「逃げるのは性に合わないが、フリードリヒたちの安全のためだ。ここから退避しよう」

「ヴェンデリン様、安心して全力で戦ってください」

俺の真剣な表情に気がついてくれたからか、藤子とルルはすぐにフリードリヒたちを庭の端に置かれたベビーカーに乗せ、二人で持ち上げてその場から飛び去った。

幼くても、さすがは魔法使い。

近くの政庁にいる涼子《リョウコ》、雪《ユキ》、唯《ユイ》と合流するはずなので、あの三人なら上手《うま》く対処してくれるはずだ。

「マーガレットも、政庁に逃げ込んでくれ」

「はい！」

彼女はまったく戦力にならないので、この場から避難してもらう。

下手に残りますなんて言われたら困ってしまったけど、俺の意図を理解して急ぎ逃げてくれたので助かった。

涼子たちと合流して、フリードリヒたちの面倒を見てくれるはずだ。

「なんだ？　この頭が痛くなりそうな殺気の塊は？」

「わかりやすい悪ですね」

続けて、今日はたまたま夫婦揃《そろ》って仕事をしていたエルとハルカが、ここに接近してくる禍々しい気配に気がつき、庭に飛び出してきた。

「もの凄《すご》く大きくて、猛スピードで接近してくるから、ドラゴンかな？　でもなんか違うよね」

ルイーゼが接近するものの正体に首を傾《かし》げていると、上空からまさしくその実体がとてつもない速度で落下……いや着地してきた。

その衝撃で、子供たちが遊びやすいように整備された庭が吹き飛ばされ、土砂や樹木、砂場の砂が俺たちめがけて降りかかろうとしたため、急ぎ『魔法障壁』を展開して防ぐ。

土煙がまだ完全に晴れないなか、目を凝らして庭を破壊したものの正体を確認すると、落下により庭にできた巨大なクレーターの真ん中に、この世のものとは思えないほど不気味で巨大な化け物が俺を睨《にら》みつけていた。

肌は土気色だが、アンデッドの類《たぐい》ではない。

だがあんな魔物はこれまで見たことがなく、前世で遊んだことがある某ゾンビゲームのラスボスに感じがよく似ている。

まさに、この世のものとは思えない巨大な人型の化け物といった感じだ。

「あんなに睨んで、あの化け物、俺に恨みでもあるのか？」

「ヴェル、あの化け物の顔って、ブレンメルタール侯爵じゃないかしら？」

「そう言われると確かに……顔はよく似てるな」

全高十メートルほどだろうか？

二足歩行ではあるが異形の化け物の顔は、先日発生したクーデターの首謀者にして、いまだヘルター元公爵と共に行方不明のブレンメルタール侯爵によく似ていた。

「（魔物にでもなったのか？　でも、人間が魔物になるだなんて話、少なくとも俺は聞いたことないぞ。行方不明の間になにかあったのか？）」

この世界で人間が魔物化したなんて話は聞いたこともなく、俺たちはブレンメルタール侯爵に似た化け物を、ただ見上げることしかできなかった。

「ヴェル、たまたま似てるだけかもよ」

「バウマイスター辺境伯ぅ――――！　惨《むご》たらしく殺してやるぞぉ――――！」

「ルイーゼの推測は外れたみたいだな」

化け物が叫ぶのと同時に、それを爆心地として無差別の衝撃波が放たれた。

俺たちは急ぎ『魔法障壁』を張ってそれを防ぐが、改築したばかりの別邸の壁や窓が派手に壊れてしまった。

「フリードリヒたちを別邸の中に避難させなくてよかった……。おい！　化け物！　壊した別邸の修理費は弁償しろよな！」

「ヴェル、そんな要求、あいつは聞いてくれそうにないぞ」

「なら、容赦なくぶちのめす！」

どう見ても話し合いは通用しそうにないし、向こうは俺を殺すと言っているんだ。

遠慮なんて無用だと思い、即座に強力な火柱で包み込んだ。

化け物は、別邸の庭に植わっている樹木も巻き込んで盛大に燃え上がる。

「見てくれだけか。すぐに燃え尽きそうだな」

「バウマイスター辺境伯ぅ――――！　殺すぅ――――！」

「ヴェル！　あいつ！」

燃え尽きて崩れ落ちる寸前の負け惜しみ、断末魔の声だと思っていたら、俺への恨みつらみを口にした途端、なんと化け物は元どおり回復してしまった。

「そっ、そんなバカな！」

化け物は今にも燃え尽きそうだったのに、どうして回復してしまったんだ？

魔力の流れも感じないので、回復魔法が発動したとは到底思えない。

「ヴェル、こういう時は回復する間《ま》を与えず、一斉に攻撃をすればいいのよ！」

「イーナ、ナイスアイデア！」

今度は強烈な冷気魔法で一気に凍らせると、畳かけるようにイーナが魔力で身体機能を強化してから飛び上がり、火魔法を纏《まと》わせた槍《やり》で頭部を粉砕した。

「まだまだ！」

続けてルイーゼが、魔力を纏わせた拳《こぶし》で凍った化け物の胴体に一撃を入れてヒビだらけにし、ヴィルマが斧《おの》で右腕を斬り落とすと、地面に落下した右腕は粉々に砕けて消滅してしまう。

「なにも残さなければいいのです！」

カタリーナも『ウィンドカッター』で左腕を斬り落とし、リサが氷の刃《やいば》で右足を、テレーゼもタイミングを合わせて『岩刃』で左足を斬り落とす。

「トドメだぜぇ――――！」

最後にカチヤが、双剣で地面に落下する化け物の胴体を斬り裂き、放出魔法が使える魔法使い全員が一斉に火魔法を放って、化け物の細胞一つ残さずこの世から消滅させるつもりでトドメを刺した。

「これだけやれば大丈夫だろう」

「だよねぇ。それにしてもヴェルは、その格好でも容赦ないね」

「着替える暇がなかったからなぁ」

保育士さんスタイルで化け物を魔法で消滅させる俺って、冷静に第三者視点で見たら怖いかも。

ここには部外者はいないから、別に構わないけど。

俺とルイーゼが軽口を叩《たた》きながら安堵《あんど》していると、後ろから服の袖を引っ張られた。

振り向くと、エリーゼが厳しい表情を崩していない。

慌てて化け物の方を向くと……。

「バウマイスター辺境伯ぅ――――！　この程度で私の恨みが消えると思うなよぉ――――！」

「マジで？」

「あなた、やはりこのブレンメルタール侯爵と思われる異形の存在からは魔力をいっさい感じません」

「『探知』できない魔力なのか？　そんなわけないよな」

じゃあ、どうしてあの化け物は完全に消滅させたのに復活しつつあるのか。

魔力とは別のエネルギーで生き続けているのは確かなんだけど……。

「あなたに対する怒り、憎しみ、妬《ねた》み、そんな負の感情があまりにも強いため、消滅させてもすぐに復活してしまうのだと思います。こんなこと、普通ではあり得ないのですが……」

エリーゼの言うとおり、こんなことはまずあり得ない。

だが以前、クルトが俺への憎しみを募らせて恐ろしい力を得たことがある。

それと似たような状態なのかもしれない。

「むむっ、やはりまだ倒しきれてなかったか」

そういえばエリーの姿が見えなくなったなと思ったら、覚えた『瞬間移動』で導師とブランタークさんを連れてきてくれたのか。

戦力アップはありがたいし、会得した『瞬間移動』を用いた見事なフォローだと思う。

「ブレンメルタール侯爵……ううむ、憎しみはここまで人間を歪《ゆが》ませるのであるか。某《それがし》も気をつけるのである！」

「あの化け物がブレンメルタールだってのか？　確かに顔がそっくりだな。嫌だねぇ、負け犬の諦めの悪さってのはさぁ」

「アームストロング導師ぃ――――！　ブランタークぅ――――！　お前たちも殺すぅ――――！」

「おかしいのである！　某ほど品行方正に生きている人間はおらず、反乱者に恨まれる筋合いはないのである！」

「だよなぁ、俺もだぜ。嫌だねぇ、逆恨みは」

ブレンメルタール侯爵を煽《あお》っているのか、本気でそう思っているのか？

導師とブランタークさんが、自分たちはブレンメルタール侯爵から恨まれる筋合いはないなんて言うものだから、怒りのあまりか化け物の体が一回り大きくなってしまった。

「二人とも、煽らないでくださいよ」

「だがな、辺境伯様。これでわかっただろう？」

「再会してみたら化け物になっていたブレンメルタール侯爵であるが、魔力ではなく、バウマイスター辺境伯に対する怒り、恨み、妬みをエネルギー源としているのである！」

「出世が早い男は妬まれるねぇ」

「あの……導師もブランタークさんも恨まれてますけど……」

「かもしれないが、辺境伯様ほどじゃないさ。そしてこんな推測が立つ。なぜか化け物と化したブレンメルタール侯爵のエネルギー源が辺境伯様に対する怒りだってなると、それが消えない限り、この化け物は何度消滅させても復活してしまうってことだ」

「厄介なんてものではないのである！」

「俺も今日は休みで、娘と遊んでいたのになぁ……。魔王様が辺境伯様を助けてくれって頼むから、こうして出張ってきたわけよ」

「いたいけな少女の願いは断れないのである！」

「エリー、助かったよ」

「余とヴェンデリンとの仲ではないか。気にするな。とはいえ、あの無限の回復力を誇る化け物に対し、余たちはまだ不利であろう」

「俺もそう思う」

さて、どうやって俺への尽きぬ恨みをエネルギー源とする化け物を倒せばいいのか。

まだその答えは見つかっておらず、突如現れたこのブレンメルタール侯爵のせいで、せっかくの育休が台無しとなってしまった。

こいつを倒せば、ローデリヒは育休を増やして……くれないだろうなぁ……。

「煉獄《れんごく》の炎で地獄に落ちるがいい！　『断罪の黒炎』！」

「こうなったら何度も燃やし尽くすしかねぇ！　俺は火魔法がそれほど得意ってわけじゃないんだが……」

「某の『バースト・グレート・ライジング』を食らうのである！」

「ヴェル、どうだ？」

「……駄目だ。何度完全に消滅させてもすぐに復活してしまう」

エリーが『瞬間移動』で導師とブランタークさんを連れてきてくれたので火力が大幅に増したが、何度完全に焼き尽くしても、化け物はすぐに復活してしまう。

物理的に完全に消滅させても、俺への怒りをエネルギー源として復活してしまう化け物をどうやって倒すのか？

こちらが先手先手を打っているので俺たちは攻撃されてはいないけど、このままだと魔力が尽きてジリ貧になってしまう。

「どうして城から逃げ出したブレンメルタール侯爵が、こんな化け物になっているんだ？」

「もしや、某たちが知らぬ魔族が手を貸しているのであるか？」

「導師よ、いくら魔族の技術が人間のそれよりも進んでいるとはいえ、実体のない怒りで生物の肉体を回復させることはできぬぞ」

「となりますと、なにやら謎の技術……古代魔法文明時代の技術であるか？」

「その可能性が高いと思います。問題はクーデターに失敗した挙句、足手まといのヘルター元公爵を連れて逃げ出したブレンメルタール侯爵が、どうやって謎の技術で化け物になれたかですが……」

エリーの代わりに俺が、ブレンメルタール侯爵が化け物と化した謎について推測を試みる。

「もしや王城を抜け出して人気《ひとけ》のないところを逃げているうちに、まだ誰も発見していない地下遺跡に辿《たど》り着き、そこであんな風になってしまったとか？」

「自力でであるか？　ブレンメルタール侯爵は魔導技術の専門家ではないのである！」

「実はまだ捕まっていない魔道具ギルドの誰かが、逃げ込んできたブレンメルタール侯爵を化け物に改造したとか？」

「魔道具ギルドにそんな技術力があるのかなぁ？」

俺と導師とブランタークさんでそんな話をしている間も、攻撃魔法が使える俺の妻たちは次々と火魔法を放ってブレンメルタール侯爵を焼き払っていくが、やはりすぐに復活してしまう。

「バウマイスター辺境伯ぅ――――！」

「ええい、しつこい！」

「人気者であるな」

「嬉《うれ》しくない人気ですけどね！」

だって向こうは、俺を殺そうとしているのだから。

それにしても、人間の執念とは恐ろしいものである。

「で、キリがないみたいだがどうする？」

「困りましたねぇ」

俺たちが魔法の連続行使でブレンメルタール侯爵を焼き払い続けているのは、フリードリヒたちの安全のためだ。

今頃はきっと、涼子たちと一緒に政庁から逃げ出しているはず。

また、ここはアキツシマ島《トウ》の中心大津《オオツ》だ。

この化け物が大津の町を荒らすのを防ぎたいのと、住民たちが避難する時間を稼がなければならない。

「魔法で完全に焼き払っても復活するなんてな。どうしたものか……」

「は――――はっはっ！　お前はこのまま死ぬのだ！」

なにもそこまで俺を憎まなくていいと思うけど、あのブレンメルタール侯爵だから仕方がないか。

「で、ヴェンデリンよ。どうする？」

「逃げるの無理だろうな」

「どうしてそう思うのだ？」

「俺が逃げてもあの化け物の怒りが増すだけで、さらに奴が強くなって追いつかれてしまうからだ」

奴のエネルギー源は俺への怒りだから、それを増幅させる行為はなるべく避ける……無理だけど。

化け物がこの別邸の庭の外に出て、大津の町を破壊するのだけは勘弁してほしいので、どうにかここでカタをつけなければ。

俺たちが懸命にブレンメルタール侯爵を焼き払っているのは、そのためなのだから、
しかしながら、足止めでブレンメルタール侯爵を焼き払えば焼き払うほど、彼の怒りの感情はますます強くなってしまう。

なにか根本的な対策が必要なのは確かだった。

「エリー、なにかいい策はないかな？」

「ううむ、ここは容赦なく焼き払い続けるしかないのでは？　もっと火力を上げれば、完全に焼き払えるかもしれぬ」

「どうかなぁ？」

もしかしたら、ブレンメルタール侯爵の怒りのエネルギーごと完全に焼き払える威力の火魔法というものが存在するかもしれないが、逆にただ無駄に魔力を使ってしまい、さらにジリ貧になるかもしれない。

正直、かなり悩む。

「ええと、エルはどう思う？」

「いやあ、俺とハルカさんも何度かあいつを斬り刻んでるけど、ぶっちゃけ意味ないだろう」

「剣や刀で斬り刻んだくらいではすぐに復活してしまうので、疲労困憊《こんぱい》した私たちが結局倒されてしまいますから」

「ボクも同じだよ。あいつ、全然戦えないけど回復力は無限だから、最後には勝っちゃうパターンだよ」

ハルカもルイーゼも、自分たちの攻撃では化け物になったブレンメルタール侯爵には歯が立たないと言いきった。

「あたいも同じだ。かといって魔法で完全に焼き払っても復活してしまうからな。これは困ったぜ」

カチヤも、いい作戦が思いつかないようだ。

「(どうしたものか……)」

「ひゃひゃひゃ、いい気味だな！　諦めて私に皆殺しにされるんだな！」

「嫌だね！」

どうせ性格が悪いあいつのことだから、ここにいる俺たちだけを殺し、フリードリヒたちは助けるなんて情けをかけるわけがない。

「陰険なお前の考えていることなんてすべてお見通しだ！　ここに至っては、俺たちとお前、どちらかしか生き残れない。違うか？」

「よくわかっているじゃないか。さあ、どんどん魔法で攻撃してきたまえ。まあ無駄だと思うが」

「化け物のくせに、ムカつく奴だな」

「なんとでも言うがいいさ。私はこの世界で最強の生き物になったのだから。もう私をどうこうできる者など存在しない！」

「お前をそんな化け物にした奴でもか？」

「……っ！　うるさい！」

俺はただ質問しただけなんだが、突然これまで一度も攻撃してこなかったブレンメルタール侯爵が光線を放ってきた。

どうやら図星だったようだな。

それにしても、無属性の魔法に似ているが、魔力をまったく感じないな。

怒りで光線を放てるって、どういう仕組みなんだろう？

「ヴェル？」

「一つだけわかったのは、ブレンメルタール侯爵をあんな風に改造した奴がいるってことだな。そしてブレンメルタール侯爵は、その人物を嫌っている」

「まあ、あんな化け物に改造されて嬉しい奴もいないだろうしな。俺なら絶対に嫌だぜ。ハルカのウケも悪そうだし」

「うるさぁ――――い！」

エルの指摘によほど腹を立てたようで、ブレンメルタール侯爵は先ほどよりも高威力の光線を連射してきた。

「怒ると威力が増すのは相変わらずか……」

光線を『魔法障壁』で防いだら、かなり魔力を持っていかれた。

これではますますジリ貧だな。

「（あの、あなた……）」

「（エリーゼ、なにか思いついたのか？）」

回復役としてあえて残ったエリーゼは一番後ろにいたのだが、いつの間にか俺の横に移動してきてそっと声をかけてきた。

「（もしかしたら、ブレンメルタール侯爵を倒せるかもしれません）」

「（なにか思いついたのか？）」

「（ええ。怒り、妬み、恨みなど負のエネルギーが増せば増すほど、ブレンメルタール侯爵が強くなるとしたら、逆にそれがなくなれば、彼は力を落とすはずです）」

その理屈は正しいと思うけど、問題はどうやってブレンメルタール侯爵の負の感情を減らせるかだ。

彼をご機嫌にする必要があるのだが、戦っている最中に可能なのか？

「（どうやって、ブレンメルタール侯爵を喜ばせるかだな）」

「（それでしたら、手があります。こうすれば……）」

「（ああっ！　その手があったな！）」

エリーゼが教えてくれた作戦なら、ブレンメルタール侯爵を出し抜けるかもしれない。

どうせ他に策はないので、魔力が尽きる前にその作戦を採用させていただこうか。

「ブレンメルタール元侯爵、俺と一対一で勝負だ！」

「なにを企《たくら》んでいるのか知らないが、最強の存在になった私に一人で勝てると思っているのか？」

「随分と自信があるんだな、ブレンメルタール『元』侯爵さんよ。その鼻っ柱をへし折ってやる」

「生意気な若造が！　グチャグチャにして食らってやるぞ！」

とっくに王国から改易されているブレンメルタール侯爵だが、本人は決してそれを認めていない。

だから元侯爵と煽ると、激高して俺に襲いかかってきた。

「バウマイスター辺境伯、小さくて弱いなぁ」

「無駄に大きくなりすぎたお前よりはマシさ」

「抜かせぇ――――！」

挑発の成果もあり、ブレンメルタール侯爵は俺を殺そうと自ら攻撃を仕掛けてくる。

怒らせているせいでパワーアップしており、巨大化した彼の拳と蹴りを食らうと、展開した『魔法障壁』越しでも体にジンジンとくる。

「どうだ？　私の攻撃力は」

「攻撃力だけだな」

ただし、文官だったブレンメルタール侯爵に武芸の経験はほぼない。

その巨体から繰り出す攻撃の威力は大きいが、動きは決して褒められたものではなかった。

「へっぴり腰だなぁ。王国の藩屏《はんぺい》を気取ってるくせに」

「殺す！」

「(今だ！)」

ブレンメルタール侯爵が完全に怒りで我を忘れ、がむしゃらに連続攻撃を仕掛けてきた。

その攻撃はとてつもない速さで、威力も、怒りのせいでさらに強くなっている。

そのせいで、俺は徐々に攻撃を食らうようになってきた。

『魔法障壁』では防ぎきれないダメージで頭を切ったようで、頬《ほお》に血が伝ってきた。

「うっ！」

次に、ボキボキという嫌な音と共に右腕の骨が折れた。

段々と攻撃を回避できなくなり、体のあちこちに青アザと傷が増えていく。

「私をバカにしていたくせに、随分と苦戦しておるではないか」

「……」

「その苦しそうな表情。ついに減らず口を叩く余裕もなくなったか。そろそろ終わりにするか？」

「……クソッ！」

「死ねぇ――――！」

最後の連続攻撃がきた。

ブレンメルタール侯爵はさらに攻撃を速め、俺はまったくそれを防げなかった。

どうにか『魔法障壁』は維持しているが、体へのダメージはさらに蓄積していく。

「これで終わりだ！」

トドメとばかりに、俺の鳩尾《みぞおち》に強烈な一撃が入る。

俺は血が混じった胃液を吐きながら、その場に倒れ伏した。

「あなた！」

エリーゼが悲鳴をあげるが、もう俺は……。

「やったぞ！　ついに、あの憎《に》っくきバウマイスター辺境伯を瀕死《ひんし》に追い込んだぞ！　あとはトドメを刺すだけだが……」

倒れ伏した俺を見下ろしながら、ブレンメルタール侯爵は、その意識をエリーゼたちに向ける。

「待てよ。すでに瀕死で動けないバウマイスター辺境伯が見ている前で、先にこいつら全員を殺して食らい、最後に絶望するバウマイスター辺境伯を殺した方が楽しいかな？」

「悪趣味にもほどがあるよ！　それでよく侯爵だったね！」

「あ――――はっはっ！　負け犬どもの遠吠《とおぼ》えが耳に心地よいわ。ようやく、憎っくきバウマイスター辺境伯を殺すことができるぞ」

イーナに批判されても、ブレンメルタール侯爵はその喜びが衰えることはなかった。

「そんなに嬉しいですか？」

エリーゼが、ブレンメルタール侯爵に問うた。

「決まっておるではないか」

「これまで生きてきた中で、どんなことよりもですか？」

「決まっておろう。まるで心に羽が生えたような気分さ」

「それはよかったですね、あなた」

「おう！　そうか嬉しいか。嬉しすぎて、弱っちくなってしまうほどにか」

「えっ？」

大ダメージを受けたとて、俺はまだ死んでいないし、魔力も残っている。

俺は体の痛みに耐えてブレンメルタール侯爵と距離を置き、最大出力の火炎で彼を包み込んだ。

「オマケですわ！」

「派手に燃えるがいい！」

「火魔法も練習して威力を上げておいてよかったです」

「魔王の『漆黒の炎』で、今度こそ焼き尽くされるがいい！」

タイミングを見計らって、カタリーナ、テレーゼ、リサの火魔法も加わり、ブレンメルタール侯爵を包み込む炎の柱がさらに大きくなり、それにエリーによる魔王しか放てないと聞く超高温の『漆黒の炎』も混じり、化け物の体を灰にしていく。

「トドメだ！」

「必殺のぉ―――――！　『バースト・グレート・ライジング』である！」

最後にブランタークさんと導師も火魔法を使い、すでにブレンメルタール侯爵の手足は焼け落ちてしまった。

「また無駄なことを……どうせすぐに回復……しない！　なぜだぁ――――！」

ブレンメルタール侯爵はまたすぐに回復すると思ったようで余裕の表情を浮かべていたが、今回はそうではないと知って急に焦り始めた。

「ブレンメルタール侯爵。それはボロボロになったヴェンデリン様を見て、あなたが怒りを忘れて喜んでいたからです。そしてそのタイミング……あなたが一番弱体化した瞬間、実はまだ戦えるヴェンデリン様が最適のタイミングで火魔法を放った。怒りはあなたの重要な唯一のエネルギー源です。それがなければ……」

エリーゼは、化け物と化したブレンメルタール侯爵が怒りをエネルギー源とした最強の存在だと知り、同時にこうも考えた。

「つまり、怒りがないあなたは大した力を持っていないはず。だからヴェンデリン様にわざと苦戦してもらったのです」

ブレンメルタール侯爵は、自分の攻撃を次々と食らって負傷していく俺を見て怒りを忘れてしまった。

そして最弱となった瞬間、その隙《すき》を突いて実はまだ戦える俺が最大火力の火魔法で攻撃。

これにみんなも続き、最弱の状態で限界を超えるダメージを受けたブレンメルタール侯爵はもはや怒りで肉体を回復できず、あとは燃え尽きるのみとなった。

「今度こそ、覚悟を決めるんだな」

「ちくしょうぉ――――！」

「もう怒っても、肉体が回復しないのである！」

手足が完全に燃え落ち、胴体だけで宙に浮いているブレンメルタール侯爵であったが、その胴体も焼け落ちて徐々に小さくなっていく。

「あとは、完全に燃え尽きるのを待つだけだね」

「こんなバカな話があって堪《たま》るかぁ――――！」

「ブレンメルタール侯爵、最期は大貴族らしく潔くな」

「ふざけるなぁ――――！　私は絶対に死なんぞぉ――――！」

さすがにもう死んだだろうと全員が油断した瞬間、なんとブレンメルタール侯爵は燃え尽きる寸前の胴体を切り離し、頭部だけで別邸の庭から飛び去ってしまった。

とてつもない高速のせいか頭を焼いていた炎も消えてしまい、黒焦げの頭部だけが大津の南に向かって飛び去ってしまう。

「しまった！　追いかけないと」

「バウマイスター辺境伯、もう某は魔力切れである！」

「俺ももう魔力がねえ。ちくしょう！　最後の最後で油断した！」

「ボクが追いかけようか？」

「いや、もし奴がなにかとんでもない攻撃をしてきたらルイーゼ一人だと危ない。すでに怒りで回復できないほどの致命傷を負っているはずだから、明日から奴を捜索することにする」

最後の最後でブレンメルタール侯爵にトドメを刺せずに詰めが甘かったが、あの状態で元に戻れ

ると は思えない。
明日の捜索は、ブレンメルタール侯爵の頭部の残骸を見つける作業になるはずだ。

＊＊＊

「クソォ――――！　バウマイスター辺境伯めぇ――――！」


あと一歩だったのにぃ――――！

負傷したフリをして、私の隙を突くとは卑怯《ひきょう》な！

それよりも、どうして私の体は回復しないのだ？

バウマイスター辺境伯への憎しみと怒りがあれば、すぐに回復するのではないのか？

どうして私の体は徐々に崩れ落ちているのだ？

「あの女ぁ――――！」

私の体は最強になったと言っていたのに嘘《うそ》をつきおって！

「とにかく、私の体の崩壊を止めないと」

すでに頭部だけとなり、表皮どころか内部まで焼け焦げている私の頭部は、バウマイスター辺境伯たちから逃げるために飛んでいるだけでボロボロと崩れ落ちてしまう。

だが高速で飛ばなければ奴らに捕捉され、トドメを刺されてしまうだろう。

決して追いつかれてはならないが、速く飛べば飛ぶほど私の頭部は崩壊を早めて最悪な状態だった。

「怒りで回復もできない今、このままでは私はすぐに死んでしまう。どうすれば……。ひとまずどこかに隠れるか？」

とはいえ、私はバウマイスター辺境伯の縄張りであるアキツシマ島の地理に詳しくはない。

そう簡単に隠れる場所は……。

高速で飛行しながら見える眼下に流れていくアキツシマ島の地形だが、田畑とまばらな家屋しか見えない。

残念ながら、隠れる場所はないようだ。

「どこかに隠れる場所は……」

「お――――い！」

「っ！」

私は高速で飛んでいるのに、その耳にハッキリと若い女性の声が聞こえてきた。

思わず一旦《いったん》停止して周囲を確認するが、当然飛んでいる私の周囲に人なんているわけがない。

「お――――い！　こっち！　こっち！」

不思議に思っていると、またも同じ女性の声が地上から聞こえてきた。

声の方を見ると、なんと私を改造したあの女が手を振りながら私を呼んでいる。

「(怪しいなんてものではないが……)」

だがこのまま逃げたとて、私はもう回復ができず、このまま朽ち果てるのみ。

背に腹は代えられぬ。

私は、女が待つ地上へと降りた。

「最後の詰めが甘かったね。油断するからだよ」

「うるさい！」

私をこんな化け物に改造したお前が言うな！

しかもお前は、私は最強の生物になったのだと言っていたではないか！

「最強はちょっと大げさだったかな？　憎しみや怒りをエネルギー源とした無限の回復力ってのも、君がバウマイスター辺境伯のやられたフリで喜んで防御力が下がってしまったばかりに、彼の一撃で簡単に自動回復システムが破壊されちゃったしね」

「とにかく私を回復させろ！　私の体をこんな風にした以上、最後まで責任を取ってもらうぞ！」

「はいはい。ユウは失敗を糧にするいい子だから、今回のデータを参考にちゃんとアップデートを図る予定だよ。じゃあこっちに来て」

女の視線の先には、上空からではよくわからなかったが、地下遺跡への入り口があった。

ここで隠れながら、私を改良するつもりか？

このままバウマイスター辺境伯たちにトドメを刺されてしまうよりはマシだと、私は女について地下遺跡へと入った。

「……随分と古い遺跡だな……」

「君たちが古代魔法文明と呼んでいる一万年ほど前よりも、もっと大昔に栄えた文明があってね。技術力は古代魔法文明に及ばなかったけど、こんな辺境の島にも地下遺跡を作るほどの力を持っていたんだ」

女の説明を聞きながら地下遺跡を進んでいくが、内部は大分朽ちており、かなり古い遺跡なのは事実のようだ。

しばらく進んでいくと、最深部と思われる部屋に辿り着いた。

広い石造りの部屋の真ん中に、見たことがない文字が掘られた石碑が置かれ、石碑にはなぜかガラス玉が埋め込まれていた。

「当時信仰されていた宗教の施設だったみたいだね。ガラス玉を用いると健康が保たれたり、病気が治ったりするって。ユウに言わせると、そんなわけないじゃん、なんだけど」

「ここで私を改良するのか？」

それなら早くしてくれ。

私は一刻も早く回復、強化して、バウマイスター辺境伯とその家族をすべて食らってやるつもりなのだから。

「実はこの世界のあちこちにあるこの石碑を利用して、ユウの研究室と自由自在に往復しているんだよ」

「私は、またあの研究室で改造されるのか？」

ヘルター公爵と共に、私が化け物として改造されてしまった忌々《いまいま》しい場所だが、これもパワーアップしてバウマイスター辺境伯に復讐《ふくしゅう》するためだ。

「(今は我慢するしかない。それにだ……)」

もし改造の結果、私が最強の存在となれば、この女に復讐することも可能ではないか！

「(間抜けな女だ。私があとで食らってやる！) 早く私を研究室に連れていけ！」

「じゃあ、まずはサンプルの回収っと」

突然女は、私の焼け焦げてわずかに残っていた髪の毛をむしり取った。

「痛いではないか！」

「これもさらなる強化のためだよ。バウマイスター辺境伯や魔王と戦って、君の体の遺伝子はかなり変化しているはずなんだ。この遺伝子を培養して改造すれば、もっと強い遺伝子生物の完成だ」

「遺伝子？　よくわからないが、私は強くなるんだな？」

「厳密に言うと、君が強くなるわけじゃないけどね。君の現時点での遺伝子を培養して、それを元に改造するから、君の意識が残るわけじゃないんだ」

「どういう意味だ？　私を改造して、バウマイスター辺境伯を殺せるようにするのではないのか？」

話が違うではないか！

私の遺伝子とやらを培養して、私以上の化け物を作り出すのだから、私を改造するということではないのか？

「君の細胞に君の意識が宿るわけじゃなくて、君の細胞を利用してもっと強い生物を作り出す、というのが正解かな。その新生物の意識は君のものではないから、君はここで終わり。残念だけど、君はもう駄目だから、ここで死ぬしかないね」

「ふざけるな！」

私を化け物に改造してバウマイスター辺境伯と戦わせておいて、負けたら私を見捨てるとはどういう了見だ？

「ならば、どうして私をこの地下遺跡の奥にまで呼び寄せたのだ？」

「どうしてって……安全にサンプルを採取するためだよ。どうせ君はバウマイスター辺境伯の一撃で致命的なダメージを受けてしまったから、もう回復は望めないしね」

ふざけるな！

私を回復させられるのではないのか？

「ゴメンねぇ。ユウの計算だと、君はバウマイスター辺境伯に対する恨みと怒りの感情があれば無限に回復できる計算だったんだけど、バウマイスター辺境伯が与えたダメージが大きすぎて致命傷を受けちゃったみたい。君が油断したのも大きいけど、ユウの計算違いだったから謝るよ」

「謝って済む話か！　非を認めたのなら、今すぐ私を回復させろ！」

「無理だよ。謝罪して誠意を見せたんだから、諦めて消滅して。君の細胞は将来有効に活用させてもらうからさ」

「ふっ、ふざけるなぁ――――！」

もうこうなったら、この女を食らって回復し、バウマイスター辺境伯に復讐してやる！

私は女に飛びかかり、その肉を食らおうとしたのだが……。

「人を食わないと強化できないなんて、完全な失敗作だね。サンプルも手に入ったし、このままにしておくと多くの人たちに迷惑がかかるから、焼却処分することにするよ」

「はがぁっ、くっ、口がぁ……」

気がついたら私の顔は青白い炎に包まれており、このままでは燃え尽きてしまう……。

だがもう熱さすら感じず、意識を保つのも難しくなってきた……。

「（こっ、こんなバカな話があるかぁ――――！）」

私はバウマイスター辺境伯に仕返しをしたかっただけなのにぃ――――！

もう駄目だ……。

もしあの世があるのなら、バウマイスター辺境伯よりも先に行って先輩としてこき使ってやる！

せいぜい今のうちに人生を楽しんでおくのだな！

＊＊＊

「さあて、これで実験体の処分は終了っと。細胞一つでも残して、この世界の人たちに迷惑をかけるわけにいかないからね」

バウマイスター辺境伯には迷惑をかけたかもだけど、彼は元々そういう星の下《もと》に生まれてきた運命だし、殺される心配はないから例外ってことで。

これでもユウは占いにも凝っていてね。

バウマイスター辺境伯は老衰で死ぬって出たから、安心して実験体の戦闘力を試すことができたよ。

次は、このサンプルを用いてさらに完璧な生命体を作り出さないとね。

もう一つの改造案も、このサンプルを元に変更しないとね。

エピローグ　謎の石碑

「よもやこんな場所に、このような地下遺跡があったとはな。ヴェンデリンはここに、ブレンメルタール侯爵が逃げ込んだと思うか？」

「それはまだわからないけど、今のところ黒焦げの頭部だけになって逃げた奴のその頭部は見つかっていない。ここに逃げ込んだ可能性もあるから捜索はしないと。まったく、育休中の俺に余計な手間ばかり取らせやがって」

「たとえ頭だけになっても、あんな化け物になった奴は普通の人間には手に負えぬからの。こうして魔法使いである妾《わらわ》たちが手を貸す必要がある。しかしながら王城からの報告によれば、ブレンメルタール侯爵はむしろ王国貴族でなくなってからの方が、ヘルムート王国に貢献しておるではないか」

「皮肉にも程があると思うけど……」

「失った爵位を取り戻すため、改易された元貴族たちが大勢で集まり、なにかを企《たくら》んでいたのは事実じゃ。昨日の今日でそんなことをして、普通なら縛り首でも文句は言えぬ。縛り首になる前に、化け物になったブレンメルタール侯爵に食われてしまったがの」

大津《オオツ》の南にある暗くジメジメした地下遺跡の入り口付近で、俺とテレーゼが先頭で話をしながら、その入り口から入っていく。

トドメを刺し損なったブレンメルタール侯爵の頭部が逃走した飛行ルート上にあったので、その捜索任務が俺たちに割り当てられたからだ。

勿論《もちろん》、兼仲《カネナカ》や他の武官たちが指揮する警備隊の面々も奴の捜索を続けているが、彼らは応援が呼びやすい地上の担当で、地元の島民たちしか知らなかったこの謎の地下遺跡内部の捜索任務は、実力者である俺たちの担当となっていた。

なぜなら、ブレンメルタール侯爵はあのような巨大な化け物になるための餌として、数百名の元貴族たちを王都郊外の草原で全員食らい尽くしてしまったからだ。

たとえ頭部だけとはいえ危険なので、俺たちに白羽の矢が立ったのは人死にを出さないためであろう。

その代わり、俺の育休はまた中断されてしまったわけだが……。

「ローデリヒに言って、休暇を延ばしてもらえばいいではないか」

「ローデリヒが、そんな要求を受け入れるかな？」

「言ってみなければなにも始まらぬからの。しかしながら、大分古い地下遺跡のようじゃの。あまり人が入った形跡は見つからぬが……」

俺、エル、エリーゼ、イーナ、ルイーゼ、カタリーナ、ヴィルマ、テレーゼというピカ一の戦闘力を誇るパーティで、薄暗い地下遺跡を『ライト』で照らしながらブレンメルタール侯爵の捜索を始めるが、その痕跡すら見つからなかった。

残りのみんなは、俺がフリードリヒたちの面倒を見られないから子守をしてくれている。

「黒焦げの首だけが落ちていたらゾッとするから、かえって見つからない方がいいかも。あっ、でも、もしかしたら凄《すご》いお宝とかがあったりして」

「この地下遺跡じゃが、すでに地元の領主が探索済みだとユキが言っておったぞ。もしお宝があれば大きな利益があるのじゃから、そのままにはしないであろうな」

「残念」

ルイーゼは、首だけになったブレンメルタール侯爵よりも地下遺跡のお宝に興味があるようだけど、その可能性をテレーゼがきっぱりと否定した。

「とにかく今は、お宝よりも先にブレンメルタール侯爵を見つけないと」

「足跡は……首だけだからあるわけないわよね」

「ブレンメルタール侯爵は首だけで逃げたから、足跡はないと思うけど念のためだ」

地下遺跡の薄暗い床に目を凝らすイーナを補助するため、俺も『ライト』で床を照らしてみるが、やはり新しい足跡は見つからなかった。

埃《ほこり》が積もっているので、長いこと人が入っていないようだ。

地元の領主が探索してお宝が見つからなかったから、そのまま放置されていたのであろう。

「無限の回復力が残っていたら奴も逃げないだろうから、俺が瀕死《ひんし》のフリをしながら加えた一撃の効果はあったはず」

「魔物の気配も『探知』できませんし、先に進みましょう。こんなに陰気な地下遺跡、早く捜索して出るに限ります」

「賛成」

カタリーナとヴィルマの言うとおりで、確かにこの地下遺跡は暗くて埃臭くて、すでにお宝はないことが判明している。

ここでブレンメルタール侯爵が見つからなかったらまだ捜索を続けないといけないから、急ぎ見て回ることにしよう。

「妾は地下遺跡の探索などしたことがないので、とても楽しいぞ」

「そのうち、本当にお宝が出てきそうな地下遺跡の探索に参加できるから、今回はサワリくらいで我慢してくれ」

テレーゼはまだ冒険者としては素人に近いから、初めての地下遺跡探索が楽しくて仕方がないようだ。

まさかフィリップ公爵家も、当主様に地下遺跡探索なんてさせなかっただろうから。

そんな重要な地位にいる人を探索に連れていき、もしなにかあったら大変だから当然だ。

「優しいのぅ、ヴェンデリンは。バウマイスター辺境伯領内にある未知の地下遺跡探索。ワクワクするの」

「ヴェル様、ただ古いだけでなにもない」

「一番奥まで行けば、なにかあるかもしれない」

先頭をルイーゼからヴィルマに交代して急ぎ奥へと進んでいくが、よほど年月が経《た》った地下遺跡なのだろう、かなり風化が進んでいた。

床や壁に彫られた装飾も大分薄くなっており、さらによく見ると、馴染《なじ》みのある古代魔法文明時代の地下遺跡とは少し違うような……。

「って、なんでそんなことがわかるんだ？　俺」

「アーネストさんの長ぁ――――い説明の成果じゃないかしら？」

イーナの言うとおりで、たまにアーネストと地下遺跡探索をすると、とにかく説明が長いからな。

聞き流しているつもりでも、案外覚えているものだなと俺は思った。

「古代魔法文明時代前期よりも、もっと古い地下遺跡だと思います」

「エリーゼ、よくわかったな」

「私も、アーネストさんの説明を聞いていましたから」

ただエリーゼの場合真面目だから、俺たちのように適当に聞いてなくて、しっかりと覚えてしまったんだと思う。

「その前にも、アカデミーで考古学を勉強している知人から話を聞いたことがあるのです。およそ二万年ほど前に栄えていた文明の地下遺跡だと思います」

それは、随分と古い地下遺跡だな。

「『状態保存』の魔法がすでに切れていて、壁や天井、装飾などの風化と腐食が激しい。もし魔法がなければもっと酷《ひど》い有様だっただろうから、この地下遺跡が作られたのが二万年前でも変じゃないのか」

「しかしこの地下遺跡の状態だと、アーネストくらいしか喜ばないだろうな」

「それは言えてる」

俺もエルも、この地下遺跡になんら価値を見出《みいだ》していなかった。

せめて、ブレンメルタール侯爵の頭でもあれば、このあとフリードリヒたちの面倒を見られるのだけど……。

「ヴェル様、この部屋で行き止まり」

「奥に通路はないか……ルイーゼ、隠し通路とかありそうか？」

「ないね。この部屋が地下遺跡で一番広くて、真ん中に……石碑？　なんだろう？　これ」

地下遺跡は思ったよりも小さく、慎重に探りながら探索をしても一時間とかからず、この一番奥の部屋に到着した。

「しかしこの部屋もボロいのぅ」

この一番奥の部屋を探ってなにもなければ、ブレンメルタール侯爵はここに逃げ込まなかった証明になる。

「ねえ、ヴェル。石碑の裏に黒い砂？　灰が落ちてるよ。しかも新しい」

みんなで部屋の中を探っていると、ルイーゼが石碑の裏側に落ちている黒い灰の山を見つけた。

「ヴェンデリンさん、この灰は新しいです」

「ということは、もしやこの黒い灰は……」

長年誰も入らなかった古い地下遺跡に、新しい黒い灰の山が落ちているのは怪しい。

「ということは、これがブレンメルタール侯爵の頭なのかな？　灰になってしまったということは、誰かが奴を燃やしてしまったのか？」

もしくは頭だけで逃げ出したのはいいが、すでに致命的なダメージを受けていたから、ここで朽ち果てて灰になってしまった可能性もあるのか。

「ヴェル、この石碑が原因ってことはないのかな？」

ルイーゼが、部屋の真ん中にある四角い石碑のようなものを指さした。

「この石碑になにか特殊な機能があって、ここまで逃げ込んできたブレンメルタール侯爵を灰にしてしまったというのか？」

「ルイーゼさん、この石碑は魔道具ではありませんわよ。お墓でしょうか？　それともただの石碑でしょうか？」

カタリーナが四角い石碑のようなものを色々な方向から見回しながら、危険がないか『探知』で念入りに探る。

「特に異常はないようです。魔道具特有の魔力の動きも確認できませんわ」

「本当にただの石碑みたいだな……」

カタリーナの『探知』は師匠であるブランタークさん譲りなので、見逃す心配はないはずだ。

「ヴェンデリンさん？」

「……そうだな」

念には念を入れて俺も『探知』をかけてみるが、やはりなんの異常もない。

「本当にただの古い石碑だな。黒い灰を分析しても、ブレンメルタール侯爵だってわからないだろうけど、他になにも見つからなければ、奴は燃え尽きて黒い灰になって死んだって結論でいいと思う」

まさか、この黒い灰をＤＮＡ鑑定するわけにもいかないからな。

もしＤＮＡ鑑定ができたとしても、あんな化け物になっていたら、以前のＤＮＡではないだろうし。

「じゃあ、回収しておくな」

エルは、黒い灰をホウキとチリトリで回収した。

ベッケンバウアー氏に渡して、駄目元で分析してもらえばいいか。

「それにしても汚い石碑ですわね」

長年放置されているので、石碑は埃まみれであった。

カタリーナが弱い風魔法で石碑の埃を吹き飛ばすが、大理石などの高価な石は使われていないようだ。

だが長い年月で表面が風化し、埃を取っても汚い石碑のままであった。

「なにか書いてあるか？」

「いえ、なにも書いてありません。特徴的なのは、このガラス玉の部分だけです」

石碑には文字などなにも書かれておらず、中心部にビー玉大ほどのガラス玉が埋まっているだけであった。

「どれどれ……」

カタリーナに続き、俺もそのガラス部分を『探知』してみたが、やはりただのガラス玉だ。

魔晶石や、他の宝石ではないのが確認できる。

「ヴェル様、これはなに？」

「なんだろう？　過去にこんな石碑が見つかったって話も聞かないよな」

「文字すら書いてないので、ヒントがないな。お墓じゃないくらいしかわからない」

石碑にしてはなにも書いてないし、となるとお墓という可能性も低いよな。

お墓なら、墓標くらい書かれているはずだからだ。

ヒントは、中心部に埋まっているガラス玉だけだ。

「妾たちではどうにもならぬから、あとでアーネストにでも調べてもらえばよかろう」

「それがいいよね。ボクたちにはさっぱりわからないから」

ブレンメルタール侯爵の頭である可能性が高い黒い灰も手に入ったし、あとはテレーゼとルイーゼの言うとおり、アーネストに調査してもらえばいいか。

「ヴェンデリンさん、お宝もないし盗掘の危険も少ないから帰りましょう」

「そうだな。フリードリヒたちの面倒を見たいし」

一応目的を達成することに成功したので、みんなは次々と石碑の前から離れていく。

最後に残ったのは、俺とエリーゼだけであった。

すぐに石碑の前から離れてもよかったのだが、なんとなく気になってしまったのだ。

エリーゼも同じらしい。

「この石碑に唯一埋め込まれたガラス玉。どう見てもただのガラス玉なのはわかるけど……」

「どうしてこの石碑、ガラス玉だけが埋まっているのでしょうね？　不思議です」

「古い時代のことはよくわからないけど、実は『探知』でもわからないなにか特殊なガラスとか？なんてね」

「……やっぱり私たちの気のせいかもしれません。案外、大昔の人のイタズラかも」

「はるか未来に、俺たちのような連中を惑わすためか」

「そうかもしれませんね」

二人でそんな話をしていると、俺は一瞬だけガラス玉が白く光ったような気がした。

気のせいだろうとは思いつつ、念のためガラス玉を注視していると、本当に数秒おきにガラス玉が白く光を放っているのが確認できた。

「あなた」

エリーゼも、ガラス玉が白く光るのを確認したようだ。

「石碑にもガラス玉にも魔力の反応はないよな？」

「はい」

石碑の中にはガラス玉以外、なにも埋め込まれていないのは『探知』で確認している。

だからこのガラス玉が光るはずがないのだ。

「あっ！」

「どうしたんだ？　エリーゼ」

「私たちがいます」

「俺たち？」

つまり俺たちの魔力に、このガラス玉が反応したわけか。

でも、それならエル以外のみんなも同じで……反応が出るまでにタイムラグがあり、たまたまガラス玉が光り始めた時、その傍《そば》には俺とエリーゼしかいなかった？

そんなことを考えている間に、段々とガラス玉の光る間隔が短くなっていく。

「エリーゼ、これは？」

「はい」

さらにガラス玉が点滅する間隔が短くなっていき、最終的にガラス玉は光ったままになってしまう。

なにかが起こる、その可能性に二人同時に気がついた瞬間、ガラス玉は怪しく真っ赤に光った。

「エル！」

俺が慌てて、石碑から大分離れてしまったエルに声をかけた時、俺とエリーゼは眩《まばゆ》いばかりの赤い光に包まれ、そのまま意識を失ってしまうのであった。

八男って、それはないでしょう!

MFブックス

八《はち》男《なん》って、それはないでしょう! 28

2023年9月25日　初版第一刷発行

著者　Y.A
発行者　山下直久
発行　株式会社KADOKAWA
〒102-8177　東京都千代田区富士見2-13-3
0570-002-301(ナビダイヤル)
印刷・製本　株式会社広済堂ネクスト
ISBN 978-4-04-682891-0 C0093

企画　株式会社フロンティアワークス
担当編集　小寺盛巳/下澤鮎美/福島瑠衣子(株式会社フロンティアワークス)
ブックデザイン　ウエダデザイン室
デザインフォーマット　AFTERGLOW
イラスト　藤ちょこ

本シリーズは「小説家になろう」(https://syosetu.com/) 初出の作品を加筆の上書籍化したものです。

八男って、それはないでしょう！
みそっかす
著 Y・A
イラスト：藤ちょこ
ヴェルと愉快な仲間たちの黎明期を全編書き下ろしでお届け！
冒険者予備校時代のヴェルに降りかかる面倒事『狩猟勝負』、
生きるために狩るヴィルマの狩猟生活『英雄症候群の少女ヴィルマ』、
聖女と呼ばれるに至ったエリーゼの正道の記録『聖女誕生』、
以上の三本を収録！
MFブックス新シリーズ発売中!!
MFブックス

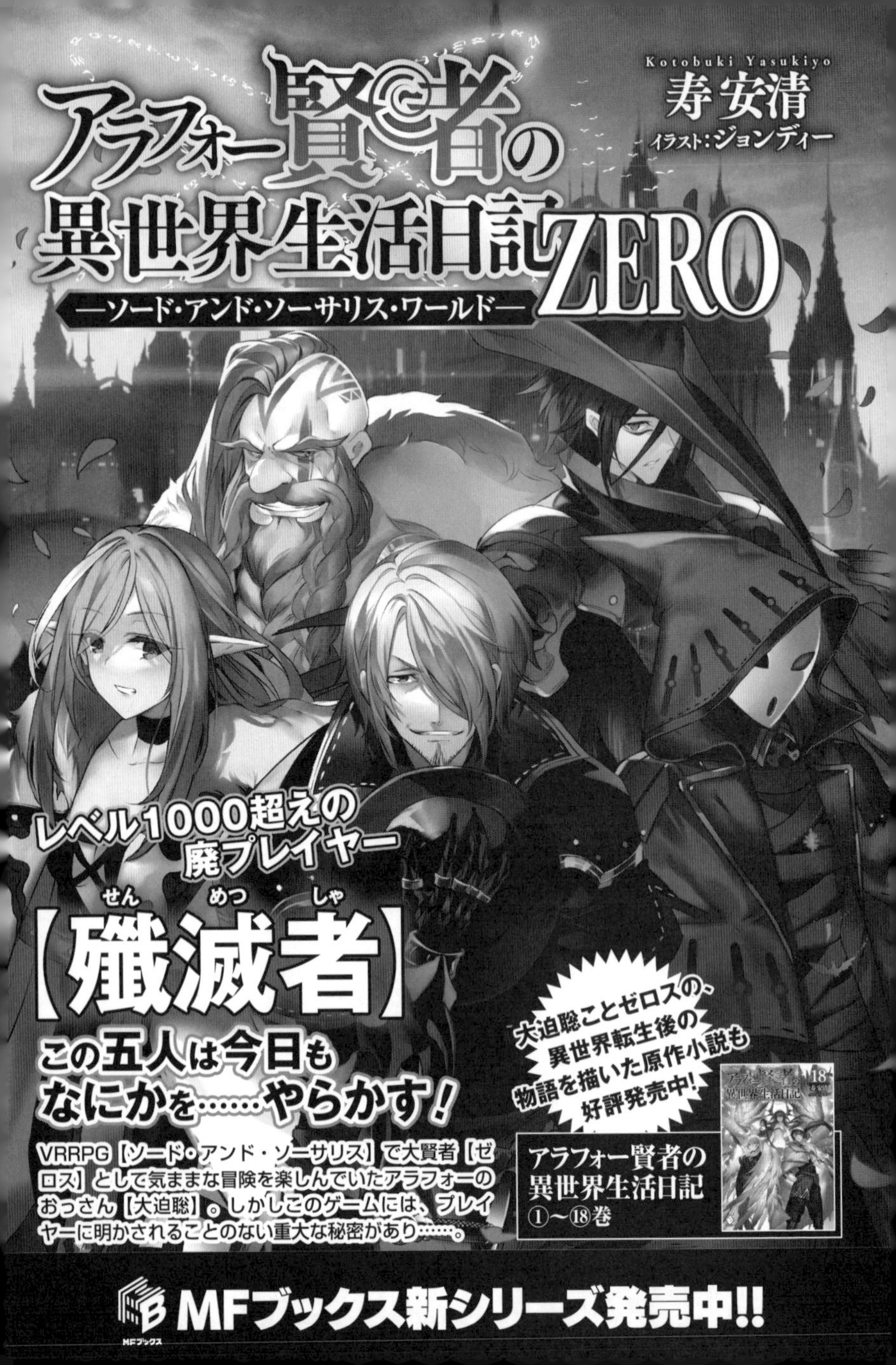
Kotobuki Yasukiyo
寿安清
イラスト：ジョンディー
アラフォー賢者の異世界生活日記ZERO
—ソード・アンド・ソーサリス・ワールド—
レベル1000超えの
廃プレイヤー
【殲《せん》滅《めつ》者《しゃ》】
この五人は今日も
なにかを……やらかす！
大迫聡ことゼロスの
異世界転生後の
物語を描いた原作小説も
好評発売中！
アラフォー賢者の
異世界生活日記
①〜⑱巻
VRRPG【ソード・アンド・ソーサリス】で大賢者【ゼロス】として気ままな冒険を楽しんでいたアラフォーのおっさん【大迫聡】。しかしこのゲームには、プレイヤーに明かされることのない重大な秘密があり……。

MFブックス新シリーズ発売中!!

MFブックス